# 盗墓密咒

DAOMU MIZHOU

文丑丑 著

中国华侨出版社

图书在版编目(CIP)数据

盗墓密咒/文丑丑著. —北京：中国华侨出版社，2013.3
ISBN 978-7-5113-3378-0

Ⅰ.①盗… Ⅱ.①文… Ⅲ.①长篇小说-中国-当代
Ⅳ.①I247.5

中国版本图书馆CIP数据核字(2013)第050772号

● 盗墓密咒

| 著　　者 / 文丑丑
| 策　　划 / 周耿茜
| 责任编辑 / 宋　玉
| 责任校对 / 王京燕
| 装帧设计 / 玩瞳装帧
| 经　　销 / 全国新华书店
| 开　　本 / 710×1000　1/16　印张 16　字数 190千字
| 印　　刷 / 北京中印联印务有限公司
| 版　　次 / 2013年5月第1版　2020年5月第2次印刷
| 书　　号 / ISBN 978-7-5113-3378-0
| 定　　价 / 48.00元

中国华侨出版社　北京市朝阳区静安里26号通成达大厦3层　邮编：100028
法律顾问：陈鹰律师事务所
编辑部：(010)64443056　64443979
发行部：(010)64443051　传真：(010)64439708
网　　址：www.oveaschin.com
E-mail：oveaschin@sina.com

# 目录

引子 / 001

第一章　雪墓婴灵 / 006

第二章　僵尸猎人 / 022

第三章　披甲人 / 039

第四章　夜行尸 / 055

第五章　渤海遗迹 / 068

第六章　墓宝 / 084

第七章　钓宝者 / 102

第八章　黑狱之灾 / 127

第九章　九窍玉 / 152

第十章　龙眼秘藏 / 173

第十一章　凫臾诡墓 / 186

第十二章　九龙地府 / 209

第十三章　白骨城 / 221

第十四章　聚魂棺 / 231

第十五章　女真玉美人 / 240

盗墓密咒

## 引　子

雪夜，长白山深处。

三个三十岁左右的大汉每人提着一把洛阳铲正在一个山坳中将地面上的积雪铲开，他们挥动着强有力的臂膀将积雪铲出来一个直径三米左右的圆。休息半会儿，老赵点燃一根烟，嘴巴里面吐出几口白烟，他冷笑道："今晚风雪很大，咱们小心行事。"

老白正用一把卷尺在地上不停地做着测量。

"嘿！要是找到了禁龙地的'龙眼秘藏'，咱们这可发大财了，到时候我看村头的老张家还不得贴到我面前叫我一声好女婿。"老杨挥动着手里的洛阳铲得意扬扬地笑着。

"得了吧！老张家的女儿听说跟隔壁村那姓马的好上了。"老赵嘿嘿笑着说。

"姓马的吗？我怎么不知道？出来之前我特别跑去找美凤，她说她会等到我发财为止，要不然谁也不嫁，你说美凤她亲口跟我讲起，我起初还得瑟半天，怎么冒出个姓马的了？"老杨将信将疑地看着老赵，他好像不肯相信老赵的话。

"别啰嗦了，如果没有错的话，从这里挖下去六七米左右我们便会进入'龙眼秘藏'之中，到时候满清当年那些大老爷们的财宝我们想拿多少就拿多少。"老白催促着另外两人。

"好嘞，干活喽！"老赵把烟头熄灭抓起铲子就往地下挖去，其余两人也跟着卖力，你一铲我一铲，没多久这地上便挖出一个几米深的圆形大洞，风雪交加，三人却是满头大汗。再挖一阵，老杨突然停下手里的铲子，他抬头看着对面的两人，带着几分激动地说："这会儿真发财了。"他欣喜若狂地将手里的那把锈迹斑斑的洛阳铲扬起来给老赵、老白看，这铲子跟着他有些年了，因为几分感情，他始终不想换一把。老赵和老白看着铲子，铲子的口子卷起了一个大缺口，似乎是刚刚挖到了什么硬器物，老杨还伸手去摸了一下，把手放到鼻子前嗅了嗅："这味道有点酸，不对，这是青铜器的铜臭味道，我们挖到宝了。"他开心不已，举起铲子继续往地下挖，当！当！当！铲子一用力，埋在地里面的青铜器具发出一阵阵响声。

"我说你能不能斯文点，坏了宝贝你赚啥钱呢？"老赵骂了一句。

"别说了，看到了，看到了，果然是一具青铜大器物，这玩意儿要出土了，你们俩说值多少钱呢？嘿嘿！"老杨满脸欢喜地放下手里的洛阳铲意欲去把半掩在泥土中的那件青铜器撬起来，谁知道轰然一声，老白突然叫道："这坑要塌了吗？咱们赶紧爬上去。"洞底晃动，三人如履薄冰，眼看这个洞就要塌方，老白和老赵吓得慌手慌脚地往自己挖出的地洞爬上去。老杨面不改色地抓着他挖到的那件青铜器不放，他奋力想将青铜器扯出深泥，可是任凭他使出了吃奶的力气，青铜器雷打不动。

"老杨，小命要紧，那玩意儿不值几个钱。"见多识广的老白在地洞上面喊着老杨。

地洞四周已经开始出现塌落，老杨绷着脸，他始终还是不听劝，一只手紧紧抓住那件青铜器，咬着牙筋汗流浃背地扯着。此时，地洞哗啦一声响，四周的泥土如同泥石流一般往地下涌去，老杨惨叫一声，已经随着泥土石头一起塌陷进去。

"王八蛋……"老赵看到老杨的身子消失在泥土之中，他愤然提起铲子想去救陷入地底的老杨。

"不好，我们得撤了。"老白伸手拉住老赵。

老赵一愣，土坑里面突然冒出一条黑影，黑影举着一把亮晃晃的女真弯刀嗖然往老赵背后砍过来。老赵看到这番情况，吓得赶紧跑，弯刀锋利，一晃而过，老赵惨叫连连，他翻倒在地，左腿涌出一片血红。

"女真铜甲尸……"老白完全傻了眼。从塌陷的土坑里面冒出来的影子正是一具穿着青铜铠甲的士兵，士兵被一身铠甲包着，头盔盖住了他的面孔，他手里不停地挥舞着一把女真弯刀，从土坑里面爬出来后。他缓缓地挪动着身体，手里弯刀飞舞，老赵显然被砍倒。老白心里不敢去想陷入地底的老杨是死是活，他快速地跑到老赵的身边，躬身背起老赵。铜甲尸身子一晃，弯刀扫过来，他大叫一声，手里撒出一把石灰。石灰飞舞，随风飘落，扬起一阵白烟。趁着白烟腾起，老白背着老赵赶紧往山坳外面跑去。

没走多远，山林里面突然响起来一阵奇怪的声音，像是刚刚出生的婴儿。老白的心变得焦虑起来，他背上的老赵哭着鼻子说道："我们这……这真是犯贱……好好待在家陪老婆孩子暖被窝不就好了，我老早说了不要打'禁龙地'的主意，你们俩就是不听，你现在听到没？孩子的哭声，这种荒山野岭，哪里来的娃呢？明摆着就是守护'禁龙地'的婴灵，我这条腿给那王八蛋砍了一刀，我腿没了可以，不能命也没了。"

老赵正发着牢骚，老白一把将他摔下来。

"老杨九死一生，我不能连你也不救，刚刚那铜甲尸全身冒着尸气，显然是一具死而不僵的行尸，你要是染上了尸毒，时间一长哪怕大罗神仙也救不了你。"老白一面说着一面从小腿上面拔出一把锋利的匕首。

"你要干嘛?"老赵吓得浑身发抖。耳边的婴啼声断断续续地响起，谁家的娃没人喂奶一样，这个已经够诡异了，老白还拿着一把匕首在自己左腿上比划。

"闭上眼睛，这一次你能不能活命得看你的命够不够硬。"老白说完之后，老赵赶紧闭上双眼。他对老白还是极为信任，哪知道两眼一合他差点就到阎王爷那儿报到了，左腿一股撕心裂肺的剧痛扯上心头，他心里直骂娘，阵痛险些要了他的命。他咬着牙缓缓张开眼睛，自己的左腿居然被老白一刀子给抹下来了，血汩汩流出来，他吓得慌乱："老白，你这刀法……你干嘛不去干杀猪的呢？你这是谋的命啊……"

老白并不吭声，他扯下衣服上的一块布撒了一些止血的药粉很淡定地给老赵包扎。

老赵哭着说："我可没有同意你割了我的腿，你……"

"嘘！不要吵。"老白瞪着老赵。虽然左腿被老白砍掉，剧痛连连，他还是忍住不再说话，他反而有些担心，"禁龙地"里面的铜甲尸没有追上来，四周却环绕着一个奇怪的哭声，哭声越来越响，好像谁正在慢慢地靠近他们。老白的脸色很难看，三个人里面数老白见多识广，老赵看到他这样子，他暗暗问了一句："雪地里面的婴灵缠上我们了吗？"

老白并不说话，一双炯炯有神的眼睛直勾勾地盯着前面几个凋落的树干。

老赵循着老白眼睛看着的方向望过去。

树干笔直枯黄，藏在树干后面遮掩着一个白色的影子，看上去好像谁躲在树干后面，但是树干后面空荡荡的不像有人的样子。老白此时叹了一口气，四周围响起的那阵哭声戛然而止，树干后传来一个阴恻恻的笑声。

老白突然站起来，他握紧手里还染着血的匕首往那根树干走过去。

"别去招惹它们。"老赵劝说一句。老白已经走到树干跟前，老赵心慌慌，左腿一阵抽搐，一股绞痛让他浑身不安的时候，雪地里面好像伸出来一只手突然抓住了他的右腿，一股奇怪的力气从雪地里面传来，这股力气正要奋力地将他往地底拉下去。想起老杨被陷入地底那一幕，他的心砰砰直跳，想抽身起来，那只无形的手却没有松开他，反而越抓越紧。

"老白，救我。"老赵抬头去找老白的时候，他骇然，老白已经不知道去向。刚刚老白还站在枯树跟前，他想喊老白，一阵冷风吹过，鹅绒般的雪洒落在他的脸上。雪渐渐地下大了，雪野里面孩童刚刚出生的婴泣又凄凉地响起来，雪野的空气瞬间变得窒息。

# 第一章　雪墓婴灵

四月份的长白山依旧沉寂在一片白皑皑的世界里面，玉雪峰下的奉军第一军驻长白山雪区"寻龙部队"的营地里面，队长肖曳正在为如何进入长白山天池而烦恼。一个士兵哆哆嗦嗦地钻进军帐："队长，我们的人又失踪了三个，这地方我们不能再逗留了。"士兵神情惶恐，肖曳叹了一口气，又失踪了三人吗？这已经是第十五个失踪者，在这片雪域里面到底是什么东西掳走自己士兵呢？三天前，"寻龙部队"按照计划进入长白山，第一天就发生了一起七人失踪事件，行走在长白山林海的第一分队全员失去联系。附近的村民告诉他说这片雪域里面生活着一种专门猎食活人的雪怪，这种"雪怪"喜欢发出婴儿的哭声和笑声吸引过路人，只要被"雪怪"的婴儿声音吸引的人多半已经命丧黄泉。

"这是雪怪害人吧。"坐在肖曳对面的一个白头发老头沉着声音说。他叫赵大雷，他是肖曳找来的本地向导，年纪看上有六十多，一头花白的头发，脸上的表情皱巴巴，手里端着一个金色长柄烟斗，嘴巴里面一直没有停止吞云吐雾，不过，最引人注目的是他的左腿，他左腿的下半截空荡荡的只剩半截裤子。这只被截断半肢的左腿在肖曳眼里出现的时候，他本来想问问怎么回事，士兵就来报告又有人失踪的信息，连续的士兵失踪事件导致肖曳不得不找一个本地向导，招募向导的时候，赵大雷毛遂自荐。

"雪怪吗？"肖曳愣愣地说。他不相信有什么"雪怪"存在，他是第一次进入"寻龙部队"当队长，想着一心一意地为大军阀张作霖寻找遗落在东北地区的各大历史遗宝，他这一次寻找"禁龙地"大宝藏算是他第一次到东北盗墓，可是这些年他在河洛地区进出的大小古墓旧陵不下几十个，"雪怪"这种东西，他还是头一回听到。

"肖队长，嘿嘿！不是老夫忽悠你，雪怪这玩意儿真的存在，过不了多久你们便会遇上了，哈哈。"赵大雷呵呵说着，烟斗磕了几下把烟渣子磕出来重新塞进新的烟草，再点燃，抽了几口，他脸上沉下来，又说："我们所处的地方以前是个乱葬岗，各地的村子死了人都会将人埋葬在这边，冬季到来，大雪纷飞，这几年雪大，坟墓都被埋在雪里面。这种阴森恐怖的地方，一般没有人愿意走到这里来，曾经有传闻说，半夜路过这里的时候，有人曾经被拖到地下去喂小鬼，活生生地被拖进地底里面，你想想，这多么的骇人。"

"这个……"肖曳有些无语了。

"以前雪厚，几岁大的小孩子不懂事，他们爹娘也不管，跑到外面游玩，一不小心埋进比他们身高还深的雪堆里面给雪淹死了，家人找不到他们也是干着急，只有等回春了，冰雪融化，他们的家人才获得一具接近腐烂的尸体，这些娃死得冤，阴魂不散。以前村子四周总会出现一些无主婴灵到处哭泣，它们想回家却回不去，只有每一个夜晚飘荡在雪野里面，要是遇到行人，它们便会跑过去钻进行人的身体里面祸害人，遇到婴灵的人回家之后不出三天就会病死。这几年婴灵更加放肆，它们干脆将路人拖到雪地底下把人给活埋了。"

故事从赵大雷嘴巴里面讲出来，肖曳毛骨悚然，他想说些什么，营帐外面钻进一个灰头土脸的士兵："报告队长，我们挖到了一个古墓，是否要派人进去？"

"呃，带我去看看。"肖曳激动无比，进入长白山那么多天一直没有什么进展，这一回找到一座墓葬，他怎么也得亲自去瞧瞧。

"看墓葬的形式，古墓年代不是很远，咱们得小心一些。"士兵继续报告。

"知道了，老赵，嘿嘿！一起去看看呗！"肖曳拍拍赵大雷的肩膀，嘿嘿冷笑着走出营帐。赵大雷干咳一声抓着拐杖跟在他身后。

外面飘着米粒大小的雪，冷风呼啸，整个世界白皑皑的。跟着士兵往前面走去，越过一条山坡，再往山谷里面走了半个小时左右，前面便出现一群士兵。士兵们乱作一团，他们神色慌张地跑来跑去，嘴巴里面发出一声声的喊叫，也不知道他们遇到了什么。带路的士兵见状，回头跟肖曳说："恐怕他们已经犯了墓忌，这下要遭殃了。"

"别慌。"肖曳安慰了士兵几句。他瞥了一眼赵大雷，赵大雷气定神闲，毫无畏惧的感觉，走到那伙慌慌张张的士兵面前。有个士兵仓皇着跑过来叫道："队长，遇到鬼尸了。"

那时候，他们把墓穴里面还能动还能咬人的尸体叫做"鬼尸"，固然有半鬼半尸的味道，其实无非就是嘴巴里面含着一口尸气，还没有彻底死掉的玩意儿罢了，跟活尸差不多。

肖曳走上前仔细一看，前面雪地里面被自己的士兵挖出一个地洞，地洞里面好像隐藏着一个古墓的入口，他隐约中还看到几层进入墓穴里面的台阶，地洞里面晃动着几个身影，士兵们举着枪正在往墓穴里面射击，子弹飞舞，地洞里面爬出来一条活尸。活尸身体僵硬如铁，好像穿了一层铠甲一般，它头发稀松，脸部没有一块肉，腐烂的骨头，两颗眼孔空洞洞地盯着大家看。它晃晃悠悠地从地洞里面爬出来，摆动着手臂就要去撕咬士兵，士兵们不停地对它射击，可是这根本不管用。跟着地洞里面又爬出来几条活尸，士兵吓得纷纷躲开。

肖曳拔起别在腰间的手枪，他冲上前去，毕竟他胆识过人，他飞身一脚把那肆无忌惮的活尸踢飞，手里的枪照着活尸脑袋嘭嘭嘭连开几枪。活尸的脑袋顿时如同一颗摔在地上的西瓜，它脑袋被子弹射碎，四肢不停地晃动，挣扎了一会儿便全身僵硬如石头不再动弹。

"你们还不快跟进来。"肖曳给士兵们招招手，他身子一跃跳进了地洞里面。从地洞里面爬出来的活尸张牙舞爪往他身上扑过去，他挥动着手枪连开几枪，活尸没有被打中，他怒不可遏，挥着拳头就去揍那些面目狰狞的活尸。

队长一马当先，士兵们也不落后，一个跟着一个跟进。可是活尸很凶悍，打不爆它们的脑袋，它们便肆意妄为了，几个士兵都被活尸咬伤抓伤，有两个士兵的脑袋还被活尸撕咬下来。眼看自己的部队火力越来越弱，肖曳赶紧挥手叫他们退出地洞外面。

士兵们退出去后，肖曳伸手放到棉袄里面，正设法击退群尸的他无论如何也想不到眼前凶悍的活尸竟然一一跌倒在眼前，活尸滚动着身体挣扎着，如同一匹陷入泥坑里面的烈马，它们好像被什么诅咒了一样，痛苦不已地滚动着身子。

肖曳伸出放进棉袄的手，他大步走到活尸面前，猫下腰瞪大眼睛看着痛苦的活尸。活尸身上密密麻麻地爬满了一种白色小虫子，虫子牙齿锋利，它们正在快速地不停地啃食活尸身上的烂肉，有些虫子已经咬破活尸的骨头进入里面吸食剩在骨头里面的骨髓，活尸们对这些小虫子毫无办法，只有不停地翻滚着身子。

"队长，你那边的情况怎么了？"看不清楚的士兵们很担心地叫着。

肖曳摆摆手，他定定地站在活尸们的前面直到活尸被小虫子从头到尾全部吃光光。他知道这种小虫子是失传已久的"食尸蝥"，这种小虫子是以往的盗墓贼专门饲养拿来对付古墓中的活尸，后来这门手艺失传了，"食尸蝥"这种小虫子并不好养，它们的胃口极大，喜欢吸食腐烂的肉类，有些盗墓贼曾经因为忘记给它们食物而被它们反噬丢了性命。不过，肖曳曾经听说，这种"食尸蝥"要是拿到古墓里面养，存活率很高，而且不易伤害人。眼看活尸都被"食尸蝥"吞食掉，肖曳回头看了一眼赵大雷。赵大雷优哉游哉地抽着烟，看到肖曳看着自己，他招招手叫道："怎么样了？大队长，那些玩意儿都死掉了吗？"

"我需要一把火。"肖曳喊道。

几个士兵赶紧去找枯树，生了一堆火后，士兵一人举着一个火把跑到肖曳身边，看到活尸已经消失，地洞面前爬满了各种大大小小的"食尸蝥"，他们满脸惊讶。肖曳下命令说："把汽油拿过来，这些小虫子可不是什么好东西，一把火给我马上烧掉。"

肖曳知道"食尸蝥"一旦用到，用完之后一定要消灭掉，不然胃口难以满足的它们将会爬到附近的村子里面去害人。

熊熊大火在地洞前面燃烧起来，肖曳回到士兵们身边，他低头跟赵大雷说："这个墓穴，你清楚吗？我总感觉已经有人光顾过它了。"

"这个我可不清楚了，盗墓贼的事情一向神秘。"赵大雷摇摇头说。

"嚯！是吗？'食尸螯'这种以腐尸为食的毒虫你也不清楚吗？"肖曳问。

"什么虫？我不清楚，不过我知道，这个墓穴很恐怖，生活在附近的人都知道这里有个藏满了宝物的墓穴，但是没有人敢钻进去看看。当然，也不是没有人敢，胆子大的人进去了就一直没有出来过，后来就算胆子再大也没有人敢靠近这里，晚上的时候，墓穴里面有鬼在唱歌，我说的这些都是真的。"赵大雷面不改色地说着。肖曳乐呵呵一笑，他说："你脑子里面装的鬼故事真多，我现在就去把墓穴里面那个晚上唱歌的混蛋抓出来给你看看。"

地洞面前的火渐渐熄灭，"食尸螯"和活尸都消失了，肖曳带着士兵们钻进地洞里面去。端着油灯进去后，走进二十几层的台阶便进入一个潮湿无比的墓道里面，墓道冰冷无比，顶端还滴答滴答地滴着雪水，整个墓道都是水滴声，大家的心跟着滴答滴答跳动着，洞口遇到了活尸，接下来也不知道墓穴里面会跑出什么玩意儿来。油灯晃动着光影，大家的身影拉得很长，谁都绷着一张脸，抓紧手里的枪械小心翼翼地往墓道里面走去。赵大雷本来不愿意下来，肖曳喊了他几下他才斗胆跟进来，进来之后，他的脸色变得很沉，他似乎对这里很熟悉似的，走了一盏茶的时间，他突然叫道："不好，我们得离开这里，我们快点离开这里。"

面对赵大雷发疯一般的嚎叫，大家都傻了。

"我说老赵，你这是怎么回事呢？咱们好不容易才进来，你这真扫兴。"一个士兵说道。

"如果不想死就跟我离开这里。"赵大雷脸色越来越难看，他转过身子举着拐杖笃笃笃笃地往墓道进来的地方走出去。

"喂，老赵，你别这么不给面子。"肖曳忍不住叫了一声赵大雷。

赵大雷哪里听他们的劝说，身影渐渐地消失在大家的眼前，看着他一瘸一拐的身影，肖曳沉吟了一下，一个士兵说道："这老头实在胆小，队长，我们继续走下去吧！"肖曳还没有来得及回答，墓道里面突然有人在幽幽地哭泣，声音悲凉，哭声在墓道里面回荡着。士兵们慌张了，哭声好像从墓道里面传出来，声音渐渐地清晰起来。

"谁在哭？"一个士兵叫道。没有人回答他，大家你看看我我看看你，不一会儿，有个士兵叫道："老李，原来是你在哭，你一个大老爷们儿你哭啥呢？"大家纷纷围住老李，老李走在前面，他手里端着油灯，大家看到他的时候，他蹲在地上抱头痛哭，声音凄凉无比好像是死了爹娘一样。大家忙安慰他，他却不理会人，一个人抱着头痛哭不已。

"怎么回事？大家快散开，不要靠近老李。"肖曳喊了一声。大家赶紧往后退，老李一动不动地抱着膝盖把脸埋在腿间呜呜哭泣，他好像被什么鬼玩意附身似的，大家怎么说他劝他他都不听，一味地哭个不停，声音绕在墓道里面，大家心烦不已。

肖曳拔出手枪指着老李的头颅，他喊道："老李，我数三声你就站起来，一……二……"

喊到"三"的时候，老李身子一晃就摔倒在地，手里的油灯一撒，火很快就烧在他身上，他却好像没有感觉似的，任由大火焚烧自己，他的脸在火光中冒出来。大家无不骇然，他竟然七孔流血不止，他的脸颊挂满了泪水，刚刚的哭声是他吗？大家议论纷纷，不难想象，老李一开始止不住流泪，泪水流光了就从眼睛里面流出血来，这怎么回事呢？老李这是患上了什么奇怪的病吗？进来的时候他还好端端的，吵着要自己提灯引路。

"队长，老李他……"士兵们满脸狐疑地看着肖曳。

"不管他了，我们继续往前走，再遇到这种事千万别出声，我来应付就是了。"肖曳叮嘱着大家。大家点点头，收拾好心情继续往墓道里面走去。过了一会儿，墓道里面又传来一阵哭声，如同一个怨妇深夜里面哭自己的丈夫，声音同样凄凉无比。

这一回是个女人的声音，大家面面相觑，总不会队里面钻进来一个女人吧。

肖曳抬眼看着大家，连他一起一共十二个人，十二个无疑都是纯阳之身，墓道里面幽幽冒出来的女人哭声，这个实在令大家心生畏惧。大家停下脚步，有些人不愿意再往前去，或许赵大雷才是对的，这个墓穴有古怪，墓忌太邪不能侵犯。

"奇了怪了，队长，不如……不如我们先出去再说吧。"有个士兵建议。

"只怕我们想走都走不了喽！"肖曳长长地叹出一口气。墓道里面的女人哭声突然变了，变成了一群孩子的哭声，要多惨有多惨，一群饥饿无比的孩子，哭声接二连三，大家吓得腿都发软了，而且又不知道哭声从哪里来。墓道幽幽，除了他们十二个人之外根本没有其余的人，加上肖曳这么一说，几个胆小的士兵已经吓得拔腿就往墓道进来的入口跑去。肖曳骂道："你们这是去送死吗？什么狗屁'寻龙部队'？怎么都是些胆小如鼠的家伙？"

他声音刚刚落下，那几个逃跑的人便惨叫连连，墓道轰隆隆地震动起来，那几个人好像被拖进地里面去了。剩下的人看到逃跑的同伴莫其妙地陷入墓道地底，他们围着肖曳，纷纷说着该如何是好，肖曳心里还在烦着为什么自己的部队这么不争气？他还以为张作霖的这个"寻龙部队"是天不怕地不怕的精锐,想不到一阵哭声便吓跑了几个。

肖曳看着余下的几个人,他轻轻地咳了一下:"咱们继续往里面走。"

原地不动的几个士兵愣住了,他们都看着肖曳,似乎在说你是不是疯了?已经死掉不少人,为什么还要往墓穴里面走呢?肖曳完全没有理会士兵们的心情,他迈出步伐提起地上的一盏油灯大步往墓道深处走去。在这个哭泣的坟墓里面,大家已经不敢轻举妄动,他竟然明知山有虎偏向虎山行,墓道里面婴儿的哭声越来越惨,大家胆战心惊地跟着肖曳,这是肖曳第一次带队,大家多少对他信任不够,不过,肖曳没有点本事,张大帅也不会派他来领导"寻龙部队",几个士兵心里面也是豁出去了。

走了大概半炷香的时间,墓道前面冒出来一道亮光,大家心里豁然开朗,想必是进入古墓肚腹之中,眼看宝物就要出现在眼前。墓道里面的婴儿哭泣则如同在耳边,凄凉地哽咽着,大家的眼前突然出现几个摇晃的影子,影子在油灯的光芒下如同几朵风中的兰花摇曳。肖曳止步,他回头对大家招招手,大家停下来。

"不好。"肖曳念了一句。大家的心一下子悬了起来。这时候墓道轰隆轰隆地响了几声,谁在外面开炮轰炸古墓一样,墓道摇晃几下,大家不明白怎么回事的时候,脚底下却传来一股黏劲,地下好像长出来许许多多的手,手张开爪子抓住了众人的脚后跟,众人哇哇惨叫着摔在地上,那股无形的劲力还在拉扯他们,似乎要把他们扯到地下埋掉一样。眼见逃跑那几个人突然被拖进地下,大家慌乱起来满地打滚。

肖曳沉吟不语,他把手里的油灯放在地上,蹲下身子,眼睛盯着地面，突然嘴巴里面念了什么，然后一掌拍打地面，那股黏人的劲道立马消失。众人吓得站起来，墓道地面上却涌出好几个圆溜溜的脑袋，脑袋大小如孩童，他们泪流满脸，手指头放在嘴巴里面不停地吮吸。大家看到这一幕，吓得抱作一团。

肖曳嘿嘿一笑，他走到前面来，大脚一开，往那些圆溜溜的婴儿头颅踩过去，啪啪啪，几个婴儿头颅在肖曳的大脚下爆裂开来，血花四溅，周围婴儿的哭泣声随着这几个婴儿脑袋被踩烂而戛然止住。大家纷纷钻到肖曳的背后，有个士兵低声问："四周静悄悄的，等一下会不会有什么异类？"肖曳瞪了他一眼，他不敢再说话。肖曳从身上带的袋子里面拿出一把药丸递给眼前的士兵，叫士兵每个人吞下三粒。

"我们……我们到底怎么了？这药是什么？"士兵们吞下药丸后突然显得很兴奋，一个个情不自禁地手舞足蹈起来，肖曳却在一边冷笑。士兵们已经完全控制不住自己，他们问肖曳话，肖曳沉默不语，他们着急无比，如同疯子一般在这幽森墓道中起舞歌唱。不一会儿，他们几乎已经丧失了自己的意志，肖曳一摆手，他们便蜂拥一般往墓道冲进去。

肖曳快步跟在士兵们的后面，他举着油灯，手里面不知道什么时候提着一把短刀。

噗！噗！几个雀跃着的士兵突然被什么绊倒一样一个接着一个摔倒在地。

"起来了，起来了。"肖曳拿着一瓶散发着一种怪异清香的小药瓶在几个士兵的鼻子前面晃了晃，士兵们顿时被呛住了一样，干咳不已，看到自己没有死掉，一个个流着眼泪哭爹喊娘抱成一团。肖曳冷笑着说："你们这些大老爷们儿，别跟我开玩笑好不好？我怀疑这个古墓里面有守墓人和我们作对,你们得打起十二分精神把那个混蛋抓出来。"

肖曳的声音刚刚落下,墓道前面的亮光突然熄灭。

大家纷纷叹了一口气,你看着我,我看着你,默默地不敢作声。

"鬼都不怕,人有什么好怕的呢?这墓年代不远,有守墓人在这里生活也不见得是什么奇怪的事情,当初你们都是凭什么进入这个部队的呢?"肖曳对他们很无语。

"前面……"士兵们没有和肖曳多说,他们瞪大眼睛看着墓道前面,满脸的恐惧和不安。肖曳回头看着墓道前面,里面轰隆隆轰隆隆好像有什么东西正在向他们滚过来,肖曳趴在地上附耳听了一会儿,墓道前面的声音如同万马奔腾,好像有一群什么牛马正在往这边滚过来。随着轰隆声渐渐靠近,大家伙连气都不敢喘一口。

肖曳晃着油灯走上前去,他挥手对士兵示意他们赶紧后退。

士兵们难得肖曳会放他们往墓道外面走,一得机会大家是纷纷快步往墓道外面跑。

"小心点,别掉到陷阱里面去了,你们到外面集合,反正在这里碍手碍脚。"肖曳骂道。他很后悔带领这个部队,回去之后他一定要自己亲自去招募一批盗墓高手进来,这一次他盗墓完全被张大帅给忽悠了,张大帅得意扬扬地跟他描述这个部队的时候,他还以为这个部队有多牛,想不到尽是一些怂蛋。

他提着油灯大摇大摆地往墓道里面走去,那阵滚得很厉害的声音已经来到他的面前。

居然是五头黑毛壮牛,黑牛低着头,牛角斗姿飒飒地张开来,一头往前面冲。肖曳看到之后,不由得苦笑,这几头牛体硕肉多,要是宰杀了也足够部队几天的肉粮，这年头到处闹饥荒，吃顿肉实在难得。黑牛看到肖曳后，哞哞叫起来，牛角一甩便向肖曳撞过来。肖曳身子一晃，躲过一击，他飞身跳起来，手里的短刀插在墓道的顶端，自己抓着短刀悬挂着，黑牛身体虽然庞大无比，这一下却拿肖曳毫无办法。

另外的几头黑牛则往墓道外面冲出去，似乎是去追刚刚逃窜的士兵。

嘭，嘭，嘭，黑牛冲出去后，墓道外面响起来一阵枪声。

"臭小子，总算是有点胆子了。"肖曳知道开枪的是几个劫后余生的士兵，这一下随着枪声，前面还传来几声哞哞惨叫，几头大黑牛只怕要被拉出去做牛肉面了。

面对墓道里面剩下的那头大黑牛，肖曳翻身跳到地面上。

大黑牛顿时怒了，扬起尖利的角便向他扎过去，肖曳身子一晃，突然倒在地上，眼看着大黑牛从他的身体上践踏过去，本以为他就要血肉横飞，哪知道最后，他还乐悠悠地站起来。从他身上跨过去的大黑牛哞哞悲鸣几声轰地一下倒在地上，从它的肚腹里面涌出一摊血水，血水汩汩流着如同一口血泉。

"这些招数对付一般的盗墓贼还可以，嘿嘿！"肖曳收起短刀提着油灯继续往墓道里面走去。走了一段路，墓道四周停放着不少的尸骨，他去查看了一下，这些尸骨手里握着不少洛阳铲、捆尸绳、铁锹这类的盗墓工具，想必是一些遇害的盗墓贼。好几具尸骨的胸骨、头颅骨都被撞裂，看着它们粉身碎骨的死状，多半是遇到了这些壮硕的大黑牛。

咚咚当当，咚咚当当，只怕危险还没结束，古墓的守墓人到底是何方神圣呢？墓道里面晃着一道昏黄的光亮，这座古墓的守墓人真难缠，随着光亮出现，一道白色的烟雾从墓道里面冒出来，白烟滚滚如同一道浪扑过来。肖曳吸了一口气，这种烟幕弹没点意思，他知道守墓人喜欢利用香和烟来迷倒进入墓道的盗墓贼，刚刚那些婴儿哭声和"婴尸"只是一些幻象罢了，进入古墓的时候，他就嗅到了一股香味，他在墓道的入口处看到插着三炷香，他当时就明白，古墓里面有人在捣乱，有人想他们葬身墓穴之中。那三炷香无非是一些致幻的香火，士兵们进入古墓后，他们这些粗心大意的人哪里知道墓道里面杀机暗藏，吸进香火飘出来的烟，随着进入墓道深处，他们的脑袋便越发的不清醒。

白烟已经滚到面前，肖曳拿出一块布蒙住嘴巴和鼻子，他骂道："有什么话咱们可以好好谈一谈，何必这么多余呢？"

不一会儿，白烟已经笼罩起他整个身体，他眯着眼睛注意着四周的烟雾变化。这种白烟虽然要不了他的命，但是守墓人躲在白烟里面，他这下就不敢大意了。

"你们既然进来了就别想给我出去，还没有人能活着离开这个墓穴，我知道你有点能耐，嘿嘿！不过，这里是我的地盘，你等着收尸吧！"白烟里面冷不丁地出现一个阴冷的声音。声音回声很响，肖曳完全不知道是从哪儿传出来的，听这个语气似乎自己在哪里听到过似的，他笑了笑说："这个古墓是你们家的吗？看来对你很重要嘛！你要是想我们离开，你可以留个字，我肖曳从不盗有人看守的墓陵，咱们不需要伤感情。"

"少啰嗦，你给我去死就是了。"声音还是冰冷无比。

"我是跟你说真的，你何必大费周折来对付我们呢？你放了我，对你一点坏处也没有。"肖曳继续说着。他就想着和守墓人多聊几句，然后找到守墓人的位置，化被动为主动。

"两手空空而回,你怎么向你的张大帅交差呢?"守墓人说着。

"嘿嘿!你知道我们的来历,你到底是谁?我们部队里面的一员吗?"肖曳立马问道。

守墓人不再吭声,肖曳得意了,他大声说道:"不瞒你说,我们这一次的目的就是找到埋葬在长白山'禁龙地'里面的大清宝藏,你这个墓穴我们根本不放在眼里。"

"去死吧!"守墓人看来不想再扯淡下去,他骂了一句后,声音跟着他消失了。肖曳拿起手枪甩手往墓道里面开了几枪,守墓人再也没有作声,子弹似乎都打空了。裹着自己的白色的烟雾慢慢地散开,眼前一道金光闪出来,一把锋利无比的大刀嚯嚯往他身上砍过来。

肖曳一挪身子,大刀从他的左侧劈落,轰然一声,墓道地面给大刀劈出一个大口子。

肖曳抬头一看,眼前站着两具铠甲武士,铠甲似乎是纯金打造,看上去金光闪闪,穿着金铠甲戴着金头盔,个头比自己高很多,这两个玩意儿趁着白烟迷惑肖曳的时候已经站在这里待命。铠甲士兵胸前绣着一条金黄龙图案,它们手里一人举着一把大刀,白烟散开,它们都开始攻击肖曳。面对两具金甲尸,肖曳额头上豆大的汗珠不停地涌出来,自己在它们俩面前简直就是蜉蝣撼大树,金甲尸挥着大刀再一次向他砍过去,他灵动地跳跃着,大刀笨重得很,一刀下来,泥屑纷飞,要是被砍到,只怕他胳膊脑袋都别想再挂在身体上。

嗖嗖!金甲尸杀得起劲,左边一刀右边一刀,肖曳躲过这边躲不过那边,没有多少个回合,他被左边那具金甲尸的大刀刀面拍到,整个人翻倒在地。刀锋四起,他在地上不停地滚动,人家穿着金铠甲，自己完全找不到对手的弱点，短刀削过去，火花一飘，自己的短刀都要断掉，而且利用"腐尸粉"也溶解不了这一身金铠甲。

肖曳只有不停地逃，大刀嗡嗡，他又不甘心被打出墓穴外面，要是被自己的部下知道自己出师不利，他们怎么看待自己呢？这还是自己第一次出手，虽然说自己的部下没点用，但是人言可畏，自己可不想被贬得一文不值。

胡思乱想之际，他又被金甲尸的大刀拍到，他整个人撞在墓壁上面，骨架几乎要松散掉。他想大骂，却又不知道骂谁，眼看金甲尸挥刀过来，他又得闪挪，要是给大刀撞上，这也死得太惨了。他无论如何也想不到墓陵的守墓人竟然在墓道中摆着两具金甲尸，这应该是大清朝的八旗士兵，死而不僵啊！

金甲尸膂力惊人，大刀一挥，刀风一落，肖曳的身板子就顶不住了，他在两把金黄色的大刀之间跑来跑去意欲躲过杀机，时不时给大刀拍中，眼下的他已然遍体鳞伤，他却一而再再而三地想办法寻找金甲尸的弱点。

粗喘着气，他累垮了，被金刀一把拍在地面后，他躬身不起，气喘如牛。

金甲尸一如既往地挥着大刀杀过来，它们只是古尸，哪里有半分的劳累之感？肖曳奋起身子，整个人想再躲一躲，哪知道耳边嗖然传来鸣笛的声音，一条黑影从自己的身边掠过，他诧异之际，那条黑影已经问金甲尸冲过去。肖曳本来还以为这黑影是墓陵的守墓人，他趁自己不备从背后袭击自己，想不到黑影竟然跟自己是一路人，他的目标居然是金甲尸。

黑影手里面拿着一把绳索，但见他在金甲尸前前后后绕了好几圈，绳索跟着他把两具金甲尸给捆起来，最后他一手拉着绳索往墓道里面发疯了一般尖叫着跑进去。绳索在他的拉扯下绷得很紧，两具巨大的金甲尸被绳索紧紧地捆住不说，经那个人不要命地一拉，两具金甲尸轰然倒地，这一刻两具金甲尸如同四脚朝天的乌龟完全翻不起身子来，只有嗷嗷叫着挥舞手里的大刀。大刀摆动，削落不少的泥块，它们俩力气庞大，大刀眼看就要捅破墓道，墓道就要塌陷，肖曳暗暗吃惊。那条黑影嘿嘿一笑转身往回跑，他手里还拉着一把绳索，他飞身掠过金甲尸的大刀，绳索跟着飞出一把将金甲尸的大刀缚住，这么一来，金甲尸被牢牢地拴住，任它们俩怎么翻动都无济于事。

"好身手。"被金甲尸搞得疲惫不堪的肖曳不由得赞美那个突然跑进来制伏金甲尸的人。那个人得意扬扬地拍拍手，一副大功告成的样子走到肖曳的面前，他打量了肖曳一番，然后嘴巴扯起一丝诡异的笑容说："你是哪位？"

"我吗？"刚刚肖曳还以为这家伙是部队里面派进来的，这一下，他郁闷了。

"不说算了，我叫花面郎，你叫我小花也可以，嘿嘿，不过大家都很给我面子叫我花大爷或者花大哥，嘿嘿！对了，我是僵尸猎人，这两个家伙是我的，你可不要跟我抢。"那人咧着嘴巴嘻嘻地笑起来，一副天真烂漫的样子。肖曳很无语，看着他，他看上去也就十几岁大小，脸上用笔墨画着几撇黑胡子黑眉毛，一副少年老成的死相让肖曳有些啼笑皆非，不过，刚刚花面郎的身手确实厉害，肖曳又由衷地佩服他。

## 第二章　僵尸猎人

　　金甲尸被击倒之后，花面郎便跳到金甲尸的胸口上，他从小腿上扯出一把短刀奋力地撬开金甲尸的头盔。肖曳不明白他这是要做什么，但是金甲尸是花面郎击垮的猎物，他也不能说什么，只好一边定定地看着。金头盔被摘下来后，里面是一张腐烂的脸膛，脸膛上面刀疤纵横交错，这两具金甲尸想必已经是久战沙场，不然力道也不会那么大，更加不会那么难缠。被金铠甲裹着的两具行尸张牙咧嘴不甘心被花面郎这么击垮，不过，花面郎好像并不跟它们俩客气，把金头盔摘下之后，他手里的短刀一挥，两颗脑袋便滚落地面。

　　"你这是要干吗？"看到花面郎割断金甲尸的脑袋，肖曳忍不住问了一句。

　　"嘿嘿！当然是拿去卖钱。"花面郎一边笑着把两个行尸的脑袋别在腰间一边说。

　　"卖钱吗？"肖曳还是第一次听说古尸的脑袋可以卖钱。

　　"你卖给谁呢？"肖曳再问一句。

　　"这个是秘密，嘿嘿！在这一带像我这样专门狩猎僵尸的人很多，你自己要是想知道，去找别人问问吧！不过，我可不敢保证你去问了人家一定会告诉你，而且那些人都很凶残，你还得小心丢了性命。看你的身手也不错，你是盗墓贼吗？"

肖曳点点头，花面郎又笑道："盗墓贼来这里干吗？"

"当然是盗墓，你以为我来这里游玩吗？"肖曳不由得苦笑。

"不过，你小心点了，很多盗墓贼都很难活着离开长白山，你也是为了寻找大清宝藏'禁龙地'的'龙眼秘藏'来的吧！我得劝你一句，早点放弃吧！"花面郎说完之后就乐呵呵地往墓道外面走去，肖曳想叫住他，想多了解点"禁龙地"的信息，他已经消失在墓道之中。

"僵尸猎人，嚯！什么玩意儿？"肖曳看着地上不再动弹的金甲尸，他跳步越过去，虽然不知道"僵尸猎人"是一伙什么人，但是他心里很好奇，花面郎的能力不容小觑，如果得到他们的帮助或许可以更快地找到"禁龙地"。不过，这些都是多余的想法，他现在还得到墓穴的墓室里面看看，他想知道金甲尸已经败北，守墓人还有什么花招？他觉得很奇怪，刚刚那个气焰嚣张的守墓人竟然毫无动静。

肖曳快步往墓道里面走去，一路上除了路边上摆着几具尸骨之外，并没有什么特别奇怪的地方，没多久，他便闯进古墓墓室里面。

哎哟！唉！一阵呻吟一阵叹息从墓室里面传出来。肖曳心有警惕，将手里面的油灯晃一晃，墓室里面除了自己的影子之外还出现了另外一个影子。

那个影子蹲坐在墓室的地上，影子身边好像摆着一副棺材。

"谁？"肖曳问了一句。自己进来之后，那个影子并没有攻击自己，他很意外。

"'琳琅玉骸'被拿走了，唉！我真是没用，大意失荆州……大

第二章 僵尸猎人

意失荆州啊！"那个人竟然在不停地责备自己。肖曳都吓傻了，听到"琳琅玉骸"这个名字之后，他走到那个人的面前，看到那个人的脸，他更是一惊，竟然是老李。

"老李你怎么？难道……你就是这里的守墓人吗？"肖曳惊讶无比，眼前的老李泪流满面，垂头丧气，看上去无比伤心。他看到肖曳后也不做声，低着头不停地埋怨自己。肖曳这一下已经确定老李就是守墓人，他似乎在守护着什么宝物，他身边的棺材已经被打开，棺材里面空空如也，难道之前放置在里面的东西在老李和自己对着干的时候被第三者偷偷闯进来盗走了吗？看着老李的愁容，这个猜测估计没有错，他嘿嘿冷笑："刚刚你说到'琳琅玉骸'……"

"滚，给老子滚……"老李脱口大骂。

"难道这个古墓里面埋葬的是能指明'禁龙地'的'琳琅玉骸'吗？"肖曳很吃惊，他无论如何也想不到自己和自己的部队误打误撞闯进了收藏着"琳琅玉骸"的古墓之中。"琳琅玉骸"乃建州女真族"八宝"之一，据说"琳琅玉骸"身上藏着一幅星宿图，只要将星宿图解密便可以找到大清遗宝"禁龙地"之"龙眼秘藏"所在。

进入长白山寻找"禁龙地"宝藏的时候，肖曳本来不相信"琳琅玉骸"真的可以指明"禁龙地"所在，他甚至不相信"琳琅玉骸"真的存在。他本来想着靠自己的个人能力把"禁龙地"找到，这一下，他的想法完全改变，如果说"琳琅玉骸"真的存在，自己何不去把它找回来呢？这种事半功倍的效果，他何乐而不为呢？比起自己在长白山里面瞎兜圈简单多了。"琳琅玉骸"、"星宿图"、"龙眼秘藏"已经在他的脑海里面环绕不止，他干劲十足，他低头问老李:"你知道是谁干的吗?"

"我说了叫你滚,你还不走吗?"老李泪水汪汪地瞪着肖曳。

"我走吗?我不需要走吧!我可以帮你,真的,我可以帮你把'琳琅玉骸'找回来。"

"不需要你多管闲事,你们还不是一样打着'琳琅玉骸'的主意吗?你们想找'龙眼秘藏',你们就是想夺走我的'琳琅玉骸',你给我滚,你居然躲过金甲尸算你有本事,如果你再不走,别怪我不客气。"老李恶狠狠地骂着。肖曳着急不已,老李这样子完全没有办法打听"琳琅玉骸"的下落。他盯着老李身边那口棺椁,棺椁外表呈土红色,上面刻画着几条腾云驾雾的飞龙,棺椁里面则铺着一层锦棉,四周贴着各种符咒,符咒上面像是萨摩巫师的笔画,这口棺椁被下了"符咒死降"。肖曳知道"符咒死降"是一种很恶毒的封棺之法,谁要是开棺谁便会遭罪,如果现在去追拿走"琳琅玉骸"的人也不是没有时间。他白了老李一眼,老李怒恨交加,一双眼睛哭得都红肿起来,想叫老李配合只怕不可能了。

"滚出去,给我滚出去……"老李还在叫骂。

肖曳暗暗叹了一口气,一手提起油灯快步往墓室外面的墓道走出去。

刚刚走出墓穴,外面的士兵们一阵欢呼,墓穴里面轰隆一声巨响,好像谁往里面扔了几个炸弹一般,肖曳回头看了一眼,墓穴已经完全塌陷。他叹了口气不由得庆幸自己果断跑出来,炸毁墓穴的人是谁呢?难不成是老李吗?他皱着眉头走到士兵们面前,赵大雷走出来,他呵呵一笑说:"你小子可真命大,我们都准备给你做葬礼了,嘿嘿!"

"放心吧,我没有那么容易死,老赵,你知道僵尸猎人吗?"肖曳沉吟一下问赵大雷。

　　赵大雷立马愁眉苦脸的,看他的样子也不知道他是否清楚。过了一会儿,他抽了一口烟,眼睛眨一眨问肖曳:"你想干吗?那些人茹毛饮血不好惹,我劝你还是别靠近他们。"

　　"有那么恐怖吗?我想如果我们要找到'禁龙地'大宝藏,我们还得去找僵尸猎人谈一谈,你肯给我带路吗?"肖曳说完之后,赵大雷整个人就沉默了,接着他告诉肖曳说僵尸猎人是长白山地带最凶悍的一个部落,他们专门出入古墓之中割走墓主的头颅拿去卖给日本人,一般人都不敢去惹这些人,而且这些人居无定所,很难找到他们聚居的地点,长白山的人都不喜欢这些专门狩猎僵尸的人,他们也识趣躲得很隐秘。如果想要找到僵尸猎人,这个有点难,要是运气不好,估计会遇到猎尸时候的僵尸猎人。

　　"照你这么说,我去找他们还不如他们来找我?"肖曳算是明白过来。

　　"哈哈,你这样理解也可以,不过,我很想知道你为什么要去找这些混蛋。"

　　"你知道'琳琅玉骸'吗?"肖曳回头很淡定地问了一句。

　　赵大雷的脸色顿时变得难看无比,他愣了半会儿才说:"这个……你也知道吗?"

　　"想找到'禁龙地'大宝藏,我们还得先把'琳琅玉骸'盗走,嘿嘿!听说'琳琅玉骸'身上画着一幅'星宿图',按照'星宿图'的指示,找到'龙眼秘藏'完全不是问题吧!好了,老赵你好像对这个都不怎么懂,我看我还是自己去找找看。"肖曳说完之后叫那些还没有死掉的士兵回营地里面去,不管发生什么事都不要私自行动。

他换了一支长枪，带了一点干粮就往长白山深处走去。

"你是说僵尸猎人拿走了'琳琅玉骸'吗？"赵大雷一脸的焦虑，他拦住肖曳的去路。

肖曳点点头，能随随便便出入古墓的人除了自己一伙人之外便是以花面郎为首的僵尸猎人，要说"琳琅玉骸"被盗，花面郎这些僵尸猎人嫌疑最大。

"不可能，我觉得不可能。"赵大雷满脸狐疑。

"我亲眼看到，你说怎么不可能呢？"肖曳不想和赵大雷啰嗦下去，他迈开脚步绕过赵大雷埋头朝着被大雪覆盖了的长白山深处走去。

"等一下，肖队长，你要是不嫌弃，我给你带路。"赵大雷举着拐杖快步跟到肖曳面前。

"你不是不知道僵尸猎人的窝吗？"肖曳故意叹了一口气说。

"你跟着我来就是了。"赵大雷变得豪爽起来，拄着拐杖一瘸一拐地往前面带路，肖曳低头嘿嘿一笑赶紧跟上赵大雷。

两人在长白山山下枯树林里面走了一段时间，夜色慢慢地降落，进入一个山坳之后，赵大雷摆手叫肖曳停下脚步，他抽了一口烟说："这地方有个名字叫尸骨坡，你看到地面上那些洞没有？这里面藏着不少的僵尸脑袋。"他顺手拿着拐杖推开一摊厚厚的积雪，一个洗脸盆大小的地洞便出现在肖曳面前。肖曳低头看去，地洞很深，里面黑乎乎的什么也看不清。他举目看着四周，雪花轻飘飘，山林在寒风下摇摇欲坠，山谷林立，毫无人烟，这地方倒也僻静。他指着藏尸洞问赵大雷："这些洞怎么回事？僵尸猎人拿来放置尸骨的吗？还是养尸骨的呢？"放眼看去，这一带的藏尸洞还不少，大大小小，圆的方的，搞得整个尸骨坡如同一个大筛子，他还是第一次看到这样的景象，整个吓傻了，要是这些藏尸洞里面的尸骨全部爬出来，自己岂不是要死在这里了。想到这他不禁有些心寒，赵大雷看上去一副从容淡定的样子，赵大雷说："等一下僵尸猎人就会在这里出没，我们跟着他们就好了。"

赵大雷说完之后吐了一口烟又说："你还记得盗走'琳琅玉骸'那个人的模样吗？"

肖曳点点头，只要能找到僵尸猎人，其他的先不管了。

赵大雷叫肖曳和他躲到一块被大雪堆积的巨石后面，肖曳知道赵大雷有些能耐，这个时候他也不怕任由赵大雷指使。两人闪进巨石后面，赵大雷很快把烟斗熄灭，然后闭目养神等待僵尸猎人到来。雪夜寒风，肖曳收紧身子，这紧要关头，耳边却传来一阵吱吱的怪声，肖曳抬抬头，声音好像是从外边那些藏尸洞里面传出来的，这是怎么回事呢？肖曳的心绷紧起来，他想抬头去看看，赵大雷用胳膊碰了他一下："不要乱动。"

"是不是有人来了呢？"肖曳呆呆地问了一句。

"每到半夜，尸骨洞里面的僵尸就会爬出地面，你要是出去，你这不是找死吗？"赵大雷说得好像很严重似的。肖曳嘿嘿冷笑，他总觉得没有那么简单，外边的声音渐渐地热闹起来，不难想象那些僵尸张牙舞爪地从藏尸洞里面爬出的样子。

肖曳还想说什么，一只枯槁的手臂突然从巨石后面伸出来，五指一张便往他的脸部抓过来。肖曳骂道："我不去招惹你们，你们倒是来招惹老子。"他一伸手抓住那只尸手，奋力一掰，砉的一声那只尸手被他折成两半。看到肖曳这样，赵大雷汗颜，他叫道："不要乱动，你这样子……这样子会被……"他还没有说完，肖曳已经用力将尸手后面的僵尸扯出来，然后一脚踩着那头僵尸的胸腔，僵尸身体腐烂，脑袋扎进雪堆里面，被折断的手臂不停地甩动。肖曳掏出腐尸粉撒在僵尸身上，看着僵尸慢慢溶化在雪堆里面。赵大雷吓得瞠目结舌，他看着肖曳："你这是干嘛呢？你这样会得罪那伙人。"

"错，是这些死东西先得罪我，老赵，我说你紧张什么？"

"你不知道那伙人的手段，他们简直就是长白山的恶魔，他们根本就没有感情，你这样子被他们发现，这些杀人不见血的混蛋肯定不会放过你。"赵大雷说得似乎不像假话。肖曳可不管这些，他站起来，看着赵大雷，厉声说道："我跟你说，我也不是好惹的人。"

"该死的。"赵大雷这会儿好像被一条僵尸缠上了，他挥舞着手里的拐杖正在跟一条从巨石后面爬进来的僵尸作战。那条僵尸是一具女尸，长发飘飘，面容憔悴，手臂上仅剩下两根骨头，手指头上的指甲如同十把尖刀，它爬过来之后吱吱叫着去袭击赵大雷。

赵大雷一个猝不及防手臂已经被划出一道伤痕，血滴落的时候，他大叫不好，血气弥漫在尸骨坡上，巨石外面的僵尸嗅到了血气一个个都变得疯狂起来，一条条的僵尸从藏尸洞里面钻出来后纷纷往巨石后面爬过来。

"此地不宜久留，我们还是先离开再说。"赵大雷用拐杖将袭击他的女尸脑袋敲碎后说。

肖曳看着群尸进攻过来，他摆摆手对赵大雷说："你害怕了吗？"

"肖队长，这里只有你和我，我们都会被这些丧心病狂的死物杀害，等一下僵尸猎人出现，看到我们糟蹋他们的宝贝，他们肯定不会放过我们，多一事不如少一事，咱们现在离开，'琳琅玉骸'

的事情可以先放一边，保命要紧。"赵大雷脸色铁青，肖曳却哪里听他的话，肖曳这人本来就是个急性子，看到群尸晃动，他手里举着长枪就往僵尸们的脑袋射击。他似乎已经受够了，子弹打光之后，他拿着腐尸粉和血刀冲进僵尸群里面，他这是要大开杀戒，不一会儿，从藏尸洞里面爬出来的几十条僵尸全部被他打倒在地。

"肖队长，这下我们完蛋了。"看到群尸已经不再动弹，赵大雷喊了起来，如同上了断头台一样。他跑到肖曳面前，眼看肖曳正利用腐尸粉把僵尸溶化，他更是着急，赶紧拦住肖曳不让他乱来。肖曳呵呵一笑说："我说你担心什么呢？这事我一个人负责。"

肖曳的话刚刚落下，尸骨坡突然震动起来，如同地震一般。肖曳和赵大雷脚下站不住，两人同时晃倒在地，还没有来得及站起来，地面又晃动一下，两人滑落到一个藏尸洞里面，跟着大雪纷飞，一团厚厚的雪噗的一声堵住了藏尸洞的洞口。

"老赵，这是怎么回事呢？"一路滑落藏尸洞的肖曳喊着赵大雷。

"我不知道，这地洞怎么那么长呢？啥时候见底啊！"赵大雷叫着。

两人完全制止不住往下滑的速度，肖曳伸手到处摸，看看有没有什么东西可以帮自己一把，洞底里面也不知道有什么东西？要是滑进去，遇到什么机关毒尸可不好，可是藏尸洞的洞壁滑溜溜如同鹅卵石一般，手摸过去，根本就抓不住。

咚的一声响，两人的身体总算停止，好像已经滑落到洞底。

"把火柴给我。"肖曳跟赵大雷说了一句。赵大雷在身上摸索半天，然后把一盒火柴递给肖曳，他还说自己运气好，刚刚滑落的时候火柴没有掉,不然连抽口烟都没机会了。肖曳从身上摸出一小瓶尸油,然后把自己外面穿着的棉袄脱下来,将尸油淋在外套上面后,火柴一划,一团大火油然而起,藏尸洞在火光照耀下出现在两人的眼前。

"这里好像是一条地道。"赵大雷感慨着。

他们俩正坐在一个很深的地道中间,地道差不多有两米高,一直深入里面,肖曳晃了晃火把,地道弯弯曲曲看不到终点。肖曳站了起来,拉了一把赵大雷,他说:"我们得往里面走走看看,没准我们很快就能找到出口。"赵大雷同意了。要是想从掉下来的尸洞爬出去,这个有点困难,尸洞洞壁滑溜溜不说还很狭小,明显是滑下来容易,爬出去困难。

肖曳把用自己的棉袄做成的火把举起来,然后大步往地道里面走去,赵大雷拄着拐杖跟在他后面。走了一段路,肖曳突然问赵大雷一句:"你对这里的环境熟悉吗?"赵大雷摇摇头,他说他根本不敢靠近尸骨坡,要不是肖曳执意要寻找僵尸猎人,他也不会帮这个忙。

"那你说,我们会死在这里吗?"肖曳问了一句。他已经隐隐发觉地道里面似乎隐藏着什么杀机,地道阴森无比,总在他的耳边响起一阵奇怪的摩擦声,好像有什么东西正贴着地道的四壁缓缓爬行。他问出这一句,赵大雷愣愣地不想回答,他眼睛到处观望,似乎挺害怕的,他这种年纪的人,肖曳实在想不通他还会惧怕什么?

两人再走一段路,赵大雷突然喊了一声,他双手握着脖子,似乎被什么东西勒住了一样,整个人看上去就好像一只吊死鬼。

"怎么回事?"肖曳走到赵大雷身边,赵大雷张着嘴巴想说话,喉咙发出咝咝的声音,嘴巴却发不出一句话。肖曳伸手抱住赵大雷,他往赵大雷的脖子看过去,一条蛇皮状的绳索套住了他的脖子,蛇皮上的鳞橙黄橙黄的。肖曳一刀削过去,刀子根本不管用,他沾着一点腐尸粉放在蛇皮上面,蛇皮立马抖动起来嗖地一下闪进地道顶部。

"我就要喘不过气了。"获救的赵大雷捂着脖子不停地咳嗽。

肖曳将火把高高举起,地道顶端竟然悬挂着无数的橙色蛇皮绳索,那些绳索直勾勾地悬着,好像只要触动一下,它们就会自己自由伸缩。仔细看清楚后,肖曳骇然,绳索竟然长着眼睛鼻子嘴巴,不!这些应该是一群橙黄色的蛇类,它们把半截身子暴露在洞壁上,专门掠食从地道里面路过的人。看到地上歪歪咧咧地摆着各种形状的死人骨头,死于这些蛇类的人想必不少,肖曳顿时拉着赵大雷快步往地道前面走去。洞顶的橙黄小蛇则一条接着一条从上面滑落下来,它们飞速如离弦之箭,他们往前跑,它们就追着,嘴巴里面吐着火红色的舌头,时不时还喷出一些毒液。他们俩吓得胆破心惊,快速地往前跑,看到前面出现亮光后,肖曳将手里的火把往后一甩,火势蔓延,那些小蛇被大火阻挡住了。

来到前面,这是一个高大的洞府,如同一个巨大的墓穴,洞府里面莹莹地闪烁着亮光,肖曳看去发现洞府地面上摆放着无数的金银珠宝,照亮洞府的光也是这些璀璨金银所发出来。面对金山银海,赵大雷呆若木鸡,嘴巴张开后都合不起来。他们哪里想象得到洞府之中会置放这么多的宝物?金银玉石,玛瑙珍珠,都是价值连城的宝贝,堆积起来足足有三四米高,两人都傻了眼,赵大雷说道:"这个……是僵尸猎人的宝物吗?"

"管它呢,我们还是先想办法离开再叫人进来搬走这些宝贝,

"嘿嘿！老赵，咱们发大财了，要是把这些宝物运出去，很爽吧！哈哈，不过，这里好像没有出口。"肖曳兴奋一阵子后整个人如同一只斗败了的公鸡，他在洞府四周查看了一番，四周封闭，根本没有出路，总不能走回头路，想想那些小毒蛇，余悸犹存。

"你听听这是什么声音？"赵大雷突然说了一句。

肖曳侧耳去听，金山银海里面好像有什么东西正在抖动。

怎么回事？肖曳和赵大雷都退到一边，金山银海里面的响声越来越大，如同躲在草丛的一只老虎正要跃出来捕食他们俩，金钱银币哗哗下落，珍珠玉石滚了一地，呼呼几声，两条巨大的影子从堆积如山的宝物里面冒出来。

"黄金骷髅吗？"赵大雷已经忍不住喊出来。

肖曳抬眼观望，从宝物里面冒出来的正是两具金黄色的骷髅，它们晃动着身子，如同提线木偶一般，它们的嘴巴不停地张开合拢，从头颅骨到脚趾骨，它们都是金灿灿的，整个身子就是一具黄金。这玩意儿叫"黄金骷髅"，据说制造它们的人意图把它们埋入金山银海里面作为"守财奴隶"，把它们藏于宝物里面，谁要是想打宝物的主意，它们便会攻击盗宝者。这种"黄金骷髅"早在隋唐时代便出现，用黄金裹着它们，这么一来，它们便可以更好地隐藏在宝物之中，别人还没有来得及发觉它们，已经中了它们身上涂满的毒液。

看到"黄金骷髅"爬出来，肖曳和赵大雷都叹了一口气，幸好刚刚他们还不至于见钱眼开扑到金山银海里面，要不然触碰了眼前这两具隐藏在宝物里面的毒骷髅，这辈子都要在这里做守财鬼了。

"黄金骷髅"晃动着身姿，它们抖动着手臂朝肖曳他们走过去，肖曳骂了一句后，手里的短刀摆出来正想着去对付"黄金骷髅"，赵大雷却一把拉住他："没用的。"

　　刀子肯定砍不断黄金锻造的它们，再说了，如果被它们碰到，沾到它们身上的毒液，只怕是大罗神仙下凡也解不了这"骷髅毒"。肖曳看着赵大雷，总不能坐以待毙，眼前的"黄金骷髅"已经奋力扑过来，这场景如同面对金甲尸，只能躲不能打，这一次却比对付金甲尸麻烦多了，至少还得提防不要被碰到。

　　想起花面郎对付金甲尸时候利用绳索，肖曳想如法炮制，可惜这里除了金山银山哪里来的绳子呢？无奈之际，"黄金骷髅"已经来到两人面前，赵大雷吓得跑出洞府去，肖曳骂着赵大雷没有出息，可是他自己还是跟着跑出去。前有小毒蛇，后有毒骷髅，赵大雷是不是有意要害自己呢？不然干嘛带自己来尸骨坡？僵尸猎人影子都没有捞到，自己反倒跌进这种鬼地方，单凭自己的能力是无法应付眼前的场面的，他冥思苦想，始终没有什么好办法。"黄金骷髅"已经追了出来，到了自己扔掉的燃烧着的棉袄面前，火光的对面已经积聚了上百条橙黄色小毒蛇，毒蛇吐信，举着细小的脑袋晃动着长长的身子，狰狞的样子令人毛骨悚然。

　　然而此刻，赵大雷却大叫："有人过来了。"

　　"呃……"肖曳还没有回神，洞道前面的的确确走进来三条人影。

　　"僵尸猎人来了。"赵大雷语气里面显出几分惧意。

　　"是吗？这里本来就是他们霸占的墓穴吧！"肖曳低声说着。前面三个人影慢慢地靠近，走进蛇群里面后，其中一人吹了一声哨子，那些小毒蛇立马嗖嗖嗖地飞起来一条接着一条躲进洞道的四壁里面。肖曳不由得感慨，这些僵尸猎人的能耐到底如何？连毒蛇都能控制吗？三人进入眼帘，肖曳看到后，他感到有些兴奋，因为和自己有一面之缘的花面郎也在其中。

"嘿！怎么是你呢？"花面郎远远地就跟肖曳打招呼。

"他就是盗走'琳琅玉骸'的人吗？"赵大雷狠狠地盯着花面郎低声问肖曳。

肖曳摇摇头，他带着赵大雷走到三个僵尸猎人面前。花面郎一招手，他身后的两个大汉便往地道里面走去，里面摇晃着两具"黄金骷髅"，也不知道两个大汉使了什么法术，"黄金骷髅"此时竟然转身往地道里面躲回去。

"花面郎，咱们又见面了。"肖曳对花面郎笑了笑说。

"怎么？你们俩跑这里来干嘛呢？这个墓穴已经属于我们僵尸猎人的了，是你们俩把'黄金骷髅'激活了吗？那种玩意儿千万不要去惹，要知道我们也很难去对付，再说了，你们看到那些宝物没有？我们三年前就进入这个古墓了，可怜的是，我们一直没有办法对付那两具'黄金骷髅'，看着宝物而拿不到，心里真难受。"花面郎说着。肖曳回头看了一眼地道里面，两个僵尸猎人已经成功地将恐怖的"黄金骷髅"逼进堆放宝物的洞府里面去。

"'琳琅玉骸'是你拿走的吗？"赵大雷好像不肯相信肖曳的话，他一心以为"琳琅玉骸"是花面郎所偷走。话说赵大雷也奇怪得很，提到"琳琅玉骸"他好像很冲动，这"琳琅玉骸"好像他儿子一样。

"什么'琳琅玉骸'？我不知道，嘿嘿！那玩意儿我可没有拿走。"花面郎笑道。

"除了你没有别人，肖队长，你说句话，你肯点头，我就宰了他。"赵大雷暴跳如雷，他似乎就要和花面郎干架一般。

"老赵，你别激动，这事可没有那么简单。"肖曳安慰了赵大雷一会儿。他走到花面郎面前说："我还以为我找不到你，我说你肯帮我一个忙吗？"花面郎愣了半天都没有明白怎么回事。他摸摸鼻子，说："帮忙可以，不过，你得告诉我，尸骨坡上的事谁干的？"

"是我们做的，怎么样？"赵大雷气势如虹，一开始他嘴巴里面总是叫肖曳不要去得罪僵尸猎人，这时候，他自己倒是大起胆子来了。

"那个我很抱歉，而且我们也不是故意的，那些僵尸先动手……嘿嘿……"肖曳说到这里的时候，花面郎的脸色显得很难看，他怒目圆瞪看着肖曳，他几乎就要挥拳殴打肖曳，不过他沉得住气，他冷冷地说："这事我们得好好算账，你想要我帮你干吗？"

"寻找'琳琅玉骸'。"肖曳直爽地回答。

"这事我不打算帮你们，你们自己想去死别扯上我一块儿，我告诉你，大清宝藏'禁龙地'根本就不存在，你们何必费那么多心思呢？明知道最后竹篮打水一场空，再说了，有些地方不是你想去就可以顺顺利利去的，嘿嘿！要是死掉了，你们也没有遗憾吗？"

"这些年跑到长白山寻找'禁龙地'的人很多，盗墓贼、军阀、商客、土匪，等等，听说很多人都是有去无回，长白山是个险恶的地方，毒蛇猛兽，妖魅尸怪，雪崩地裂，都是致命的，加上人心叵测，各人之间的勾心斗角，没有找到'禁龙地'都已经死在长白山里面了。"赵大雷感慨着，他似乎也曾经因为"禁龙地"而疯狂过。

花面郎点点头赞许赵大雷的说法。肖曳哪里甘心呢？他呵呵一笑："你既然不想帮忙，我也不好麻烦你，嘿嘿！你们想劝我不要去打'禁龙地'的主意,我想你们省省吧!"肖曳说完之后便要走开,此时一个很沉很沉的声音叫住他:"我可以帮你。"

这是一个女人的声音,肖曳愣了一下,一个瘦小的女人出现在他的眼前。

"麻豆,你这是干嘛呢?我不许你帮他,他可是我们的敌人。"花面郎骂道。

肖曳看着那个女人,女人年纪二十三四,长相一般,脸盘很大,身材中等,穿着一件牡丹花大红棉袄,她的出现让肖曳很意外。面对花面郎的愤怒,她完全不顾,她跟肖曳说:"我有办法帮你,只要你肯相信我。"肖曳想了一会儿。那边的花面郎再一次强调:"麻豆,你是不是疯了?我们已经说过好几百次了,'禁龙地'根本就是个骗局,你为什么老是不听话?你要是敢去帮他,我们一定不会放过你。"

"我无所谓了。"叫麻豆的女人白了花面郎一眼。

"好,你等着,等着我帮你收尸吧!"花面郎很生气,他骂完之后愤愤地往地道前面的洞府走去。肖曳看着麻豆,麻豆笑道:"怎么?我和他们一样也是僵尸猎人,我叫麻豆。"肖曳有些哭笑不得,僵尸猎人确实是一个古怪的群体。他看着赵大雷,赵大雷却直勾勾地盯着麻豆看了半天,他脑子里面好像在思索着什么。他一拍赵大雷的后脑勺说:"老赵,你一把年纪了干嘛色咪咪地盯着人家小姑娘看呢?你害不害臊?"

赵大雷立马低下头,一脸的难为情。肖曳呵呵一笑,他问麻豆:"我凭什么相信你呢?"麻豆低头想了想,她从身上拿出一张地图递给肖曳。肖曳一看,地图好像是一张长白山藏宝图,地图上面用笔勾勒了不少的线路和文字,这是一张有着深入研究的地图。看到地图后赵大雷长长地叹了一口气，他说道："这'禁龙地'的'龙眼秘藏'地图是真的。"肖曳骇然，看着赵大雷的表情，赵大雷一副若有所思的样子。肖曳想开口问他几句，一边的麻豆说："你不相信我也罢，反正没有你们我自己也会把'龙眼秘藏'找出来。"

## 第三章　披甲人

肖曳带着麻豆等人进入黑龙江宁安县县城后便找了一家旅馆入住，按照计划需要在县城住上一个晚上，然后再开始下一步计划。这一次来宁安县，主要是两个目的，一个是追踪"琳琅玉骸"的下落，另一个则是寻找麻豆手上"龙眼秘藏"地图所提示的"龙骨刀"，两样宝物都是进入"禁龙地"的关键，所以肖曳他们并不敢急慢。

进入宁安县后，麻豆就不停地叮嘱肖曳他们要小心一些，她说宁安乃是冤魂不散之地，诡异之事众多。麻豆加入寻找"禁龙地"后，肖曳什么都听从她的安排。他发现麻豆对"禁龙地"的研究颇有成就，长白山乃大清龙脉、女真族发源于长白山的传说、渤海古国遗址、长白山各种妖兽、大将军坟墓里面的诡异传说、宁古塔披甲人阴魂不散啥的她都能信口说来，对于"禁龙地"的真假，她说十年前有人进去过，不过具体细节她倒不肯说明白。

肖曳睡到半夜的时候，隔壁麻豆的房间突然传来一个奇怪的鸟叫声，他醒过来，将耳朵贴在墙壁上，只听得麻豆正在跟谁说话："你放心，这一次我一定会顺顺利利地完成任务，不然的话，我把我的脑袋提回去给你，还有，以后不要再联络我，有什么事我会叫'苦儿'去找你们。"接着是呱呱呱的几声鸟叫，肖曳还想继续听下去，哪知道只有麻豆的声音，接着便是呱呱呱的鸟叫。他虽然不知道麻豆三更半夜自言自语些什么，但是他总觉得不对劲儿，说她是在梦呓，又有一只鸟在配合她呱呱叫。肖曳寻思一会儿，麻豆房间的窗户啪的一声被推开，那只鸟扑着翅膀呱呱叫着飞了出去。肖曳举着枪到自己的窗口，本想着一枪把那只怪鸟射落，谁知怪鸟飞得快，一下子就消失在夜色之中。

第二天起来，下楼后，麻豆已经坐在里面喝早茶吃早餐，看到肖曳几个人，当时肖曳带上了五个部下，赵大雷本来打算跟来，肖曳一口拒绝了他，他显得很失落地离开。麻豆摆手招呼着肖曳："喂，肖队长，早上好！昨晚睡得好吗？"

"托你的福，我睡得不错，嘿嘿！"肖曳走到麻豆面前，麻豆叫店家多整几碗面给肖曳他们，然后说："睡得香是好事情，接下来我们要做的事情可不是闹着玩的，只怕连睡个好觉都变成奢望了。"她的意思是接下来会有不少险恶之事。肖曳自从做了盗墓贼之后，他就没有怕过什么，这辈子也打算自己就算死也是死在哪一座古墓里面，盗墓这活儿也不是什么好玩的活儿，比起上战场杀敌还惊险，麻豆这么说实在有些看不起他。

"我们的行程，你都安排好了吗？"肖曳喝了一口茶问。

"我做事，你放心。"麻豆真是个豪爽的东北女人。

"那就好，嘿嘿！我们接下来要去哪里呢？按照地图，我们好像要去旧街。"肖曳说。

"旧街地下有一座古墓，可惜的是老早便有盗墓贼光顾，里面的财宝已经被盗之一空，当然，我想说的是，你别担心，那里有个守墓人，他或许能帮我们找到'琳琅玉骸'。"

"是吗？那么我们得快点找到那家伙了。"肖曳说完之后叫自己的几个部下吃早餐吃快点，他自己没什么食欲，拣了个面饼嚼了几口就不吃了。

在麻豆的带领下，一行人很快就来到宁安旧街。这是一条很古老的街道，街道两边都是明清旧式房子，有些看上去就快要塌了。旧街人很少，基本都是一些上了年纪的老人，他们住在破烂不堪的房子里面，一眼看去，老街老房老人家，满目疮痍。

麻豆带着肖曳等人走到一个门牌叫"李字号"的房子面前，这家铺子好像是卖酒的，进门便是一阵清冽的酒香。

"雷大爷，你在吗？我是麻豆，我带了几个朋友给你认识认识。"进门之后麻豆便喊了起来。柜台后面当啷一声，一个醉眼惺忪的老汉爬出来，他迷迷糊糊地看着肖曳他们，嘴巴里面念叨："谁呀？谁找我呢？找我干吗？没见到我正在喝酒吗？"

"我是麻豆，你不认得我了吗？"麻豆跑过去将老汉扶起来。老汉眯着眼睛看麻豆半天才乐呵呵地说："原来是豆儿啊！你怎么有闲工夫来找你雷大爷呢？"

"我带几个朋友来给你认识认识。"麻豆说完后便开始介绍肖曳他们给老汉，同时告诉他们老汉名字叫李横雷，他便是旧街地下暗藏的古墓三个"守陵人"之一。麻豆说他本事很大，在肖曳的眼里，喝得一塌糊涂的李横雷无非就是一个糟老头罢了。

"你们想干吗？豆儿啊！你还想打'龙眼秘藏'的主意吗？你真是不听话，好了好了，你们都进来吧！"李横雷一面说着一面将他们引进老房子里面。里面是一个大厅，一些旧家具看上去都腐朽得不行了，李横雷在大厅的中间掀起一个盖子，盖子里面好像是一个地洞，肖曳瞥了一眼，地洞里面摆着一把梯子。李横雷笑着说："你们进去吧！我想睡觉了，我喝太多了。"说完之后整个人就趴倒

041

在地呼噜呼噜睡大觉。麻豆示意众人快点爬进大厅中间的地洞里面去，看她的样子，她好像很紧张被人发现似的，李横雷这个老酒鬼不算什么威胁吧！麻豆这一刻好像很害怕他一样，肖曳招手叫跟随自己的五个盗墓兵先进入地洞。

"里面便是那个渤海古国墓陵吗？"肖曳愣愣地问了麻豆一句。

"你以为我忽悠你吗？我可没那种心情，走了，走了，等一下雷大爷醒过来发现我们进入古墓，他一定会喊着要杀人。"麻豆一边说着一边往地洞爬下去。

肖曳跟在她身后，他说："你的雷大爷不是同意咱们进去了吗？"

"你不见他喝多了吗？以前我来的时候，我都要先把他灌醉了才有机会进入里面，这一次他倒是自己把自己灌醉了。对了，叫你的人小心一点，这口古墓虽然说没有什么值钱的东西，里面古怪的东西可不少。"麻豆叮嘱着。

"能有什么古怪的东西呢？无非就是死而不僵的尸怪罢了。"肖曳不以为然。

"披甲人，你知道吗？我们最好不要碰到披甲人，不然……嘿嘿……我们都别想活着离开。"麻豆冷冷地说。她的样子并不像是开玩笑，但是肖曳又怎么惧怕呢？他连金甲尸都遇到过，披甲人这种东西没有什么好怕的。麻豆告诉他，披甲人就是一种帮助清王朝镇守边疆的士兵，分步甲和马甲两种，这种士兵骁勇善战，性格暴戾，死后魂归，寄落古墓之中，形成一支守护古墓的陵墓披甲人，在古墓里面要是遇到这种披甲人多半只能等死了。

不过，肖曳觉得很好笑，这座唐朝"渤海古国"的墓陵里面怎么会出现大清朝的"披甲人"呢？这有点风马牛不相及，麻豆的话把肖曳逗乐了，他嘲笑说："我以前去盗一座汉墓的时候，我挖到了一具唐尸，后来被一个秦朝的陶俑追杀，最后我叫人来搬走了一堆宋朝的陶瓷玉器，你说我这一段经历是不是很搞笑？"

"没时间跟你钻牛角尖，不听我的你迟早后悔，快点进来吧！我们得速战速决，至少不要被雷大爷发现。"麻豆催说着的时候她整个人已经随着前面五个士兵钻进地洞里面去，肖曳干咳一声跟着钻进去。爬下梯子之后是一段二十米长的洞道，洞道还有些潮湿，走到洞道尽头便是一个墓坑，墓坑很大，里面四通八达穿梭着很多墓道，不进来看不知道，这里面的玄机实在神奇，这座地下墓穴如同一个地下城一般。麻豆说这是一个"蚁窝"构造巨型墓陵，这是一个渤海国王室的墓穴，当时他整个王府的人都埋葬在此，他的王妃、他的部下、他的仆人和他的后人都有自己的棺位。肖曳放眼望去，墓坑的中间摆着一具大石佛，石佛四周环绕着一排玄色棺椁，棺椁大大小小有二三十个，在棺椁前面都立着一块墓碑，墓碑以"渤海古国"特色的"石龟趺"形式放置。也就是说，肖曳满眼看过去，一具大石佛四周环绕着一排玄棺，玄棺前面趴着一排石龟，石龟的背后甲壳上画满了纹络和文字。

肖曳发愣的时候，一个盗墓兵跑过来说："队长，我们四周看了一下，墓陵里的窖藏已经被盗走，我想这里只是一个空墓罢了。"

"我们进来的目的是？"肖曳沉吟一会儿，看到麻豆站立在那具大石佛面前发呆，他不由得问了一句。麻豆这个女人心机很深，他有些猜不透。

"这里有去'禁龙地'的指示，你过来看看。"麻豆向肖曳招招手。

肖曳走到大石佛面前，石佛满脸堆笑，肚大能容，手握佛珠，一副天真烂漫的样子，在它鼓起的肚皮上面画着密密麻麻的符号。麻豆手指着符号一边看一边思考，整个人都傻了，肖曳凑过去看了一眼，细小的符号令他眼花缭乱不敢多看几眼，麻豆却看得津津有味，他有些无语了。

"这些是渤海古国文字，里面写到了'龙眼秘藏'，这个古墓我进来过三次，很可惜我都没有能认认真真地看完。如果我没有猜错的话，'龙骨刀'一定就埋藏在这里。"看到肖曳索然无味的样子，麻豆解说着。

"原来如此，你能把'龙骨刀'找出来吗？这地方的宝物早就被清空，只怕'龙骨刀'已经落入别人的手中，话说这么庞大的一个墓葬，到底是谁闯进来盗走这里所有的宝物呢？"肖曳疑问。眼前的这个王陵肥得流油，轻易进来将宝物盗走的肯定是一个大盗墓贼，麻豆说"龙骨刀"埋葬于此，说不定人家当初也是为了"龙骨刀"而来。这么一来，他们根本就不该在这里浪费时间而是去寻找曾经进入这个王墓的大盗墓贼。

"我怀疑这里的宝物没有被盗走。"麻豆的话让肖曳有些惊愕。

"什么意思？那么大的王墓，窖藏坑空无一物，怎么不是被盗走了呢？"肖曳问道。

"这个世界上很多东西都是骗局，我告诉你，我怀疑王墓宝藏被盗走这是雷大爷他们三个守陵人的阴谋，他们故意这么说让别人以为这里只剩下一个空壳子，而宝物已经被他们三人藏到别的地方去了。你要知道，王墓宝藏可不是那么容易就盗走，而且王墓之中披甲人横行，一不小心就会丢了小命，那些进入王墓的盗墓贼，首先要过雷大爷他们这些守陵人一关，还要过披甲人一关，雷大爷别看他喝酒喝得一条糊涂虫似的，他的本事大着呢。"

"这么说来，我们直接去找雷大爷问清楚就是了。"肖曳建议。

麻豆摇摇头，说："我们不能轻举妄动，惊动了守陵人，我们谁也别想离开这里。"

"这也不行，那也不行，我们来这里干嘛呢？"肖曳有些不耐烦了，这不是他的风格。

"大肚佛的肚皮上除了有记载'龙眼秘藏'的文字还有一幅路线图，我想知道这个地图和我手里的地图有什么出入。我现在就把它拓印下来，你们给我争取点时间。"麻豆说出自己的意思后，肖曳一脸的不解，他问："我要给你争取什么时间呢？"

"来了。"麻豆伸手指向对面的一个墓洞，那边晃晃悠悠地走动着几个黑影子。肖曳看过去，心里暗忖："难不成是披甲人吗？"回头看着麻豆，麻豆从身上拿出一张帛纸然后沾了一些墨水开始去把大肚佛肚腹上的路线图进行拓印。

"肖队长，那些家伙，我们要不要？"一个士兵走到肖曳身边问道。

从墓洞里面走出来十几具甲尸，它们舞动着手里的弯刀长矛飞速地从墓洞那边跳跃过来，它们如同沙场上血战的将士，遇敌之后斗志昂扬，肖曳的几个盗墓兵已经拿出枪支弹药准备回击。眼前的披甲人，一身战甲，身后飘着一袭血红战袍，它们面目狰狞，嘴巴里面不停地吐出一道又一道黑色尸气，它们身手矫捷，三下两下便杀到肖曳他们面前。

肖曳瞥了一眼麻豆，心里骂道："这一次老子就信你一次。"他举起手里的枪，一边叫身边几个盗墓兵小心点，一边向冲过来的披甲人射击，打坏几个披甲人后，别的墓洞里面又冲出来不少的披甲人。这一次，肖曳暗叫不好，披甲人几乎霸占了整个墓室，步甲出现后，马甲跟着跑出来，躲得过步甲的弯刀，却很难躲过马甲的长矛，已经有两个盗墓兵遭到马甲骑兵的袭击而阵亡。肖曳举着长枪射击，把披甲人逼开之后，嗖嗖嗖，迎面而来一场箭雨，一伙披甲人弓箭手躬身蹲在墓室不远处的墓洞前面架着弓弩放箭。

"肖队长，它们火力好猛，我们快撑不住了。"一个盗墓兵开始抱怨。

"要不要叫人过来呢？"另外一个盗墓兵刚刚说完，胸口就被射中一支长箭。

"这种时候……喂！你啥时候搞完呢？"肖曳看着还在大肚佛面前的麻豆，问了一句。

麻豆神色从容，肖曳这么一问，她挥挥手说："你们再坚持一阵，我快了。"

"肖队长，别听那个女人的，她想害死我们。"一个盗墓兵凑过来跟肖曳说。他刚说完，一支长箭呼啸而来正中他的左眼，他倒在地上。

五个盗墓兵只剩下一个跟自己奋战，肖曳怒了，他跳到那个唯一活下来的盗墓兵面前，一枪击垮狙击他的那个披甲人，肖曳低声在那个盗墓兵耳边说："我掩护你，你先撤，这里我自有主张。"那个被吓得脸色苍白的盗墓兵立马点点头，在肖曳的掩护下闪进他们进来的那个墓洞里面快步遛出去。肖曳待那个盗墓兵离开，扔掉手里的枪拔出一把短刀就冲进披甲人里面和披甲人激战起来，虽然双掌难敌四拳，他还是尽力将披甲人的注意力引开，不让披甲人靠近大肚佛半步。他飞身穿梭在披甲人里面，躲过弓箭手的射击，闪过马甲骑兵的长矛，引起披甲人步甲的愤怒让它们围着自己绕进一个墓洞里面。

虽然杀不死眼前密密麻麻人数众多的披甲人，但是引开它们的能耐肖曳还是有的。他现在大汗淋漓提心吊胆地奔走在披甲人的攻击里面，他只希望麻豆能快点完成她的拓印。自己现在就好像闯进了一个披甲人的军营里面，披甲人源源不断地冒出来，自己是杀之不尽毁之不完，比起对付金甲尸麻烦多了，难怪麻豆口口声声说没有盗墓贼能轻易进出此地。

"嘿嘿！你们都死得差不多了吗？"肖曳苦战的时候，麻豆突然出现在他身边。

"弄完了吗？"肖曳问了一句。

"当然，现在咱们得想办法从这些披甲人手里逃命了。"麻豆说完之后，一具披甲人突然跃到她的身后，一把弯刀嗖然飞起，眼看就要劈开她的脑袋，肖曳将手一伸一把推倒她，她才躲过一劫。她嘴巴不干不净地骂骂咧咧，肖曳问道："你有办法吗？你不是僵尸猎人吗？"麻豆呵呵一笑说："要是花面郎在，他不出一盏茶的时间就可以击垮它们，我不行的了，我混在花面郎他们的部落里面无非就是为了寻找'龙眼秘藏'。"

"花面郎好像不是很喜欢你去冒险。"肖曳这时候倒也有心情跟麻豆聊天。

"他们只是害怕罢了，你见过'黄金骷髅'了吧！我告诉你，那两具'黄金骷髅'和'龙眼秘藏'也有着很大的关系，要不是我知道花面郎他们一直霸占着'黄金骷髅'我也不会潜入僵尸猎人群里面。我坦白说一句，花面郎他们其实就是'禁龙地'的守护人，他们的祖上便是驻守'禁龙地'的披甲人，只是后来他们这一系披甲人没落了，现在花面郎他们以狩猎僵尸为生。嘿嘿！他们现在口口声声说守护'禁龙地'不许提跟'禁龙地'有关的半个字，其实他们已经把'禁龙地'的'龙眼秘藏'地址遗失了,他们现在也很着急着把'龙眼秘藏'找回来。"麻豆这番话让肖曳暗暗吃惊,自己去找花面郎帮自己找"琳琅玉骸"这已经是打草惊蛇了,现在想想,搞不好从老李手里盗走"琳琅玉骸"的人便是花面郎一伙。

"那我们和花面郎岂不是成了敌人?这些人好像很厉害,嘿嘿!不过,我喜欢。"肖曳嘿嘿冷笑,想到"禁龙地"牵涉那么多人和事,这一次来长白山果然不虚此行,至少满清人埋在长白山"禁龙地"的"龙眼秘藏"并非只是传说。

"我们还是先活着出去再说吧。"披甲人越来越多,麻豆已经着急了。

"我们还得撑一阵子,援兵很快就来了。"肖曳笑道。

"我快不行了,不如你先掩护我离开。"麻豆退到肖曳的身后,他们俩已经被披甲人团团围住,现在唯一的战斗力就剩下肖曳一个人,他一手拿着短刀一手拿着一把从死掉盗墓兵手里捡起来的长枪,一面射击一面抵挡。披甲人冷血无情,它们就如同被施了诅咒一样只许前行不许后退。面对汹涌而来的披甲人,麻豆吓得花容失色,只怕她也没有预料到这座渤海古国王墓之中会存在这么多的披甲人。

"那好,你快点走,我殿后。"肖曳蹿进披甲人里面杀出一条血路,麻豆跟在他身后,不一会儿便来到他们进来的那个墓洞前面。得到机会后,麻豆快步钻进那个通往地面店铺的墓洞里面。看着麻豆顺利进入墓洞,肖曳歇了一口气,眼前的披甲人已经将自己围了个水泄不通,他一不留神,左肩膀已经被一支飞箭射穿,他咬紧牙关忍着,心中祈祷救援快点到来。

橐橐橐……身后的墓洞里面晃出来一个影子,一个人趔趄着身子正往墓室里面走来。

"怎么回事？脱身了还不走，跑回来干嘛呢？"肖曳以为是刚刚离去的麻豆。

"肖队长，小心点。"墓洞里面传来麻豆急促的声音。

嗖嗖……麻豆的声音刚刚落下，墓洞里面便飞出三点亮光，肖曳定睛一看，三把飞刀排着一个三角形正往他的背心扎过来。肖曳骇然，他赶紧弯下身子，飞刀飞过去扎在三具披甲人身上，三具披甲人顿时爆裂轰然一声倒在地上，肖曳不由得庆幸自己躲得快。

回头一看，一个佝偻的身影缓缓地从墓洞里面走出来，他的手臂抬得很高，当面摆着三支蜡烛，蜡烛火苗摇曳着，火光照射在他的脸上。他脸色铁青，一副闷闷不乐的样子，他手臂一挥，三朵火苗嗖地一下熄灭。肖曳暗叫不好，嗖嗖，三支飞刀从墓洞飞出，他一个"鹞子翻身"闪过之后，骂道："李横雷，你喝多了吗？我是自己人。"

李横雷一手托着三支蜡烛一手押着麻豆，麻豆脸色慌张缩着身子，她的脖子被李横雷一只大手死死地扣住，她瞥了一眼肖曳不敢多吭一声。

"臭小子，你以为你有能耐逃得出你雷大爷的手掌心吗？你就是那孙猴子，任你七十二变也逃不出你雷大爷的手掌心，嘿嘿！"李横雷晃着身子走到肖曳面前。他酒醒了吗？肖曳瞧了他一眼，他看上去迷迷糊糊也不像酒醒。他来到肖曳面前后，一把将麻豆扔在地上，嘴巴里面骂道："豆儿啊豆儿，我说你这一心要坑你雷大爷，你实在让我闹心。"他一面说着一面掏出火柴把手臂上的三支蜡烛点燃，蜡烛冒出一道道黑色的烟雾。肖曳愕然，他还是第一次见到这种冒出黑色烟雾的蜡烛，他心里嘀咕："难不成是失传已久的

'糜尸香'？这玩意儿李横雷怎么会有？不过，这下好了，李横雷肯出手，披甲人倒也不需要太上心。"果然，黑烟腾腾升起的时候，墓室里面站满的披甲人均嗷嗷叫着排成一列往墓室四周的墓洞鱼贯而入。

李横雷把手臂上的三根蜡烛拿下来摆在地上后，他看着肖曳说："你小子有点能耐。"

肖曳回头看，刚刚群起而攻击自己的披甲人，无论是步甲弓箭手还是马甲骑兵都乖乖地回到墓洞里面去，他看着地上三根"糜尸香"蜡烛，嘿嘿笑道："敢情雷大爷你也是盗墓贼？嘿嘿！"李横雷呵呵一笑，他说道："我算不上什么盗墓贼，我只想提点你们一句，不要打'禁龙地'的主意，你们年纪轻轻何必拿自己的命去开玩笑呢？"

"你好像对'禁龙地'很了解，不如你指导指导我们这些小辈。"肖曳讶然，他想不到李横雷是一个深藏不露的老酒鬼，"禁龙地"他是一定要找到，他希望能从李横雷嘴巴里面知道一些关于"禁龙地"的秘事。可是，看李横雷的样子，他好像不怎么肯说，他从后腰拿出一个酒葫芦喝了几口酒，看着麻豆说："豆儿，你这次回来铁定是想偷走'龙骨刀'。"

"雷大爷，我没有那个意思，你别误会。"麻豆赶紧解释。她在李横雷面前一副担惊受怕的样子，肖曳实在不明白李横雷到底有啥好怕？

"二十年前我的的确确是靠盗墓吃饭，当年我们三兄弟发现了这个墓葬，为了查找这个渤海古墓和'龙眼秘藏'之间的联系，我们三兄弟决定留在这个古墓里面做守陵人，嘿嘿！你们知道，想找到'禁龙地'还得拥有'琳琅玉骸'跟'龙骨刀'，我可以毫不避讳地告诉你们俩，打开'禁龙地'的秘钥'龙骨刀'的的确确是藏在这里。"李横雷估计喝多了，嘴巴开始关不紧。肖曳得意了，他就想李横雷多说几句，他问道："那'龙骨刀'现在在哪？"

"不知道。"李横雷摇摇头后又喝了几口酒。

"怎么？'龙骨刀'不是一直由雷大爷你收藏吗？"麻豆大声问道，她好像很吃惊。

"三天前还在我手里，现在不翼而飞喽。"李横雷长长地叹了一口气。

"怎么会这样？这下可麻烦了。"麻豆的脸色变得焦虑不已。

"我那两个兄弟财迷心窍一心想把'龙眼秘藏'找到，唉！'龙骨刀'估计是被他们拿走了，我千叮万嘱不要去打'龙眼秘藏'的主意，他们俩硬是不听，自从知道'龙骨刀'在这个古墓里面后，他们俩就四处打听'禁龙地'的消息。这里估计也是和'禁龙地'关系最大的八个王墓之一，那具大肚佛肚子上的线路图其实是假的。"李横雷这么一说，麻豆轻轻地叹了一口气，她说："那个该不会是你画上去的吧！"

"我们兄弟三人做了这个王墓的守陵人后，我们把这里的财物全部收藏到别的地方，为了防止别的盗墓贼入侵，我们还把披甲人引诱到这里来，总而言之，我们是不许别的盗墓贼进入此墓。我当时是不想太多人因为'禁龙地'而丢了性命，我那两个兄弟则一心想独吞'龙眼秘藏'。三年前，我发现他们俩一直在寻找'龙眼秘藏'，我和他们翻脸了。"李横雷说着说着一脸的心痛和悲伤，肖曳唏嘘几下，他接着说："他们拿走了'龙骨刀'后会如何呢？"

"你们还是不死心吗？"李横雷说完之后白了麻豆一眼。麻豆耸耸身子想说什么却没有开口，李横雷接着说："为了盗墓贼不再打

'龙眼秘藏'的主意,我把我在这个渤海古墓里面知道的事情刻在了大肚佛肚皮上面,豆儿,你想必也清楚,从'龙眼秘藏'为世人所知后,曾经有八支队伍进入了'禁龙地',这些人都冲着大清龙脉宝藏去,可惜的是他们去了之后再也没有回来,嘿嘿!最近一支进入'禁龙地'的队伍是在十年前,他们是三个盗墓贼,这个我想豆儿比我清楚多了。"听完李横雷的话,麻豆神色一绷,她看着李横雷,问道:"雷大爷,你好像清楚'禁龙地',这座王墓到底说了些什么呢?这座王墓跟'龙眼秘藏'又有着什么样的关系呢?雷大爷你一定要告诉我。"

"你们听说过'龙骨聚魂棺'吗?"李横雷将声音压得很低很沉。

"龙骨聚魂棺吗?嘛玩意儿?"肖曳做盗墓贼有些年了,这名词他还是第一次听说。

"据说神州大地藏有三枚龙骨,龙骨吸收各地的孤魂游魄,一旦成形之后便拥有一种人类无法企及的能力。三百多年前,女真族雄起,他们在长白山'禁龙地'挖到了一枚龙骨,后来有个工匠将龙骨雕成了一具棺材。当时的谣言便说,谁要是在'龙骨聚魂棺'里面睡三天三夜谁的梦想就能达成,满清第一个牛人努尔哈赤,他就曾经在'龙骨聚魂棺'之中睡了三天三夜,后来满洲人在他的带领下渐渐壮大,最后完成神州一统。嘿嘿!后来的谣传更加的离奇,有人说不能生育的人在'龙骨聚魂棺'里面睡一晚便可怀孕,体弱多病的人睡一晚便会精力充沛,年长的人睡一晚会延年益寿,反正说什么的都有,你们俩跟我说说,这些东西除了傻子谁会相信呢?"李横雷说到最后自己都忍俊不禁。

"这就是'龙眼秘藏'的秘密吗?"麻豆好像很失望。

肖曳也很纳闷，长白山"禁龙地"中的"龙眼秘藏"居然不是所谓的大清龙脉宝藏，而是一具被世人以讹传讹附以神话色彩的"龙骨聚魂棺"，这点有些滑稽了，不过，尽管如此，寻找"龙眼秘藏"的人还是趋之若鹜。

"其实'龙骨聚魂棺'是一口杀人棺材，没人能在里面睡一晚，也没有人敢在里面睡一晚，我以前遇到一个萨满巫师，他亲口跟我说出'龙骨聚魂棺'的诅咒，他说当年努尔哈赤在'龙骨聚魂棺'里面睡了三天三夜后，他找来了十位萨满巫师给'龙骨聚魂棺'做了'血祭'，因此'龙骨聚魂棺'便被下了血咒，谁要是睡进棺材里面谁便会魂飞魄散。嘿嘿！你们现在还想着去找到'龙眼秘藏'吗？"

"这个怎么说呢？难道我们都被欺骗了吗？"肖曳心里面百感交集。

李横雷说完之后又咕噜咕噜地喝酒，喝完后他就醉倒在地。麻豆推了李横雷一把，李横雷轻声骂道："我不行了，我这把老骨头也就在今天死掉了吧！你们要是想找到'龙骨刀'，你们去找我二弟，我想就是他偷走了，这个王八蛋在我酒里下了毒，我不行了。"

李横雷说完就不省人事了。

"怎么办？"肖曳看着昏睡过去的李横雷问麻豆。

"我们先离开这个鬼地方，我想我是不会放弃的。"麻豆说完之后站起来。她看着王墓四面大大小小的洞道，她又说："再不走等一下披甲人又跑出来了。"

嗖！麻豆的话刚刚说完，王墓的大石佛后面蹿出一条黑影，一个瘦小的身子几个翻身快速地钻进了一个墓洞里面去。麻豆吓得面色苍白，她看着肖曳："除了我们之外竟然还有别人在这里，肖队长，这怎么回事？我们赶紧去追那个人。"

肖曳一动不动，他笑道："我们还不如快点找到雷大爷的二弟。"

"不追就不追，没啥大不了。雷大爷今晚喝多了，说的话完全不着调。"肖曳无动于衷，麻豆只好无奈地说。

肖曳懒洋洋地站起来，他走到李横雷面前，伸手探了探李横雷的鼻息，李横雷已经断气了。

## 第四章　夜行尸

麻豆告诉肖曳李横雷的二弟名字叫马岩，在当地有个绰号叫"马猴子"，以前是个名气很大的小偷，后来和盗墓贼李横雷、土匪洪三结义成三兄弟，三人挖掘了旧街王墓之后便做了王墓的守陵人。三年前，三人翻脸，李横雷一人孤守王墓，土匪洪三则招募他的旧部闯进了长白山寻找"禁龙地"，后来一直下落不明。马猴子则过着到处偷盗的生活，他喜欢独来独往，心知自己一个人成不了大事，他想联合李横雷和洪三，可惜李横雷不赞成挖掘"龙眼秘藏"，而洪三想一人独吞"龙眼秘藏"，马猴子很生气，一个人忍辱负重。三天前，他跑来偷走李横雷私藏的"龙骨刀"，可想而知他一定是找到了帮手。

按照李横雷的意思，渤海古墓里面隐藏着"龙眼秘藏"的不少秘密，洪三跟马猴子似乎对这些一窍不通，盗墓贼出身的李横雷倒是找到了不少的线索，"龙眼秘藏"当中真的埋着传说中的"龙骨聚魂棺"吗？"禁龙地"是否是长白山禁区？闯进"禁龙地"的几批盗墓贼是否还活着？十年前那三个闯进"禁龙地"的盗墓贼又会是什么人？李横雷心里似乎比谁都清楚，肖曳很可惜的是，李横雷并没有说得很清楚。

马猴子生活在一个叫"猴子窝"的乡下，这里是一个专门培养小偷扒手的村落。马猴子三岁没了父母，后来跟着他的"师傅"进入"猴子窝"，不久之后他扬名立万，他俨然成了"猴子窝"的老大。二十年前在渤海古墓里面做守陵人，他曾经一度消失，如今他回到"猴子窝"在村尾建了一个小房子，白天睡觉晚上夜出。

麻豆说想要逮到马猴子的话，无非得趁他睡着的时候。她见识过马猴子的身手，猴子都没有他那么敏捷，她甚至怀疑那天在渤海古墓里面偷听的人便是马猴子。

进入"猴子窝"马猴子的家，肖曳直骂自己太大意，马猴子似乎已经不在了，他的小房子里面一片狼藉，里面的东西全部被打翻不说，还放了一把火似的到处都是烟火味，可惜这房子没有被彻底烧毁，看来马猴子已经做好逃跑的准备。肖曳在屋子里面走了一圈，麻豆却叫了他一声："你看，这里有血迹，烟火味那么重，估计火也是刚刚放的。"

"呃……"肖曳走到麻豆面前，麻豆脚跟前的确滴着几滴血，她已经抹到手指头上。肖曳看了一眼，血滴还没有凝固，房子乱七八糟有不少的打斗痕迹，这么说来，有人比他们捷足先登了。马猴子被抓走了吗？谁会知道马猴子盗走了"龙骨刀"呢？两人不由得想起那个躲在古墓之中偷听的人。

"嘿！你们两个是马大哥的兄弟吗？"肖曳和麻豆心中纠结的时候，一颗灰头土脸的脑袋从房子的窗户外边探出来，他张着嘴巴叫着肖曳两人。

"马猴子哪里去了？"麻豆回头看到那个人后马上问道。

那个人身子不高，一身衣服破破烂烂，长相有些滑稽，除了一个大鼻子，他的两颗门牙不知道被谁打掉了一般，一张嘴便露出一个手指大小的牙缝。麻豆一说话，他便嗖地一下从窗户外边溜进房子里面来，他拍拍身上的泥土，呵呵一笑说："我知道是谁带走了马大哥，不过，那些家伙不好惹，我想……"

"你小子最好不要骗我们。"肖曳知道那人的意思，顺手掏出十块大洋给他。

"你们是好人，嘿嘿！叫我黑皮猴吧！我做事，你们放心，马大哥的事情除了我之外没有人更了解，我可是他唯一的弟子，嘿嘿！"黑皮猴一面数着大洋一面嬉皮笑脸地说着，十足一个见钱眼开的猴子。他这身打扮就好像刚刚从地洞里面爬出来似的，他说自己是马猴子的弟子，肖曳和麻豆都显得有些无语，只是黑皮猴自己送上门来，这算是唯一可以找到马猴子拿到"龙骨刀"的线索，哪怕有诈他们也不在乎了。

"你先别看这钱了，要是找到马猴子，我再给你十块。你现在先告诉我们谁带走了马猴子？那些人为什么带走马猴子？"肖曳看着黑皮猴手里将那大洋数了一遍又一遍，心烦死了。他这么一问，黑皮猴一愣，他把大洋收起来后捂着嘴巴呵呵笑道："不急，不急，我们得晚上才能找到他们。"

"你这是玩儿我们吗？"肖曳很生气，一把将黑皮猴拽过来就要开打。

"肖队长，你大洋都给人家了，怎么还这德性呢？好歹也听人家说一句。"麻豆看不过去冷冷地说了一句。肖曳这才把黑皮猴放开，黑皮猴笑嘻嘻地看着肖曳两人，他低声阴沉沉地说："不瞒你们俩，我黑皮猴这人就是喜欢钱，你们给了钱千万不要担心这钱给得不值，今晚入夜时分我会来这里找你们俩，到时候我便带你们去见马大哥，如果你们俩不相信我，我也可以待在这里陪你们说说笑。"

第四章 夜行尸

"你这人真麻烦,你先走吧!我们晚上在这里等你就是了。"麻豆摆摆手说。

"好嘞,今晚入夜时分不见不散,嘿嘿!"得到麻豆的恩准,黑皮猴嘿嘿笑着嗖的一声飞出了窗子去。肖曳则沉着脸,他冷冷地说:"就这么放他走了吗?"麻豆找来一张椅子坐下:"怎么?你真的以为黑皮猴骗你那十块大洋吗?你省省吧!在这个世界上往往就数黑皮猴这种看上去没有半点正经的人最可靠,我们先想办法怎么熬过等黑皮猴回来这段时间吧!"

"既然如此,晚上只怕还得劳累一番,我先去睡个觉算了。"肖曳说完爬到马猴子那张被搞得乱七八糟的床上收拾一番后便躺下去。

入夜时分,肖曳感到有人在拧着自己的耳朵,他惊醒过来,麻豆在他耳边骂道:"你上辈子是猪吗?这么能睡?人家黑皮猴已经到了。"

肖曳揉揉眼睛,黑皮猴一张笑嘻嘻的脸映入眼帘,黑皮猴跟白天无异,还是一副脏兮兮的打扮,他咧着嘴巴不停地笑,两颗大门牙的位置空洞洞的令人很不舒服。

"好了,我们赶紧上路,这时候人家都不知道跑到哪里去了。"肖曳一边抱怨一边起床。麻豆塞给他几个面饼说:"先吃点东西吧!今晚无论如何都要找到马猴子。"

肖曳不再说什么,在他的心里,他本来对黑皮猴就没多少的信任,他还不如自己亲自去找,不过麻豆一心想着黑皮猴帮忙,他也由她去,反正到头来还是找不到马猴子的话他无论如何都要自己出手了。吃了几口面饼,肖曳便叫黑皮猴带路,也就这样,黑皮猴笑嘻嘻地走在前面,肖曳和麻豆紧紧跟着,三人很快便离开"猴子窝"进入"猴子窝"后面的一座深山里面。雪下得越来越浓，山里边静悄悄的，三人绕进一个山坳里面后，几只黑色的怪鸟呱呱呱叫着扑腾飞起。黑皮猴从身上掏出一盏油灯，油灯的外表居然是一颗晶莹剔透的骷髅头，他划开一根火柴点亮，灯火居然是血红色的。

"这家伙想干吗？"肖曳在麻豆耳边嘀咕了一句。他觉得黑皮猴手里的这盏灯分外的诡异，火红的灯光在白色的雪野里面特别的显眼。

"他手里拿的是用来招魂的骷髅灯，我也不知道他在干什么，咱们小心点就是了。"麻豆叮嘱肖曳。

三人继续往前面走了一会儿，到丑时样子，黑皮猴停下脚步，他吹熄手里的骷髅灯后轻声跟肖曳他们俩说："前面叫'阴魂渡'，你们俩自己过去吧！那伙抓走马大哥的人就在那边，我胆子小，我就不陪你们过去了。"他还把手里的骷髅灯递给麻豆。

"你小子什么意思？你该不会是想跑路吧！我们都还没有见着马猴子一眼。"肖曳愤然。

"我真的不敢再走下去，那伙人我惹不起，我保证马大哥就在那边。"黑皮猴愁眉苦脸地说。他话里面也没有说得太清楚，看他的样子似乎也不是假害怕。

"走吧！走吧！我们知道怎么做了。"麻豆招招手放走了黑皮猴。

"你做事怎么能这么大意？这混球明摆着坑我们俩。"肖曳说。

"你哪只眼睛看到他坑我们呢？他不是很准时来找我们吗？我说你别老强迫人家好不好？嘿嘿！人家带着我们走到这里已经对得起你那十块大洋了。"

"你这话什么意思呢？"肖曳还是很不爽。

"你知道'阴魂渡'是什么地方吗？这个地方比尸骨坡还恐怖，到了深夜，这里到处都是'夜行尸'，它们见到活物就咬，不管你是天上飞的还是地上走的。"麻豆说完之后把手里的骷髅灯重新点亮。肖曳瞥着红光闪闪的骷髅灯，他问："这玩意儿是？"

"'夜行尸'看到这灯火就不会靠近我们了，嘿嘿！这盏灯里面燃烧的可是'血油'，用血炼出来的，'夜行尸'比起别的活尸都生猛，想从它们的地盘走过都必须得点燃骷髅灯，要不然，你本事再大也不能保证顺顺利利地从'阴魂渡'走过去。"麻豆说。

"嘿嘿！原来如此。"肖曳总算是明白过来。

"嘘！咱们小心行事，前面有人来了。"麻豆轻声说了一句。她举起骷髅灯，肖曳跟在她身后，两人缓缓地往"阴魂渡"走过去，而前面不远处的地方晃动着两个黑影，似乎有两个人正在向他们走过来。肖曳取出短刀藏在身后以防不测，麻豆则绷着脸缓缓前行。肖曳眼睛四处打量着，"阴魂渡"坐落在一个山谷里面，四周大雪封山看上去白皑皑一片，山谷前面缓缓流淌着一条宽约两百米的河流，河岸上有一个渡口，上面拴着大大小小十多艘船，船只上面贴满了符箓，船头插满了香火，船尾插着一杆白色的旗子，旗子中间写着"安息"二字。奇怪的是船只上面并没有人，渡口的对面会是什么地方呢？这些船又是干嘛的呢？

两人走到前面来，正好和对面走来的人影碰上。

"雷大爷吗？"肖曳惊讶无比，前面两人里面居然有一个人是李横雷。李横雷明明已经断气，他怎么还活生生地走在这里呢？李横雷后面跟着一个高瘦个子，高瘦个子穿着一件黑色的棉袄，戴着一顶褐色毡帽，他低着头跟在李横雷身后，肖曳看不清他的样子。

"嘘！别出声。"麻豆用胳膊肘撞了一下肖曳，看到李横雷，麻豆竟然无动于衷。

肖曳问道:"雷大爷他不是死掉了吗?这怎么?"

"它不是雷大爷,它不过是一具尸体罢了,我们不要大惊小怪,我们只要看到马猴子把他带走就得了,其他我们别管了。"麻豆说着。肖曳硬是不解,这怎么回事呢?他认认真真地打量路过的李横雷,李横雷面无表情地走着,如同一具行尸走肉,他身后的那个人手里居然也提着一盏骷髅灯。此时越靠近渡口,类似李横雷这样的人也越多,都是一个黑衣人提着一盏骷髅灯带着一个面无表情的人在渡口上幽魂般徘徊。

"前面这些船名字叫'渡尸船',那伙穿着黑棉袄的人便是船夫,他们负责把死人的尸体带走。"麻豆解释着,两人不知不觉地已经来到渡口。

"带去哪里呢?"肖曳多嘴问了一句。

"这个我可不清楚,今晚好像挺安静的,'夜行尸'并没有出动,要是遇到'夜行尸'咱俩就够倒霉的了。嘿嘿!肖队长,我想黑皮猴的意思便是'夜行尸'带走了马猴子。如果真的是这样子的话,你我可要小心一些,'夜行尸'和僵尸猎人差不多,能力非凡。"

"这些跟我一点关系也没有,我想找到的是马猴子手里的'龙骨刀'。"

轰轰轰……雪野里面传来几声巨响,接着便是一阵鞭炮声,噼里啪啦半会儿后,几个唢呐便热闹地吹响,一伙人从一个枯树林里面蹦蹦跳跳地走出来。看到这伙人后,渡口上的人显得特别的惊慌,他们一个两个快速地钻进"渡尸船"里面去。肖曳不解地看着麻豆,麻豆轻声说:"说曹操,曹操到,嘿嘿!看来马猴子一定是被这伙人抓走了。"

肖曳握紧手里面的短刀，前面那伙奇装异服的人已经来到渡口前面，肖曳仔细一看，那伙人有二十来个，前面五个人身上绑着好几尺白绫，举着一个唢呐，唢呐声不止。在他们身后是几个戴着独角兽面具的大汉，他们手舞足蹈发疯一般时而跪拜时而滚地，之后便是一台轿子，轿子身披大红色的绸缎，几个佝偻的老汉抬着轿子，之后便是跟着十几个瘦骨如柴面无表情的人，这番诡异景象就好像"鬼王嫁女"似的。

"这就是'夜行尸'吗？"肖曳低声问麻豆。

"嗯！这些人歹毒无比，等一下找到马猴子后你千万别多事，我去谈价钱，谈不拢咱们再上。"麻豆低声说。肖曳挠挠后脑勺，这一次又要给麻豆做主吗？如果是自己出手，他才不会去谈什么鸟价钱，麻豆这女人这个也怕那个也怕，他实在想不通，这伙"夜行尸"到底厉害在哪里？他靠到一边，眼睛盯着那些如同耍猴人一样的"夜行尸"。

"夜行尸"围着渡口排成一圈，它们完全把站在一边的麻豆、肖曳两人无视掉。红色大轿子摆置中间，"夜行尸"纷纷跪下朝拜，红色轿子里面缓缓地走出一个人，这个人身穿一件大白袍，白袍上面绣着青龙白虎图案，头发盘成一个"螺髻"，他的脸被画得很夸张，颜色丰富，狰狞无比，如同地狱里面的恶魔。他张着嘴巴嗷嗷吼了几声，一个"夜行尸"递上一个火把给他，他举起火把，嘴巴里面喷出一道火舌。他绕着身后的红色大轿子转了起来，几个吹着唢呐的"夜行尸"跟在他的身后，它们绕了几圈之后便站在原地又唱又跳。

"搞什么玩意儿？跳大神吗？"肖曳实在不耐烦了。

"我在找机会,你别急……"麻豆心中正盘算着怎么打断眼前这一伙诡异人物,肖曳已经跑了出去,他跳进"夜行尸"围起来的圈子里面大声喊道:"你们谁是活人?出来说句话,你们把马猴子怎么了?"他一出现,"夜行尸"们都停下手中的活,一个个愣愣地看着他,麻豆在一边则不停地向肖曳招手叫他不要乱来。

"好,你们不说话别怪我不客气。""夜行尸"不说话,肖曳本来就是火爆脾气,他看准那个穿大白袍的人一刀就刺过去。穿大白袍的人呵呵笑着身子一闪,钻进了大红色轿子里面,挡住肖曳的是那几个吹唢呐的人。肖曳也不管,身子一起一脚便飞过去,几个吹唢呐的人呼呼叫着猴子一般乱蹿,其余的"夜行尸"纷纷围上来后,吹唢呐的几个便躲到一边不停地吹奏。肖曳艺高人胆大,他手里的短刀呼呼飞旋,跟"夜行尸"过了几招之后,他才知道自己闯大祸了,自己的对手竟然没有一个是活人。

"原来是送尸队,难不成马猴子也被害了吗?"肖曳心中郁闷不已,他低头看着围攻自己的"夜行尸",左看右看都不顺眼,他根本不认识马猴子,马猴子到底长啥样子呢?猴子一样吗?他飞身来到一个长得跟猴子差不多的"夜行尸"面前问道:"你是马猴子吗?你们到底谁是马猴子?"那"夜行尸"哪管他,直接伸出爪子就抓向他胸膛,肖曳吓得退开,旁边那几个吹唢呐的人吹得更起劲,"夜行尸"随着唢呐声变得更加的凶悍。肖曳这才知道,这群"跳大神"队伍分明就是运尸到"阴魂渡"将尸体送上"渡尸船",而他们控制尸体的工具便是那几个唢呐。知道这一点后,肖曳并不觉得这些"夜行尸"有啥好怕,他飞身躲开"夜行尸"的攻击,他翻身跑到那几个吹唢呐的人面前,他大声问道:"谁是马猴子?"

吹唢呐的人根本不回答反而把唢呐吹得更加起劲,如同沙场里面的战鼓。

"夜行尸"一个接着一个杀过来，肖曳想撂倒眼前这群吹唢呐的人，可是他已经没有机会，凶悍的"夜行尸"已经将他团团围住。肖曳苦恼无比，伸手掏出"腐尸粉"一撒，"夜行尸"嗷嗷叫着躲开，但是躲开之后它们跟着唢呐声继续扑上来。"腐尸粉"竟然对"夜行尸"不凑效，肖曳傻了眼，他几个转身意欲逃开，几个戴着独角兽面具的大汉拦住了他，大汉各人手里捏着一把大刀，他们联合"夜行尸"一起围杀肖曳。

"真闹心，不过你们这些蠢物别小瞧你爷爷我。"肖曳将手伸入腰带里面，他把腰带扯出来，腰带上面别着一串黑色钉子，他把钉子撒在地面上后，整个人跳开闪过独角兽面具大汉的长刀，他跑到红色大轿子前面。那些"夜行尸"想追过来一个两个踩在肖曳撒放的钉子上面然后都成了木头一般不再动弹。任由那几个吹唢呐的人怎么使劲地吹，"夜行尸"还是无法动弹，看到这一幕，肖曳不禁有些得意了。

"臭小子，你这一手'镇魂钉'谁教授你的呢？难不成是和镇魂这个老不死的？"大红色轿子里面传出来一个阴魅的声音。

肖曳转过身子，他冷笑道："你也认识和镇魂老人家吗？"

"和镇魂这个老鬼，我岂止认识他，十八年前在洛阳北邙山盗墓的时候我还欠他一条命呢。嘿嘿！他肯把'镇魂钉'传给你，难不成你是他徒弟吗？"

"既然是老相识，那我们就好好聊聊呗！我这一次没啥目的，我就想找到马猴子，你们是谁也不关我的事。"肖曳大声说着。他第一次盗墓便是跟随洛阳盗墓贼人称"老鬼"的和镇魂，他算得上是和镇魂的关门弟子。和镇魂以一手"镇魂钉"出名，但是他很少出手，认得出"镇魂钉"的人不多，大红轿子里的人居然一眼就看出来，肖曳心中很诧异，但是和镇魂没有告诉过肖曳他在东北还认识这么一个怪人。

"你是想找'龙骨刀'吗？"轿子里面的人淡淡地说。

"你既然知道我想找什么，嘿嘿！我想咱们打开天窗说亮话吧！马猴子是不是在你手里？'龙骨刀'也被你拿到了吗？"肖曳厉声喝道。

"哼，我对那些全无兴趣，马猴子已经死掉了，我只是把他的尸体运到'阴魂渡'而已，至于'龙骨刀'，我根本不放在眼里，还有你口气太臭了，要是和镇魂在都得给我三分薄面，你算哪根葱？"轿子里面的人很愤怒，他说完话之后，轿子轰然一声炸开，一道白色的影子从轿子里面绕出来，影子嗖然来到肖曳的面前。肖曳还没有来得及多想，他整个身子已经被弹开摔在一边，那个影子站在他的面前，影子的一只脚踩在他的胸口上。

肖曳就快喘不出气来了，他仰着头看着那个人，那个人的脸花花绿绿，他无论怎么想都想不出这个人是谁。他难受无比地伸手抓住那个人的脚，他想挪开那只重若千斤的脚，哪知道自己的胳膊完全使不上力，他第一次遇到比自己强那么多的人，他心里黯然不已。

"夜行老八，咱们有话好好说，你先别动怒。"麻豆慌慌张张地跑过来，她喊出那个人的名字后，那个人愣愣地看着麻豆。麻豆立马笑嘻嘻地说："误会，都是误会。"

"夜行老八吗？"肖曳心里面想来想去都想不出"夜行老八"是哪号人物。

夜行老八长长地叹了一口气，他冷冷地说："我十八年前在北邙山盗墓的时候差点就死了，要不是和镇魂这老鬼多事救了我一命，唉！往事如烟不堪忆，你这个乳臭未干的小子少在我面前得瑟，我夜行老八混江湖的时候你还在你娘的肚子里面闹腾呢！这一次我放你一马，算是给和镇魂一个面子，下一次别让我遇到你。"他把踩在肖曳胸口的脚挪开，肖曳缓了一口气，他大汗淋漓地看着麻豆，麻豆示意他不要多话。

"你这个黄毛小丫头，嘿嘿！'独角'老杨是你哪位呢？"夜行老八转过头看着麻豆问。

"那是俺老爹。"麻豆想了一会儿后说。

"没听说过老杨有老婆，嘿嘿！你这小毛孩是他从哪里惹回来的风流债呢？你们俩一心想找'龙骨刀'，一心想见识'龙眼秘藏'吗？我劝你们最好不要去碰那玩意儿，以我夜行老八的辈分，我可以劝说你们一句，'龙眼秘藏'绝对不是什么好东西。那口'龙骨聚魂棺'，嘿嘿！我曾经见过一次……不过……那都是很久以前的事了……"夜行老八说到这里的时候，他并没有再说下去。肖曳和麻豆两人已经吓呆了，难道说"龙骨聚魂棺"真的存在吗？世上竟然还有人亲眼见过"龙骨聚魂棺"吗？进入"禁龙地"的盗墓贼没有一个可以生还，为什么夜行老八说他见过"龙骨聚魂棺"呢？两人看着夜行老八，希望夜行老八继续说下去，肖曳还在心里感慨这一次是遇到大人物了，这夜行老八比起自己的师父"老鬼"和镇魂牛多了。可惜的是夜行老八好像得了健忘症，他突然伸手摸摸麻豆的脑袋说："你们想找马猴子，他的尸体在我这里，你们想找到'龙骨刀'的话，我想你们找错人了。"

"怎么？难道'龙骨刀'已经落入别人的手中吗？"麻豆问道。

"这个人你们很熟悉啊！我想你们没必要再纠缠我了，想找到

'龙骨刀'的话你们不如去上京龙泉府看看，嘿嘿！"夜行老八说完之后便转身走进那个裂开了的轿子里面。几个佝偻的老汉抬起轿子调了头便往枯树林深处走去，那几个吹着唢呐的人上前把"夜行尸"踩中的"镇魂钉"拔出来还给肖曳后，他们吹着唢呐引着"夜行尸"缓缓地跟在夜行老八的轿子后面慢慢地消失在"阴魂渡"渡口。

"他到底是什么人呢？"肖曳看着夜行老八一行人的背影感慨着。

"你原来是和镇魂的弟子，难怪那么嚣张，嘿嘿！你居然连夜行老八都不认识，笑死我了，还好这夜行老八品性怪异，不然的话，我真担心你会被他杀了。"麻豆笑道。

"你一早便知道'夜行尸'的来龙去脉，你干嘛不早说？"肖曳骂道。

"嘿嘿！我们还是想办法去上京龙泉府吧！"麻豆一转身便往"阴魂渡"外面走去。肖曳追上去还想说些什么，麻豆则是一副不理不睬的样子。

## 第五章　渤海遗迹

渤海国上京古城，俗称东京城，又作忽汗城、火茸城、古大城、沙兰城、讷讷赫城、讷佛贺城等。古城地处今黑龙江宁安市东京城盆地之中，四面环山，三面水绕，远山为屏，近水成堑，山河险固。古城所处之地平坦开阔，江河纵横，城沃山饶，宜于耕垦牧猎。

上京古城规模宏大，它是悉仿唐都长安模式设计营筑的大城，因此上京城可谓牡丹江畔的"小长安城"。渤海国宫城遗址里面最引人入胜的乃是占地八十万平方公尺的御用后花园——玄武湖和神奇瑰丽的八宝琉璃井、点将台、驸马园，等等。

渤海国共设 5 京、15 府、62 州，"上京龙泉府"乃渤海五京之一，也是渤海国的都城。上京故城略成长方形，城中套城，分外城（廓城）、内城（皇城）和宫城（紫禁城）三部分。外城呈长方形，东西宽，南北窄，与唐长安城形制基本相同。城垣以土筑为主，间有石筑，外城垣周长十六公里，现已知有十一门，南三北四，东西各二门。外城内的北部正中筑宫城、内城和内苑。渤海国号称"海东盛国"，可见一斑。

"上京龙泉府"始建于 8 世纪 30 年代前后。据《新唐书·渤海传》等记载，天宝末年文王大钦茂迁都于此。此后曾短期迁都东京龙原府（即珲春八连城），渤海以上京为都约一百六十年。十一世王大彝震"拟建宫阙"，增筑宫室，其发展达到最盛时期。926年契丹人攻陷上京城，渤海亡，在故地建东丹国。上京龙泉府改名天福城，为东丹首府。928年东丹南迁辽阳，天福城亦遭毁弃。

"上京龙泉府"最大的特色还是佛寺遗址，寺庙遗址分布在外城的东西城区，约有十处以上，大体东西相对。佛寺面积大小不等，殿堂规模不尽相同。"朱雀大街"北端第二坊内佛寺有佛殿阁楼、侧殿僧舍等建筑。佛殿由主殿、穿廊和东西二室组成，平面略呈凸字形。台基土筑，周围用石块叠砌。"朱雀大街"南部东西两侧，有相对的两座面积较大的佛寺殿堂基址。东侧寺院遗留石灯一座。肖曳和麻豆进入东京城镇，遥遥看去，上京龙泉府遗址位于一片开阔的台地之上，不远的东南方横亘着一座不见峰峦的平顶高山，宛如一只巨兽俯卧在那里。难怪有堪舆家的说"地望极佳，藏龙卧虎，有帝王之气"。

两人进入南大庙，老和尚有福接待了他们俩。麻豆跟有福和尚关系还不错，有说有笑，麻豆说要想找到"龙骨刀"还得有福和尚帮忙。

南大庙又叫"兴隆寺"，是一座几乎和渤海古国同龄的古寺，渤海国崇尚佛教，上京龙泉府中的寺庙很多，可以肯定的佛寺址有十多处。佛教传入东北应是公元372年左右的事情。渤海国王大祚荣曾派王子入长安，到寺礼拜，第三代王大钦茂将自己的尊号称作"孝感金轮圣法大王"。佛教的僧侣在这里从事大量的佛事活动，还在和龙、珲春等地建有寺庙和佛塔，还曾与日本的佛僧交往，在渤海灭亡之时，一次有六十多名僧侣逃往高丽。

兴隆寺在渤海时可以称之为护国寺，按当时的建制，寺内应有一殿或三殿，两侧应有东西配殿。殿宇多为五脊硬山式，大雄宝殿则是九脊庑殿式的木构斗拱建筑，南北为三斗四拱七铺作，东西侧为三斗四拱五铺作，称得上是"勾心斗角"。南大庙的殿门两侧有这样一副对联："殿宇辉煌人杰地灵千古迹；灵功浩荡民安物阜万家宁。"肖曳一边逛一边看着，这座渤海古国遗迹确实有着不少的出众之处，他已然是感慨万分。

进入客房内，有福和尚叫人给他们俩看茶，麻豆便问他："最近东京城镇有没有什么可疑的人进出呢？你是否有留心？"

"有是有？只怕这些人不好惹。"有福和尚手里不停地滚动着一串佛珠，佛珠玲珑剔透上面刻满了经文，他这么一说，肖曳便笑道："没有谁我们不敢惹的。"

"嘿嘿！老和尚你放心，这人是张大帅的部下。"麻豆指着肖曳说。

有福和尚这时候才释然，他说："城头有一个小破店，前天来了一伙人，这几天他们一直待在小破店里面，我想你要问来路不明的人就他们几个了。"

"不瞒你说，我们俩是为了找'龙骨刀'而来，老和尚你能帮帮我们吗？"麻豆倒也大方，"龙骨刀"这个秘密随口可说，肖曳皱着眉头郁闷不已，心中暗想这有福和尚跟麻豆啥关系？提到"龙骨刀"后，有福和尚面色苍白，他愣了半会儿才说："你们这是要去'禁龙地'寻找'龙骨聚魂棺'吗？这个……我不能害了你们的性命。"

"'龙骨聚魂棺'吗？老和尚你也知道吗？"肖曳讶然。

"与和尚来往的人形形色色，我知道也不足为奇，'禁龙地'龙眼秘藏之中藏有一樽'龙骨聚魂棺'，这口棺材不像是上善之物。"

有福和尚说完之后，他拿出一个银色盒子递给麻豆。盒子方形桶状，高约八九厘米，线刻四大天王、祥云、火焰等图纹，这是个银平脱漆匣，除了线刻，上面饰缠枝忍冬纹、花朵、蓓蕾、立鸟和翔凫等花鸟纹络。

"这东西是你老爹留给我的，你过过目。"有福和尚估计跟盗墓贼"独角"老杨有点交情。麻豆拿过盒子，她拆开之后，里面藏着一封书信，信的大概内容是不许麻豆靠近"禁龙地"半步。看完之后，麻豆的心情很失落，她对有福和尚说自己到外面走走，有福和尚呵呵一笑随她而去。肖曳跟在麻豆身后，他心中很多疑问，但是他又不喜欢说出来，他只有慢慢等待，等着麻豆哪一天忍不住和盘托出。

走到寺院外面后，麻豆一副悒悒不乐的样子，她好像拿到了一封遗书似的。

"入朝贵国惭下客，七日承恩座上宾。更是风声无妓态，风流变动一回春。释仁贞于唐元和三年作《七日梦中陪宴》。文人骚客，果然是风骚之客。"肖曳站在一面寺院墙壁前面，墙壁上写着不少诗文，他选了其中一句念了起来。麻豆听到之后一掌拍打他的头，她骂道："你不懂就别胡说八道。"

"我们还找不找'龙骨刀'呢？"麻豆颜霁，肖曳便问了一句。

"当然，嘿嘿！不然我们来这里干吗？"麻豆似乎不再那么失落。

"那就好，看你心事重重的样子，我还以为你要放弃了。"肖曳说。

"肖队长，如果'禁龙地'里面真的是'龙骨聚魂棺'的话，你会不会很失望？"

"没道理吧！我只会觉得被骗而已，人家都说'龙眼秘藏'乃是大清龙脉宝藏，怎么会是'龙骨聚魂棺'这口莫名其妙的臭棺材呢？"

"听说当年那个工匠拿到'聚魂龙骨'之后便按照自己的设计雕出来一具棺椁，'龙骨聚魂棺'成形之后多了一块，这块多余的龙骨便被制作成一把'龙骨刀'。知道为什么说'龙骨刀'是进入'禁龙地'的秘钥吗？我自己也不是很清楚。"

"难不成真的是因为'龙骨聚魂棺'吗？"

"天底下又怎么会有这样的一口棺材呢？这简直就是胡说八道。"

"嘿嘿！那我们想办法找到'禁龙地'不就知道了吗？等天一黑，我们便去有福和尚说的那个小店子看看，那伙人搞不好就是夜行老八说的手里拿着'龙骨刀'的人。"

"行吧！嘿嘿，你过来看看这个大石灯幢，这个可是很难见的东西，听说这个世界就只存在三个，一个在西安，一个在这里，一个在日本，嘿嘿！"麻豆微笑着说。在她面前确实矗立着一个石灯幢。这个石灯幢高约六米，呈八角形，并由幢盖、幢室、幢身和幢基座四部分组成。表面看上去它是由一块石头雕成，其实是由四十多块石头咬合而成，关键部分的衔接是以铆榫相接，既稳固又美观。外观上看，石灯幢分有刹顶、相轮、幢盖、幢室、仰莲托及幢身柱和莲盘座及基座、础石等部分，看上去精美无比。

麻豆说石灯幢的石料得天独厚，用的是德林石（即玄武岩），满族人称之为"德林倭赫"，也有的称之为"德林倭肯"，是镜泊湖附近火山群喷发后的产物。渤海国许多建筑用的石料就是玄武岩。石灯幢是渤海时的佛教圣物，其艺术水准和雕琢的工艺水平是很高的，如果没有十分周密的设计和技艺娴熟的雕刻刀法是无法完成的。尤其是玄武岩石质坚硬而脆，表面又十分粗糙，石质还有许多气孔，一般的雕工是无法完成的。

"果然是好东西，嘿嘿！"欣赏完毕之后，肖曳赞叹万分。

"上京好东西多的是，不过我们没有时间玩了，我现在先去会一个朋友，你要陪我一起来吗？"麻豆突然想起了什么一样，她突然说去会朋友。肖曳也不好意思跟着她，但是肖曳又不是很放心，他沉默了一会儿，麻豆就说她自己一个人去就得了，肖曳就留在南大庙跟有福和尚聊聊天喝喝茶。肖曳很不爽，不过他又没有办法，麻豆这个女人把自己藏得太深，看上去跟自己一条战线，暗地里也不知道她又想做什么？

这时候天空呱呱呱地飞过一只怪鸟，这怪鸟他好像在哪里见过，怪鸟落在大雄宝殿上面怪叫几声便扑打着翅膀飞走了。

麻豆一个人离开南大庙，肖曳本来想跟上去，有福和尚突然出现在他的身后："她应该是去积骨寺找厚慈大长老，你莫须太担心她。"

"呃……老和尚你对她挺了解的嘛！嘿嘿！"肖曳回头看着有福和尚说。

"耐心等她一等，她这是不到黄河不死心不见棺材不掉泪，总有一天她会明白的。肖施主肚子不知道饿不饿？不如来尝尝我们的石板米。"有福说的话，前面几句肖曳半句都听不明白，说到吃饭，他肚子是有些饿了。

有福老和尚告诉肖曳在唐代渤海国时期，渤海国进贡给唐王朝的贡品之中，就有"太白之鹿、率滨之马、卢城之稻、北海之鳍"的描述，其中的"卢城之稻"指的就是上京龙泉府出产的石板米，历史上上京龙泉府的石板米名声之盛,由唐代以来,至宋、元、明、清,上京龙泉府牌石板米始终是历朝贡米,为皇室所享用。

肖曳吃了一碗饭后,口味大涨,这些天他心烦意乱都不怎么想吃东西,吃到有福老和尚准备的石板米做的米饭,他肚子就开始闹腾了,连吃四五碗后,他才消停下来。

"味道不错,爽口死了。"肖曳拍拍吃得鼓鼓的肚皮跟有福老和尚说。

"种在火山岩浆形成的石板地上的米饭确实口味独特,不过,你吃完之后,肚子是饱了,脑袋里面的感觉怎么样呢?"有福老和尚笑眯眯地说。

肖曳看了一眼有福老和尚,有福老和尚很少会笑,他这么一笑,肖曳眼睛就有些晃,晃来晃去,脑袋开始生出一阵阵的痛意,他摸摸太阳穴,太阳穴好像要爆裂开了。他瞪着有福老和尚,他想骂街,嘴巴里面却说不出一句话,眼前的有福老和尚不停地笑着,他的身形在肖曳面前渐渐变得模糊不清,最终肖曳的眼皮缓缓地合上,他睡了过去。

"老和尚果然厉害,这小子太多事了。"肖曳晕过去后,几个黑色身影从房子里面那具大佛像身后走出来,他们冷笑着走到有福老和尚面前,有个人还踢了肖曳一脚看他是否真的晕睡过去。有福老和尚问道:"干嘛不把他给杀了呢?"

"那可不行,这小子是张大帅的人,我们找到'龙骨聚魂棺'之前,万万不能惊动张大帅他们,嘿嘿!"一个阴阳怪气的声音嘻嘻笑着说。

"那你打算怎么处置他呢?"有福老和尚又问了一句。

"这小子和那丫头一路跟着我们,搞得我们吃顿饭都不安宁,先把他们关起来,有福老和尚,这事就交给你办。我和兄弟们就去长白山,要是真的挖到'龙骨聚魂棺',嘿嘿!保证大家有福同享。"那个声音嘿嘿说了几句后便带着自己的人离开房间。

麻豆走出南大庙之后便往有福老和尚说的那个小破店走去,她其实根本不是去积骨寺,她那只不过是一个借口罢了,她想找到的是"龙骨刀",她比谁都心急,她已经等不到晚上。带上肖曳,又操心他脾气急给自己惹麻烦。

进入小破店后,她便跟掌柜的要了一间房子。

在房子里面待了一阵子之后,她便走出房门站在二楼过道那儿留意过往的人群。

大概过一炷香的时间,一直没有什么收获的她总算抓到了一个熟悉的身影,身形瘦小,皮肤黝黑,一身破破烂烂,嘴巴里面的两颗大门牙已经不存在,那人笑嘻嘻地往楼上走来。麻豆知道是黑皮猴,她赶紧转过身子免得被黑皮猴发现。

黑皮猴走到麻豆隔壁的那个房间门前,他敲了敲门后,里面探出一个人头,人头看到黑皮猴立马邀请他进去。麻豆赶紧钻进自己的房间,她把耳朵贴在隔着自己房间跟黑皮猴进入的房子那道墙壁上,她训练有素,耳听之力还不错,虽然隔壁房间的人说话声不大,她还是听到一些。黑皮猴好像在向里面的人报告着什么,说他们已经把谁谁谁抓住,找到"龙眼秘藏"指日可待,然后房子里面的人叽里咕噜乱说一通,似乎发现麻豆在偷听而故意用一些奇怪的语言,不过,麻豆想自己要是被发现只怕他们也不敢再交谈下去。

"黑皮猴果然不是什么好东西,他也在打'龙眼秘藏'的主意吗?"麻豆暗忖着。对面的谈话终止后她坐到自己的床头,她左思右想都觉得不对劲,那伙人到底什么来头呢?"龙骨刀"是否在他们手里呢？

叫晚饭的时候，她故意留住小店掌柜一阵子。

"隔壁房间那些人好像从来没有见过，他们不是本地人吧！"麻豆用当地的话问掌柜。

"他们是挺奇怪的，听他们的语气的确不像是本地人，他们好像是……是……日本人。"掌柜的想了半天才肯说出"日本人"三个字，日本人老早便进入东北三省，这里的人倒也容易辨别汉人和日本人。看来掌柜说的也没有错，麻豆的心却紧绷，日本人竟然也搅进来了吗？掌柜的继续说："这几年来到东京城的日本人很多，这伙人是我见过最奇怪的，他们一共六个人，头目好像叫下村三郎，他们每个人身后都背着一个大袋子，里面也不知道是什么玩意儿？我琢磨着好像是活物，不知道是人还是猴子？"这个掌柜倒也世故，他竟然掌握不少的信息，他的话着实让麻豆不知道说什么好，她想了想问："他们住了几天了吧？"

"听他们的意思今天晚上他们就走了。"掌柜倒也乐意跟麻豆说。

"原来如此，这些人看来是个大麻烦。"麻豆嘀咕一句。掌柜的立马吓得低声说道："确实是个大麻烦，我发现他们身上藏着枪。这些日本人实在讨厌，你说他们是不是来挖宝藏的呢？我听我的一个远房亲戚说，日本人到咱们中国来就是为了挖宝藏。"

"渤海国的宝藏吗？不对，不对……"麻豆沉思了一会儿，她好像想到了什么东西。她跟掌柜的说要退房的时候，门啪的一声被踢开，嘭的一声有人开枪了，掌柜的脑袋被射穿，几个日本人模样的汉子站在门前。带头的那个个子不高，留着一头长发，眼睛前戴着一个金丝眼镜，他长得贼眉鼠眼的，下巴留着一撮粗大的黑胡子。他迈开步子走进房子里面，他冷冷地看着麻豆用一口很不流利的中国话说："杨小姐，你这是干嘛呢？我们没有惹你吧！"

看到掌柜的被射杀，麻豆火冒三丈，她想发作又深知自己不是对手。

"你们到底想怎么样？"麻豆骂道。

"跟我们走一趟，嘿嘿！我们还得找你帮个忙。"那个头目说完之后一摆手，一个日本大汉走上前拿着一个白色麻布袋将麻豆套进去。麻豆不敢挣扎，她深知，人为刀俎，我为鱼肉，这时候她又不能把自己命丢了，只好等待时机。

被装进袋子里面后，她被背了起来，摇摇晃晃也不知道过了多久，她在布袋里面就快要断气了的时候，袋子总算被打开。她揉揉眼睛，发现自己正处在一个墓穴之中，墓穴很大，看样子是在一个古墓墓室里面，前面不远处还排列着三口大石棺，自己身边跟自己一样被用麻布袋套进来的还有四个人，他们已经哭爹喊娘要死要活，她暗地打量那几个人，他们看上去好像是一些古玩店里面的掌柜。

"我叫下村三郎，日本渤海古国研究会的会长，嘿嘿！今天能和几位聚在一起是我下村的荣幸，几位都是博学多才见识宽广的人，我今天请几位到这里来，就想你们帮我一个忙。"下村三郎皮笑肉不笑的样子着实讨厌，不过，他口口声声说什么渤海古国研究会的时候，麻豆心里直想一刀捅死他，渤海古国是中国人的历史文化遗产，他一个日本人凭什么组织研究会？她愤愤不平的时候，她身边的几个同样被抓来的人都哭着叫道，只要给他们一条活路他们做什么都可以，她不由得鄙视那几个人。

"想活命就过来帮忙，嘿嘿！"下村三郎说了一句。他举着一盏油灯走到墓室前面的三口石棺前面，麻豆凑着灯光，打量了一下石棺，石棺一大两小，外表均涂着一层红漆，红漆上面用墨迹画着各种鬼怪图案，夜叉罗刹，等等，麻豆还是第一次看到这种棺椁，她感到一丝不妙。下村三郎已经叫他的人拿着铁锹过去打算开棺，几个日本人花了半天工夫，石棺还是纹丝不动。他把麻豆几个人叫过去，来到石棺前面大家都傻了，石棺的棺盖上面画着一个九宫格，九宫格四周都画着一枚钱币，唯独中间一格空白无一物。

"你们谁帮我打开这口棺材谁就能活命。"下村三郎冷冷地说。

一个被抓来的掌柜看了一眼后摇摇头说："这个我们怎么会呢？我们不会古代数学。"

嘭！这个人的脑袋已经被射穿，其他人吓得缩着身子，一个个靠近石棺上面的九宫格，年纪看上去最大的那个人指着九宫格第一个格子上的钱币说："这个是'开元通宝'，'开元通宝'四字笔力苍劲，意态精密，端庄俊雅，凝重雄浑，正是大书法家欧阳询所书，有八分及篆隶三体。李渊初入长安时，民间使用的是隋代的轻钱，积八九万枚才满米斛，乃于武德四年，一改历代以'铢'、'两'为钱名的货币制度，铸行成为'通宝'的钱币，取名为'开元通宝'。"他刚刚说完，嘭的一声枪响，他倒在了血泊之中，看来下村三郎并不是有耐心的人，他骂道："我叫你们打开这口棺材，不是叫你们给我解读什么狗屁通宝。"

大家吓得不敢出声。

"你们都是这里面的行家，嘿嘿！你们是不是不想要命了呢？"下村三郎忿然，大家更加不敢说话，一个两个擦汗不已。麻豆低头看了九宫格一眼，排列在九宫格外面的八种钱币如果她没有记错的话都是唐朝时候流行或长或短的钱币，逐一看过去，分别是唐初的

"开元通宝"、唐高宗时候的"乾封泉宝"、史思明反唐称王时候的"得壹元宝"和"顺天元宝"、唐肃宗时候的"乾元重宝"、唐代宗时候的"大历元宝"、唐德宗时期出现的"会昌开元"、唐朝最后一种钱币"开通元宝"。只是她想不通的是，九宫格中间这个地方会是什么呢？那八种钱币基本是唐朝时候出现的钱币，难道还有别的钱币吗？但是这似乎又没有这么简单。

她从脖子上掏出从小到大一直挂在自己脖子上面的一枚钱币，这是一枚呈金黄色，窄内外郭，薄肉，表面用篆书写着"千秋万岁"四字的吉语花钱，造型上跟渤海古国的钱币"东国重宝"类似，这钱币是她老爹"独角"老杨留下的，也是老杨留给她的唯一一个宝贝。

她把手里的钱币放在九宫格中间。

轰然一声，巨大的石棺竟然在抖动。

下村三郎板着的一张脸涌出了一阵喜悦，他嘴巴里面念叨："杨小姐果然厉害，我心里也一直想着开棺的是否是一枚钱币？嘿嘿！我万万想不到的会是一枚渤海古国大金币。"

"你们这些人到底在做什么呢？这里又是什么地方？"麻豆自己也想不到那块金币可以启动石棺，眼看着石棺缓缓移动，棺材盖慢慢地掀开，她回头问了下村三郎一句。

下村三郎哪里理会她，定定地站在石棺旁边等着棺盖彻底掀开来。

"你们杀死了马猴子，对吗？'龙骨刀'是不是在你的手里？"麻豆继续问。她心有不甘，虽然不知道下村三郎他们想干什么。她的话，下村三郎始终当耳边风。砰然一声，棺盖翻开，下村三郎乐呵呵地跑过来，他往棺材里面一看，整个人的脸色变得凝重起来。

他突然暴跳如雷手里面拔出一支手枪嘭嘭嘭将站在麻豆旁边的三个古玩店掌柜射杀,最后手枪对着麻豆的额头,他怒气冲冲地骂道:"你们到底在玩什么把戏?"

麻豆根本不明白怎么回事,她稍微抬起头看了一眼,石棺里面居然躺着一具尸体。

"黑皮猴。"麻豆脱口而出。黑皮猴居然死在古墓的石棺里面,这怎么回事?黑皮猴怎么会死在这里呢?看着黑皮猴蜷缩着身子如同一条死蚯蚓一般躺在石棺里面,他的脸染着一片血,五官都被挖出来了,如此残忍的手段只怕不是人干出来的。

"这怎么回事?"下村三郎大声怒斥他的部下。他的部下纷纷走过来看石棺,他们很无奈,下村三郎叫他们把黑皮猴的尸体从石棺里面抬出来。

"真好笑,这家伙不是你们的人吗?他该不会是背叛了你们想自己一个人独吞这口宝棺里面的财物吧!"麻豆冷冷地笑起来。下村三郎白了她一眼,嘴巴里面说:"这不可能,他根本不知道这地方,一定是什么人。会是谁呢?谁知道子母棺的秘密?"听到"子母棺"后,麻豆一愣,难不成眼前这具棺材便是渤海圣国子母棺吗?子母棺一大一小,两个棺材本来合拢在一起,后来因为契丹人和渤海国人的战争,"子棺"和"母棺"流失掉,有一个谶言是"子母分离,神鬼难求;子母合棺,百宝连城"。"子母棺"中有藏宝图,拿到图者可以获得渤海遗藏,渤海国号称"海东盛国",要是找到它的遗藏,绝对是发大财。

"你们别妄想了,凭你们就想拿走我们的宝藏吗?笑死人了,我告诉你,这根本不是什么'子母棺'。"麻豆笑道。下村三郎却不理她,黑皮猴的尸体抬出来之后,他便去查找石棺内部,他找了半天也不知道在找什么。看到他满脸慌慌张张的，麻豆又说："你是白痴吗？宝贝肯定被别人拿走了，你再怎么找都是没用的。"

"'子棺'在我们日本人那儿，我来上京无非就想把'母棺'带回去，想不到猴子捞月亮，王八蛋。"下村三郎骂了一句后，他怒视麻豆，他说道："你不是想找'龙骨聚魂棺'吗？你不是想找'龙骨刀'吗？你说得不错，马猴子是我杀死的，'龙骨刀'就在我的手里，有本事你就拿去看看。"下村三郎估计是因为太过于愤怒，他整个人都变傻了，他从身后背着的黑包里面掏了一会儿，拿出一把拇指大小的刀状物体递给麻豆看。

"'龙骨刀'吗？"麻豆看着，那把小刀呈银白色，如同水晶一般，刀体里面游动着一根根的血丝，血丝时而聚集成为一团时而散开，刀锋很锐利，看上去只要稍微碰到就会被割伤。只不过"龙骨刀"有毒，一旦被划伤的话基本没命，下村三郎竟然敢这么把它放在手心，他倒也大胆。下村三郎嘿嘿冷笑着说："你现在就给我死去吧！你已经没有用了，死之前给你看看你梦寐以求的'龙骨刀'，我算得上一个大好人吗？哈哈！"他把手枪举到麻豆的脑袋前面，他正想扣扳机，哪知道墓室外面传来呱呱呱的几声鸟叫，一只怪鸟扑腾着翅膀飞进来，身子嗖的一声往下村三郎冲过去，鸟嘴毫不客气地就往他的脸蛋狠啄。

下村三郎吓得哇哇怪叫，他举着手枪射击那只怪鸟，怪鸟身子一摆，嘴巴叼起他手里握着的"龙骨刀"就飞上墓室顶端。下村三郎大怒，接连开枪射击，他还嚷着自己的几个部下一起射击。麻豆看到怪鸟出现，她哪里肯让下村三郎射死那只鸟，她扑倒下村三郎，嘴巴里面斥骂不已，只可惜下村三郎力气大，他一挥手，麻豆便被推开几米之外。

"臭婊子，我就先杀了你。"下村三郎举着手枪对准摔倒在地的麻豆。

嘭！一声枪响，麻豆惨叫一声，下村三郎愣愣地靠着身后的石棺，他举着枪的手臂垂落下来，肩胛骨涌出一道鲜血。麻豆还以为自己要死掉了，此时一只手把她扶起来，她回头一看，肖曳手里端着一把长枪正对着下村三郎。

"你怎么会……"下村三郎看到肖曳后整个人显得很困惑。

"你当然以为有福老和尚能对付我，唉！你也不想想我肖曳是什么人？我有那么容易被你们下药吗？真蠢。"肖曳晃了晃手里的长枪，下村三郎肩胛被射中，他已经不敢动弹，他的那几个部下在一边也只是眼睁睁地看着。

"我算是明白了，你们先别得意，你们中国人有句话叫留得青山在不怕没柴烧，我们就先告辞了。"下村三郎恶狠狠地说着。他另一手随手一挥，一道白烟立马涌出来笼罩住整个墓室。肖曳和麻豆干咳几声，待白烟渐渐消失，下村三郎这伙人已经不知去向。

"你怎么知道我在这里呢？"麻豆推了肖曳一拳后问道。

"我当然不知道，但是这小子他知道嘛！他联合有福老和尚想要我的命，他哪里知道我肖曳这个人除了我自己之外谁也不相信。还有，你的老朋友有福老和尚原来是个卖国贼，他暗地跟日本勾结将不少渤海古国的遗宝偷偷运走。"肖曳拿着枪指着躺在石棺旁边的黑皮猴尸体说。

"想不到老和尚他会是这种人，唉！老爹生前把我托付给他……算了算了……"事情发生到这种地步，她看着肖曳，已经不知道说什么好。

肖曳和麻豆离开之后，麻豆总是闷闷不乐，怎么说呢？麻豆这些天一直陪着自己,虽然她行事诡秘,来历也不是很清楚,肖曳还是有些替她担心。回到客店,麻豆依旧心事重重,肖曳也安慰了她一些时日。到了第四天之后,"寻龙部队"里的一名盗墓兵找到了肖曳,他递给肖曳一封信。肖曳打开之后,信是君傲海写来的,他说自己的女儿君含笑在西安遇难了,希望他火速赶到西安救援。信笺上面字迹潦草,君傲海的心情应该很着急,他估计已经从洛阳往西安赶去。肖曳心中很懵,君含笑遇到了什么危险信笺里面讲得不是很清楚,看君傲海着急的样子,估计危及性命。

这种时候,肖曳显得忐忑不安,君含笑和他算得上是青梅竹马,自幼一起长大,如今他进入东北做"寻龙部队"的头目,他和她也有些时间没有见面了。手里捏着信笺,手心一直沁汗。麻豆似乎看出来他手里的信笺有问题,她问道:"怎么了?有事吗?"肖曳摇摇头,他不知道该说什么好。麻豆呵呵傻笑:"怎么?有啥不好意思说的呢?"

肖曳愣了一会儿,他说:"我想去西安一趟,剩下的事你自己处理吧!"肖曳的话让麻豆愣了一下,她问:"我理解,只是你去西安做什么呢?"肖曳说:"这事你别管了。"麻豆冷冷一笑:"话说你的盗墓兵是怎么找到你的呢?"肖曳没有再说什么,他赶紧收拾好自己的行李,麻豆也没有阻拦他,两人虽然并肩作战过,但是平日里貌合神离,谁也没有把谁放心上。肖曳要走,麻豆也没有什么好说的。至于"龙骨刀"和"龙眼秘藏"也只好由自己一个人去寻找了。可麻豆看着肖曳离开,她表面波澜不惊,心里其实还是有几分不舍。

# 第六章 墓　　宝

西安，长安大街西。近年来关中大地盗墓昌盛，街西这边本来是群丐密集狗屎成堆杂草蓬生行人无迹的长安第一破烂街。但是，自从盗墓帮派长安帮魁首侯宝轮一手开发，将盗墓所得的大量古墓奇珍拿到这里开铺买卖，久而久之，宝贝出入，商贾密往。街西很快便成为西安千条大街中最亮丽的风景线之一，特别是到了每月十五月圆之夜，此地的"墓宝"交易最为频繁，而且多有罕世之宝出现。

十五月圆，风和云朗。街西已经成为了名副其实的珍品一条街。不仅本地的古玩商喜欢这里，外地的古玩商也爱来这里淘宝，甚至有时还出现一些洋商。古玩买卖，你来我往，盛行一时。金银珠宝，古籍书画，工艺精品，玉石雕镂，琳琅满目，让人进得来，舍不得出去。

各路盗墓贼也喜欢把自己手中的珍藏或者新发现的宝贝拿到这里来买卖。因为侯宝轮为人大方，在这里出售新出墓宝古玩的商号不单单长安一帮一派，其他的盗墓集团只要在侯宝轮这里买上一个铺面位子就可以进行各种交易。那时候，盗墓者所盗出来的宝贝大多假以古玩商的名义开店子做买卖，从盗墓到古玩商，整个过程全部包办。所以，盗墓集团化越做越火。侯宝轮打下这条珍品街，也打响一个盗墓品牌——长安帮。当时正值混乱年代，政府腐败，忙于战乱，大多管不过来，稍用些钱财，大可打通。

长安珍品街已然是天下最有名气的古玩街。自从三年前出过一块玉猪龙和一个翠玉白菜后更是名噪天下。出面做古玩买卖的身份是古玩商，真正的盗墓者身份则是匿藏其后，没有哪一个盗墓者喜欢让别人知道自己是一个盗墓者。盗墓毕竟是一件见不得人令人齿冷的事情，像侯宝轮，大白天的时候他是西安城里面一个瓷商老板，而洛阳帮的君傲海是个横行布匹、粮米、盐铁生意的混合商人。

珍品街里有一个很有意思的行规，盗墓者在这里有义务完成买家的要求，就是买家想要的东西，卖家现在没有或是没有出土，买家可以预订，卖家会很快地去找到藏有这宝贝的墓陵然后进行挖掘。这些钱财驱使的事情，谁会释手不干？在珍品街，只要你来，就不怕找不到你想要的宝贝，如果有特点目标，买家先下订金，卖家会马上夜出盗墓为买家挖出宝贝。因为用心，所以专业。侯宝轮就曾因为一块汉魂玉而大掘小挖了西安内外的一十八座汉代古墓。还有个规定，如果找不到买家想要的东西，卖家会退回订金而且赔上一半的钱，这个相当的具有诱惑力。不过，买者也别想投机取巧乱来一通，盗墓者聪明多了，所谓亏本的生意无人做，盗墓者心里没有底子是不会随便接一张单子的，这也是行规。

总而言之，长安珍品街的墓宝交易业务是蒸蒸日上。

"来，来，来，大家快来看看，最新出土，最新出土。"在人群之中，一个肥大的汉子举着一条旗子奋力大喊着，众人哄然围过去，吵吵闹闹，熙熙攘攘。

"怎么回事？"正巡视自己掌管的珍品街的长安帮魁首侯宝轮问

身边的一个手下。

"爷,开拍卖会啊,稳赚。"回话的这个人长得獐头鼠目,尖尖瘦瘦,说话油嘴滑舌的,他叫施泰然,是侯宝轮底下的哼哈二将之一。

"拍卖?"侯宝轮顿住脚,还真不明白。

"这是钱师爷开的方子,真灵,我们一下子就赚足了。"施泰然笑着说。

"嗯,这个好,不错,不错。"侯宝轮小酒壶一倒,嘟嘟嘟喝了好几口。

"爷,你要不去看看?"施泰然说。

"好,我倒想瞧瞧这个狗屁都通的钱师爷在搞些什么名堂。"侯宝轮乐呵呵地带着随从往拥挤的人群里挤去,挤到前来,一看之下,前面有一个高阶,上围着几个大汉,大汉中间立着个一人高的箱子。钱师爷正笑眯眯地迎合众人,说:"刚刚那个金玉大西瓜,扬州的冯老板可真是有福气,有福气,呵呵,这一回我给各位老板亮出来的宝贝,绝对是空前绝后,保证大家会对它爱慕得要死要活。据说这个宝贝是连掘了二十二座汉代大墓,才从一个汉代地方王的棺材里找到,而且,我敢说,在这个世界上,它绝对是一件罕有的宝物,甚至独一无二。"

"独一无二?钱师爷的眼光我们向来不敢有过怀疑,这独一无二倒是当不当值?"有人问。

"值,值,我钱某人阅宝无数,这些年主持珍品街,什么绝世的罕物没有经手过?和氏之璧,四大宝鼎里面的散氏毛公,汉末大才子曹植《洛神赋》的手稿,细数起来,上到夏商周春秋战国,下至唐宋元明清,真品,赝货,我钱某人天生具有慧眼识珠的本领。

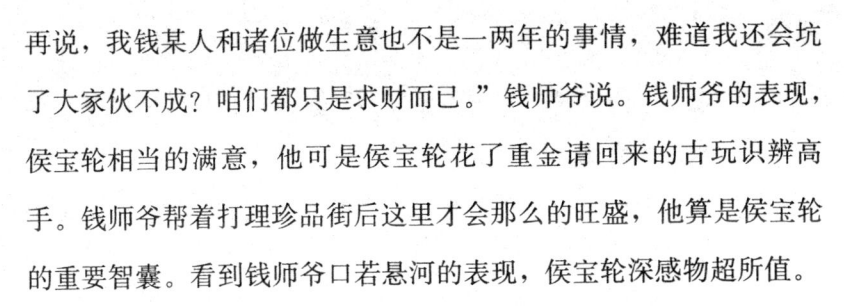

再说，我钱某人和诸位做生意也不是一两年的事情，难道我还会坑了大家伙不成？咱们都只是求财而已。"钱师爷说。钱师爷的表现，侯宝轮相当的满意，他可是侯宝轮花了重金请回来的古玩识辨高手。钱师爷帮着打理珍品街后这里才会那么的旺盛，他算是侯宝轮的重要智囊。看到钱师爷口若悬河的表现，侯宝轮深感物超所值。

"听钱师爷这么说，这箱子里必是旷世的宝贝喽？"底下有人问。

"对，对，这钱师爷的话可不曾有假，钱师爷说是独一无二就是独一无二。"

"也难得有一件宝贝让钱师爷这么费口水，看来绝非劣物。"

"是啊，还从未见钱师爷对一件宝贝如此推崇过。"

"说得好，说得好，咱们做生意细水长流，怎么说钱师爷也不会以假乱真。"

这些发表言谈的人其实是钱师爷安排在这群大商人里面的"活棋子"。这些训练有素，闻风望雨的"活棋子"和钱师爷一唱一和，不仅制造了宝贝的悬疑性，更重要的是让这些腰缠万贯的大商人对宝贝痴迷好奇不已，激发大商人们志在必得的心理，让接下来的标价竞争激烈起来。然后，钱师爷见好就收，赢得万利，有时候，一件极不显眼的宝贝瞬间哄抬出来的价钱比那些稀有品种还高出许多。

"大家是抬举了我钱某人，我深表谢意，也希望我这一次荐宝不会让大家失望。"钱师爷笑着说。

"钱师爷，你不要再耍嘴皮子，是骡子是马，牵出来溜溜嘛。"有的商人已等不及了。

"对，对，钱师爷，你快点开宝，赶快，赶快。"众人乱哄哄的。

"不急，不急。"钱师爷知道这群大商人已进入自己的圈套，反而拖着，硬是不开宝。

"钱师爷，你别吊大家伙胃口，快开宝，快，快。"有人急了起来。

钱师爷吟吟一笑，别人越急他就越缓，这是生意。

"难不成是里面的宝贝见不得人，呵呵，钱师爷你可别糗大了。"

"钱师爷，你是不是怕大家伙笑话，不敢开箱子吧？"

"放心，放心，大家那么热情高涨，我怎么可能不开宝呢？呵呵，我只是想请一个有威望的人来开宝。"钱师爷微笑着说。

"谁？快点了，快点叫他出来。"众人急不可待。

"好，那我们就有请咱们西安瓷商大亨侯宝轮侯先生来为我们揭开这一个宝贝的神奇面纱。"钱师爷瞧见来巡查的侯宝轮，这么一说，他也算是阿谀自己的老板。底下的人群立马乱轰轰的，叫着："侯爷，侯爷。"

"我，我。"侯宝轮给吓住了，众目睽睽之下，弄得他很不好意思，心中痛骂起钱师爷来。不过，他久经沙场，这等场面也没什么，他顺了顺气，干咳几下，还算镇定。施泰然在他耳边小声地说："爷，你就给大家伙一个薄面吧，赚钱要紧。"

"呵呵，钱师爷真给面子，太给面子我侯某人了。"侯宝轮硬起头皮走到台阶上面。

"侯先生名动一方，我们是荣幸，很荣幸啊。"钱师爷笑道。他和侯宝轮表面上显得很陌生，盗墓者不会与出货的人如钱师爷这类的人在光天化日之下有过多的接触和亲密，即使是上下的关系，在芸芸大众面前，还是要表现为左右的关系。

钱师爷是侯宝轮聘请来管理珍品街的，侯宝轮只是幕后老板罢了。

"难得钱师爷的赏识，那就让我这个粗鄙之人来开此宝贝，希望不会有愧于大家。"侯宝轮一边说一边向众人拱了拱手。

"好，现在就有请侯先生在此月圆之夜揭开本次买卖的巨宝。"钱师爷向侯宝轮做了一个"请"的动作。

"嗯。"侯宝轮点点头，走到那一口立着的箱子前，左右思量一下，手掌一掀，只见他轻轻地一手拍在箱子外的木条上，听得钱师爷一声"好功夫"，整个箱子裂开来，箱子内突然金光大现。

墓宝将要出现时，众人的高呼声一浪比一浪高，全场哗然，等组成箱子的木条释数散尽后，全场马上变得鸦雀无声，死一样的静。所有的目光都看在台阶上，全部人都呆住了，动不能动，说不能说，几乎是见鬼了一样被吓得傻了。就这么几秒钟之间，世界好像静止了一样。

"我怎么不知道有这么一个宝贝？我怎么没见过这么一个宝贝？我要知道有这么一件宝贝，我怎么还会拿出来卖？怎么搞的？"侯宝轮见到了宝贝的真面目后，心情闪烁，惊然之中，他心里是一万分的不甘。许久，他冷了一眼钱师爷，问："怎么回事？这么好的一件宝贝你居然拿出来卖掉？"

钱师爷愣了愣，说："不是经过了爷你的手了吗？"

一般没有得到侯宝轮的批准，新出土的"墓宝"是不可以拿出来买卖的。

"等一下再和你们算账。"侯宝轮显得特别的愤怒。

"据我所知，这件宝贝可是汉代王室里面的东西，价值连城，难得一见，钱师爷这回可是给大家真真正正地荐了一个大宝贝。"有人立马说。

"金光如晕，碧泽如澄，金银如缕，玉石如匝，工艺精湛，极品，极品啊！"有人评头论足起来。

"好货色，好货色，钱师爷，我出一百大洋，我要了，我要了。"

"我出三百。"

"我出四百。"

"我出，出，出八百。"

场下顿时乱成一团，人人都给眼前这宝贝迷住了心性，个个欲望高涨，皆要买下这个奇宝物。在众人面前闪闪发光金碧辉煌的"墓宝"是侯宝轮一个手下在一座汉墓里找到的，当时出土的时候，泥染尘埃，很不显眼，侯宝轮平平地看了一眼便叫手下们拿到珍品街给钱师爷随便卖个好价钱。钱师爷是个识货的行家，把它给掸尘去垢，一件精美绝伦、举世无双的宝贝就显露在众人面前。本来钱师爷还想不通，想着去问问侯宝轮这个一向喜欢收藏独特珍品的老板为什么会把这么一件好东西拿出来卖掉？但是，侯宝轮管的是地下盗墓，钱师爷掌管珍品街上的买卖，侯宝轮说卖掉，他言听计从。

钱师爷知道这件宝贝出自汉代的王室，名叫"金缕玉衣"，手工挑剔，乃是天下无双的珍品，他检查过这件玉衣的制作，极为优良，实在是不可取代。其中缀满的玛瑙、翡翠、玉石、珍珠不计其数，大大小小，精美无比。单是其中一粒已是价值不菲，更不说有金玉缕于其中。此物色泽明亮，金煅玉妆，丝丝缕缕，精密，精巧，精致，精彩。

钱师爷对它爱不释手，但侯宝轮要卖掉，他是心疼到了极点，可惜之中甚无奈。

"金缕玉衣"只有汉朝当时的王室才会拥有，真不是一般的东西，一般的诸侯或将相顶多是一件银缕玉衣或者一件铜缕玉衣。"金缕玉衣"在汉代诸宝里面很有分量，价值连城。而且，据说，死者只要穿上"金缕玉衣"就可以使尸体防腐千万年不变，不会被蚁虫之吞噬腐化，让尸体永葆华容。可见这宝贝是多么的难求难得，识货的人怕已对它有牺牲一切在所不辞的心理。场下的大老板大商家无论在不在行，都已经给这么一件世上最豪华最漂亮最贵气的衣物迷倒。喊价的声音是一个比一个高，已由一百大洋上升到五千大洋。

报的价格一个劲儿的飙升，钱师爷冷笑于一边，每听到一个高价就扯一下嘴角笑一笑。

侯宝轮一脸的不开心，他混这行那么多年，今天是阴沟里翻船，站在一边，看着那件"金缕玉衣"，眼珠子都要掉下来。看着那些被"金缕玉衣"迷得不惜倾家荡产疯狂报价的古玩商，他心里不知道是应喜还是该忧？很心疼那件宝贝，舍不得地看着那熠熠生辉的"金缕玉衣"，心口一直在痛。他摸了摸心头，对身边的施泰然说："你怎么看？侯宝轮我是瞎了眼，没看清楚，你看看，这么了不起的一件衣服，我怎么可以那么没良心地把它拿出来买卖呢？"

"爷，你莫急，你看看这些有钱的主儿，为了这么件宝贝，那银子票子是一口一口的高价位，这衣服太值钱了。"施泰然得意无比地说。

"值钱？枉我盗墓几十年，经手的宝贝不计其数，今天唯独偏爱这件，真是罪该万死。"侯宝轮想必真的喜欢上这件宝贝了。

"爷，你别这样，难道咱们还不能再挖它一件吗？"施泰然刚讲完，侯宝轮已经走上前来，看着乱哄哄的场下，看着身边触手可及的"金缕玉衣"，高呼一声："我出一万大洋。"

本来吵成一团争执不休的场下顿时静得跟乱葬岗一样。所有人都被侯宝轮叫出来的价钱吓得呆住，傻住，痴住，懵住。侯宝轮狮子大开口，没有哪个人不被吓住，特别是钱师爷和施泰然两人，他们想不通这侯宝轮是怎么了，这本可以大赚一笔，侯宝轮这不是在捣乱吗？

"侯先生，你这是？"钱师爷满脸愕然地看着侯宝轮，这"金缕玉衣"本来就是自己的东西，说好了要拿出来拍卖，这怎么自己出来喊价了，而且还是一个高得不能再高的价格。侯宝轮这不是疯了吗？

"我说了，我要买下这件宝物，你们谁还敢跟我抬价？哈哈哈。"侯宝轮虎目一扫，霸气十足地睥睨着下面的各个大老板。他这个价钱，谁出得起？怕是他自己也未必出得了。

不再有人出声，不再有人抢价，众人也只有眼睁睁地看着那件璀璨的"金缕玉衣"落到侯宝轮的手里，叹着气，不少无奈，不少可惜。有的人干脆走出来恭喜侯宝轮得宝，有的气疯了哇哇大哭，有的人气愤了干脆走掉，离开这伤心之地。有人捶胸顿足，有人垂头丧气，这气氛一下子如同流血露骨的沙场，够凄凉。侯宝轮钱压群商，开心不已，忙是爱怜地抚摸他失而复得的这件令他一见钟情的宝贝。

没有人再开出高价来，一锤定音，钱师爷很无奈地把这件万人崇爱的"金缕玉衣"拍给了侯宝轮。一万块大洋，也只是个空头数字，本来就是属于自己的东西，侯宝轮只不过是用另一个方式把它拿回来罢了。

"钱师爷，你还有什么宝贝？快快拿出来啊。"为了平息众人无端的猜疑和失望，心知其中变故的施泰然赶紧向钱师爷叫了一声。

"有的，有的。"钱师爷突地醒悟过来，慌忙地唤来一个大汉叫他往铺子里面去取宝贝。

过了一会儿，那个大汉双手捧着一个彩珠镶嵌的檀木棱匣出来，站到钱师爷面前，向钱师爷点点头。钱师爷叫人把那件"金缕玉衣"收好交给侯宝轮后就对众人说："眼看着夜已经深了，我们就来开启今晚的'镇夜之宝'。呵呵，诸位想必刚刚已经给那汉代王墓的神奇宝衣迷掉了魂，接下来钱某人就把今夜最后一件宝贝拿出来，诸位可要睁大眼睛了。"钱师爷这么一说，底下的人立马静止住，一会儿，有人说："钱师爷呀，还有什么宝贝能比得上这'金缕玉衣'？钱师爷你就不要令大家笑话了。"这个人一说，立马有一批人摇头不已，他们已经够失望了。一些心灰灰的人已退出场去。

所谓"镇夜之宝"，是珍品街每月月圆之夜所展示出来的最后一件宝贝，就是压底的绝活，压箱的宝物。往往这最后的宝贝都会是震撼人心的一个环节，拿出来的"墓宝"几乎都是世界上独一无二的东西，也是众多古玩家所重视的环节之一。这个环节是侯宝轮用来吸引东西南北各个地方而来的古玩商的手段之一。

每每到了这一个环节，众古玩商大多是兴趣昂扬，个个等着开价把这"镇夜之宝"收入囊中。到此，如果可以抢价得到宝贝，不仅抱得宝贝归，而且万人羡慕，虚荣之心洋溢而来。但是，今天晚上，"金缕玉衣"一出，光彩夺目，只怕连前几个月圆之夜的"镇夜之宝"拿出来也会相形见绌。侯宝轮现在一口狠价把金缕玉衣买到手，不少古玩商都挫伤了心情，对这个最后的宝贝也没多大的心情看下去，很多人都叹息而去。有不甘心的则留下来，想着虽然不能得到那震古烁今的"金缕玉衣"，把这个"镇夜之宝"弄到手也算是一份安慰，因而还有人在翘首以盼，耐心等待，伺机而动。

"诸位，诸位，可怜这件'金缕玉衣'如今仅出现一件，侯先生一掷千金把它拍到手中，我知道大家的心情一定非常压抑。但是，我钱某人告诉大家，接下来的这个宝贝，一定会让大家重新找回自己对古玩的兴趣。"钱师爷看得出眼前这些古玩商已然怏怏不乐，他是老行家，这不，立马用他那三寸不烂之舌把大家伙丢在"金缕玉衣"上的魂儿给唤回来。

"钱师爷，'金缕玉衣'天下无双，天底下还能有何宝物可及呢？"有人问。

"天下之大，无宝不有，上古青铜，秦汉玉石，魏晋碑帖，隋唐书画，明清陶瓷，谁敢称天下第一？仅仅一件'金缕玉衣'就可以吗？非也，非也，这是迂腐的思维，我中华古国，地大物博，深埋于地下的宝物难以算计，能称天下第一者不为少数，大家可别怠慢了自己对古玩的一番欣赏和兴趣，呵呵。"钱师爷说得头头是道，众人大多被他说动了心。

"钱师爷，话是这么讲，但我们这心里就是不开心，那'金缕玉衣'我可是辛苦钻研了二十年呐。"一个长得瘦瘦小小的古玩商说。

"呵呵，马老板浸淫此道已有多年，无奇不见，无宝不收，对这件千年难得一遇的'金缕玉衣'的爱慕之情，我钱某人完全可以理解。马老板，你大可以放心，等一下这个宝贝你一定喜欢得不得了。"钱师爷在这一行打混数十年，各路商家的名号、爱好，他俱是了然于胸。这瘦小的古玩商姓马，来自辽宁锦州，是个金玉爱好者，做金玉生意名满天下。

"钱师爷，你说得对，我有生之年能在这里见上一眼'金缕玉衣'，我已然是三生有幸。"马老板叹气说。

"马老板，你放心等我这最后一件宝贝。"钱师爷说。

"喂，钱师爷，你那到底是什么样的宝贝？比'金缕玉衣'还神神秘秘，大家伙可都急了。"有个人叫道，夜已深了，有些古玩商已经大不耐烦。

"我就不信钱师爷的这份宝贝比'金缕玉衣'还令人着迷。"有个商人说。

"老哥，你这就是不识货了，钱师爷能把它放到'金缕玉衣'之后，想来决不比'金缕玉衣'差到哪里去。"另外一个人说。他这么一句话可给众商家打了一针强心剂，一下子全场议论纷纷起来，一派山雨欲来风满城的样子，众人纷纷猜测这宝贝。钱师爷看到这番热闹，不禁浅浅一笑。

"施泰然，你想知道钱师爷今晚这最后的宝贝是什么吗？"侯宝轮这时阴阴一笑，悄悄地问他身边的施泰然。

施泰然摇摇头。

"听说过'君临天下'吗？"侯宝轮很神气地说。施泰然顿时吓得啊的一声怪叫，抖擞着身子说："爷，那可是块旷世奇玉，你不是一直细心收藏着的吗？怎么舍得拿出来卖掉？"

"哼哼，爷我已经不喜欢它了，爷我现在喜欢的是'金缕玉衣'，还要那'君临天下'干什么？"侯宝轮说。

"可是与那'金缕玉衣'比起来，这宝贝的价值要高得多，爷，你不是亏了吗？"

"不亏，不亏，你刚刚没看见那些家伙贪婪的死样子吗？他们都是有钱的爷，咱们是要不惜一切代价把他们的钱往咱们口袋里装。'金缕玉衣'天下无双，我若不把我珍藏多年的第一宝贝'君临天下'拿出来，怕他们今晚失望了以后就不会再来光顾我这一条天下第一珍品街，到时，珍品街一完蛋，你我就喝西北风去了。"侯宝轮这也算是老谋深算。

"英明，爷你可真英明。"施泰然不由得赞叹起来。他跟着侯宝轮白天做生意晚上盗墓，早熟知侯宝轮有一个喜新厌旧的习惯，他这心里暗忖，想必侯宝轮过于喜爱这新出土的"金缕玉衣"，手里的"君临天下"也就当做废品了。

"我不是什么英明，我就是为了我们的生计着想。"侯宝轮说着。虽说他没念过几本书，但是诡计多端，有些脑筋，做事喜欢一环套一环。把喜爱不已的"金缕玉衣"弄回自己手里，他已经心满意足，但仍然不忘留一手，此间已偷偷地通过暗号叫钱师爷把他那个收藏数年至今还没有见光的"君临天下"拿出来，一来压压刚刚"金缕玉衣"的风头，让那些新老主顾们不至于太失望，二来自己也可以好好地敲敲竹杠大赚一笔，做生意嘛，做得大家都开心才有后路。

"可是，爷，那个值得吗？'君临天下'可是你辛辛苦苦寻找了二十多年的宝贝。"施泰然有些惋惜。

"值得，咱们盗墓图个啥？你以为是个人兴趣个人爱好吗？咱们就为了赚些银两，我侯宝轮倒也是喜欢收藏点宝贝，你看看关中帮的那五个老头子，从来就不会怜惜这些从墓地里盗出来的宝贝，值钱的就拿，不值钱的就砸，他们几个有宝就卖，有钱就拿。呵呵，这年头，他们也就图个钱，你知不知道，这几个老头赚的钱比咱们要多得多了，我侯宝轮一般来说，挖出来的宝物能卖就卖，好的自己珍藏。呵呵，咱们可要向那几个老头子学习学习。"侯宝轮严肃地说。

"是，关中帮的那几个老头纯属武盗，这些不识货的下里巴人确实坏了不少的古董。"施泰然说。

"人家不识宝你也不要那么说人家，其实，咱们也学不来洛阳帮君傲海这个文盗，不图财只求宝，他君傲海是商界里的骄子，有的是钱，他的文盗法我是服了他，但我们这种穷苦人家还要吃上口饭，咱们可不能学他，咱们现在是文武双盗。"

"爷，我明白，明白。"施泰然恭维着说。

"那就是了，该卖钱的卖钱，该藏宝的时候就藏宝。"侯宝轮强调着。

话说，当时的盗墓方式主要分为两种，一文一武。文盗就是追求墓地里的财宝，尽量不会破坏墓园的结构和环境，只要把墓里面的珍奇宝贝拿到手就可以，盗出来的宝贝呢，大多数是自己收藏而不会做商品用途。这种盗墓方式一般都是那些财力极大又喜欢古玩的大财阀，如洛阳第一大富豪君傲海就喜欢这种盗墓方式，盗出来的宝贝除非自己看不顺眼的不然绝不会卖掉，一般来讲，他们也很少有看不顺眼的宝贝。武盗就是不惜一切地毁掉整个墓园，把墓园里的大大小小宝贝清洗一空，然后把值钱的宝贝卖掉，不值钱的一般是毁掉或扔掉。这些盗墓者一般都是硬派人物，以铁锹爆破见长，绝没有怜惜墓地的心情，只图金钱就手，多求贵重，不求轻贱。这些人大多没有喜欢古玩这种雅趣，对于古玩他们更是一些外行，他们要的只是钱，代表人物如关中帮的五老，是武盗出了名的行家。一般呢，这种盗墓者在业界是不怎么受欢迎，有时候简直臭名昭著。侯宝轮呢，又求财又图宝，文武皆盗。

"钱师爷，你说说，那是个什么宝贝？"场下的人一时间闹哄哄。

"对，对，钱师爷你先叫出它的名字。"有人逼迫着说。

"呵呵，大家这么有兴趣，我也不怕告诉大家。"钱师爷说这话时，顿了顿。

"钱师爷，你说啊，大家可都急了。"场下的众人纷纷叫了起来。

钱师爷笑了笑，侯宝轮赶紧给钱师爷使了个眼色，钱师爷会意，笑呵呵上前，说："刚刚大家都仰慕着'金缕玉衣'，不知大家可否听说过'君临天下'？"

钱师爷"君临天下"一说出口，底下的人们纷纷叫了起来，个个疑头疑脑，吵成一团："怎么可能？怎么可能？"

"听说'君临天下'早就在隋唐大战的时候给毁去了，这，这怎么可能还会存在？"

"'君临天下'乃商纣时代的宝物，至今还存在吗？明显不可信，不可信。"

"嗯，'君临天下'不是已经销声匿迹了吗？"

"据史书记载，当年的隋炀帝是最后一个使用这个宝贝的人，后来大唐太宗李世民嫌之祸国殃民命人把它给炼化了。"

"'君临天下'只不过是一个传说，天底下怎么会有这样的宝贝，笑话，这样的笑话，呵呵，那天下的女人岂不是要灭绝了？你们还真信啊？"

"有道理，有道理，钱师爷你不会是想逗大家开心开心。"

"是啊，就算有这么个宝贝，你钱师爷怎么舍得拿出来卖掉呢？呵呵。"

"自李唐治天下以来，'君临天下'从来没有出现在史籍之中，钱师爷，你这玩笑开大了。"

众人你一言我一语，纷纷扰扰，个个都不相信钱师爷，都说这很荒谬。

"呵呵，诸位真是博学多才，博闻广识，对这么个小小的'君临天下'的见解竟然比我钱某人知道的还多出好几倍，佩服，佩服。钱某人是肤浅了，不过，刚刚这位说自唐治天下后'君临天下'就再也没有出现过，这个是不对的，李唐之后的五代十国里，'君临天下'还出现过一次。"钱师爷很肯定地说。

"是吗？谁那么强悍？居然能制伏这宝贝。"有人笑问。

"诸位可以猜一猜。"钱师爷说。

"难道是那位淫乱如禽兽的朱温？"有人抢先回答。

"有见地，有见地。"钱师爷笑着。

"真的是那位历史上参加了黄巢起义后降唐再叛唐的五代后梁太祖朱温？"

"不错，我一个盗墓的朋友在河南伊阙县一带的朱温墓地里找到这'君临天下'。"钱师爷说。

"难道你钱师爷真有这个宝贝？"有人还是不信。

"倘若真的有，我出一千大洋。"那个瘦瘦的来自辽宁锦州的马老板大声地叫着。他身边立有人笑说："马老板，你也太猴急了吧，刚刚的'金缕玉衣'你最后也只出了八百大洋，嘿嘿，你这瘦皮猴，宝贝拿回去我倒怕马老板娘那功夫承受不了呢。"

"马老板，你肾虚吗？那么急。"有人说起风凉话来。

"你们才是。"马老板骂了一声就不再发话，显然有些心虚。

"呵呵，我知道大家信不过，我可以先给大家看看。"钱师爷说完就去打开那个匣子。

"钱师爷你不会鱼目混珠吧？反正大家都没有见过'君临天下'。"有人置疑，立马有人骂着："你少啰嗦了，是不是'君临天下'，大家有目共睹。"

"好，这次我就让大家见识见识，大家开开眼界。"钱师爷手一拧，叭的一声，匣子的盖子掀起来。众人哇哇地叹叫着翘首观望，睁大着双眼，屏着气息。哪知匣子刚刚翻开就有一个声音叫道："钱师爷，你哄小孩子吗？里面什么都没有？"场子一下子全沸腾了，侯宝轮吓得站了起来，看了一眼，他差点就晕了。钱师爷愣愣地站着看着匣子里面，呆住："怎么回事？谁做了手脚？"他狠狠地看着那个托着匣子的大汉，那大汉摇头说他什么也不知道，钱师爷扇了他一巴掌。场下已是闹得不行，纷纷说钱师爷这是欺诈。侯宝轮走到钱师爷面前，骂道："钱师爷，你干的好事。"

"一定是，一定是拿错了。"钱师爷哆嗦着忙转回店铺里面。许久，在众人千言万语的声讨中，钱师爷慌慌张张地跑出来，叫道："爷，不好了，大事不好了，铺子里面不少宝贝都给那贼子盗走了。"遭了贼，那可不得了，全场的人都怔住。这时，珍品街上各家商号的掌柜都慌慌忙忙地跑来说自己的铺子里面也遭了贼，不少的宝贝给盗走了。一下子，场子里的人顿时如热锅上的蚂蚁一般。有担心自己铺面的，有担心自己宝物的，有浑水摸鱼的，有不满的。

"是哪个贼儿？这么大的胆子？偷到我侯宝轮头上来了。"侯宝轮大吼一声，赶紧召集人马四处追寻那贼子的踪迹。人群之中，肖曳从口袋里面掏出一包洋烟，他取出一根点起来，吸了几口烟之后，他叹了一口气融入人群之中。

## 第六章 墓 宝

## 第七章 钓宝者

"钓宝者"是盗墓者对一类小偷贼子的一种"尊"称。当年，盗墓业热火朝天，在盗墓集中的地方逐渐地形成一种专门偷盗盗墓者成果的小偷，这一类小偷被盗墓者唤为"钓宝者"，大概有偷宝的意思。

随着关中、河洛大地上的盗墓连年雷厉风行，钓宝行业也几近猖獗，成为盗墓者最为头痛的对手。作为身怀绝技的盗墓者的对手，"钓宝者"一般行为隐秘，身手不凡，精通诸如天文地理、鉴宝辨物、偷盗技巧、飞行遁逃等功夫，往往叫盗墓者们拿他们没有办法，让盗墓者无奈到了极点。其实，"钓宝者"都是些针对性比较强的偷盗者，对人对物，有些是针对盗墓者本人，看哪个盗墓者不爽才打主意，有些是看中盗墓者手里新出土或者新收藏的宝贝。"钓宝者"下手之时，神鬼莫测，无往不利。令人气愤的是"钓宝者"已存很久了，盗墓者连年受害，但是无论在公在私，就是没有谁抓到过一个活生生的"钓宝者"。

当然，能做"钓宝者"的人并不是那么简单，在这个世界上真正称得上"钓宝者"的人少之又少，"伪钓宝者"倒是多如牛毛。平日里，真正的"钓宝者"是极少出现。当然，一个"钓宝者"出手，必然会有不少的新出土的奇珍宝物遭殃。不过，"钓宝者"有个特色，那就是很容易满足，他们不会像鬼附身一样烂缠着盗墓者，他们出现一次后要很长的一段时间才会出现第二次。因此，盗墓者们对"钓宝者"大多时候是爱理不理，有时候当没事一样。

三年前，掌控着关中平原盗墓事业的关中帮五老曾经发动过一次全力围击"钓宝者"的行动。关中五老向来是火爆急躁、冲动鲁莽的人物，那一年，他们手里刚盗出一个举世瞩目的宝物，据说是战国时代燕国大墓内出产的一枚血玉凤凰佩子。

那时候，刚刚出土就被神出鬼没的"钓宝者"给偷了去。眼看着到嘴的鸭子给飞了，关中五老雷霆大火，立马纠集手下五百多人在整个关中平原围剿那个偷走血玉凤凰佩子的人。那一次，他们做得风风火火，不少盗墓集团也加入了进来。他们决定好好教训那些像苍蝇一样令人讨厌的"钓宝者"，"钓宝者"总是如影随形般跟着盗墓者，他们感到讨厌了。他们这回要来一次彻彻底底的斩草除根。名义上是要追出那个盗玉之徒，实质上要来一回对"钓宝者"的大扫荡。在关中五老的号召下，整个关中平原成为了一个巨大的围猎场，猎物就是那个盗走血玉凤凰佩子的"钓宝者"。

可是，竹篮打水一场空，此行动进行了一个多月，"钓宝者"连一个影子也没有。众盗墓者反是累得筋疲力竭，最后没一个人不气馁。关中五老气得吐血，最后还是早早了结这一次行动。这一次和"钓宝者"交手以"钓宝者"的胜利而告终。

"钓宝者"是一个人？两个人？三个人？一伙人？一个集团？没有人可以说得清楚，因为世界上还没有哪一个盗墓者见过这来也匆匆、去也匆匆的"钓宝者"。侯宝轮珍藏了多年的宝贝"君临天下"在自己的地盘被偷走，珍品街同时丢失了不少的宝贝。不管怎么想，谁都会认为是"钓宝者"所为。这个世上，除了"钓宝者"，只怕没有谁会有这种本领来侯宝轮的珍品街动手动脚。珍品街内外戒备森严，无处不有侯宝轮安排好的"暗钉子"，更何况珍品街上来来往往上万人众，谁有那么大的胆子和能耐在这么多双眼睛下作案？更何况，置宝的地方机关重重，暗器深藏，僻陋隐蔽。可是，对于一个机智、勇敢、贪婪、变幻多端的"钓宝者"而言，这些算什么？"君临天下"还不是丢失了？

侯宝轮亲自出马带上所有的手下在珍品街里里外外调查缉拿了大半个晚上，几乎和三年前的关中五老一样，连"钓宝者"的影子都没有见着。被盗的密室完好无损，里面的"君临天下"不翼而飞，如此神不知鬼不觉，就算丢失了宝贝，侯宝轮心里还是由衷地为那个"钓宝者"称奇称叹。

对于侯宝轮，对于偌大个长安帮，这还是第一次遭到"钓宝者"的毒手，实在防不胜防。说来也奇怪，那么多年来，长安帮里还没有得到过"钓宝者"的光顾，不知是"钓宝者"偏心还是长安帮里没有什么值钱的宝贝让"钓宝者"看得上眼。北边的关中帮五老和东边的洛阳帮没有哪一年不受"钓宝者"的光顾，其他小一点的盗墓帮会就更不用说。反而长安帮，不知是多烧了几炷香还是多拜了几座庙，每一年都平安无事。

想想，"钓宝者"不来则已，一来就把长安帮几乎可以称得上镇帮之宝的"君临天下"盗走，对侯宝轮这个巨大盗墓贼而言，这苦，他可不好受。

"施泰然，我侯宝轮十七岁开始跟师傅，到了今天也足足二十几个年头，大坟小墓掘了不少，大奇小怪见到的也多，今天他一个小小的贼子把我平生最辛苦得来的'君临天下'偷了去，你说，我怎么可以忍得下这口气？"侯宝轮恼怒不已。

为了把"君临天下"找回来，侯宝轮把自己所有底下的头目招来长安帮大堂组织一个小会议，针对"君临天下"的丢失来计划下一步。眼看"君临天下"丢失，"钓宝者"没有留下任何的影踪，那块奇玉，谁心里都明白，要找回来几乎是不可能的事情。眼看侯宝轮气得要疯掉，座下的施泰然说道："爷，你先别急，只要那小贼没有逃出西安，我保证他绝不会逃得出我们的天罗地网。"

"你保证，你保证个屁，我的宝贝都没有了，你们找到线索没？"侯宝轮骂道。

"爷，我们的钱已经花到保安局里面去，巡捕房的人加上我们的人，那贼子一定插翅难逃，爷，你就消消气吧。"施泰然说。

"插翅难逃？呵呵，你开什么玩笑？"侯宝轮的火气还是没有消掉。

"爷，你稍安勿躁，一切都是怪钱师爷，'君临天下'是在他手里弄丢的。"说话的是侯宝轮的另一个得力助手，和施泰然并称为侯宝轮底下哼哈二将的申冬瓜。这个大家伙，长得五大三粗，灯笼眼，高山鼻，招风耳，大嘴巴，胸前的胸毛虬成一条乌龙，腹部的八块腹肌就好像八面铜锣一样拴在腹部上，手臂的肱二头肌比他的头还大，丈二金刚一般。

"爷，那个，那个我已经保密好，只是，只是……"钱师爷忙解释着。

"只是什么？宝贝就是从你手底里丢失的。"申冬瓜生气地说。

"那个贼又不是我招惹来的，他要来偷，我有什么办法？人家可是'钓宝者'。怪就怪那贼儿好狠的手段。"钱师爷似乎在推卸什么。

"反正，'君临天下'就是在你的手里不见的。"申冬瓜叫道，

"你狡辩不了。"

"你们俩别再多嘴，你们不见爷正烦着吗？"施泰然过来劝着。

"钱师爷是没有什么错，不过，呵呵。"侯宝轮思索了一下，笑了笑，一摆手，说，"申冬瓜，你把钱师爷给我抓起来。"看来，他也怀疑起跟随自己多年的钱师爷。

"我早就该这么做了。"申冬瓜生得人高马大壮如龙虎，听得指令，一伸手就提住瘦小的钱师爷，还笑着说，"这些年，你钱师爷利用在珍品街的权力中饱私囊，我早看你不顺眼，这一回，看我不好好把你整个半死。"

"爷，爷，这不是我的错，不是我的错啊，爷，我没有拿'君临天下'，爷，我冤枉，我冤枉啊。"钱师爷挣扎着苦叫连连。

"钱师爷，在没有找到那个'钓宝者'之前，你就好好地来充当这个替罪羊，一来给大家有个交代，二来爷的心里也会好受一些。"施泰然轻声地说着。

"冤枉，冤枉啊，爷，我钱不通跟了你那么多年，你怎么也要念旧情。"钱师爷哭着。

"钱师爷，申冬瓜说得好，'君临天下'是在你的手里丢掉的，你脱不了嫌疑。我甚至怀疑这一切都是你钱不通一手包办一手策划的。"侯宝轮冷冷地说。钱师爷这些年来在他手底下办事，为长安帮捞了不少的钱财，但钱师爷他生性贪财，在"墓宝"与钱的交易中挟私了不少的钱财。侯宝轮念在他识宝认货，也就猫头鹰睡觉睁一只眼闭一只眼。钱师爷有点小能力，长安帮很需要他这种算盘精，钱师爷贪点小财，侯宝轮也懒得说。但是"君临天下"丢失，难免会令人认为是钱师爷居心叵测、密谋已久的计划。"钓宝者"一个影子也没有，无人不对钱师爷深深地怀疑。

"没有，没有，爷，你可冤枉我钱不通了。爷，你放了我。"钱师爷苦苦求饶。

"把他拉下去吧，还有在他手底下做事的人，一个也不要少地给我关到地牢里去，'君临天下'一天没有回到我的手里，就不许给他们一天光明。"侯宝轮狠起来还蛮狠的。

"冤枉啊，那要到什么时候啊？'钓宝者'不知逃到哪里去了！冤枉，冤枉。"听着钱师爷远去凄惨的叫声，申冬瓜已把钱师爷活活地拖了下去。

"钱师爷这老小子这些年野心是越来越大，连'君临天下'也敢打主意。"施泰然愤愤地说。

"呵呵，我倒希望他认个罪，把'君临天下'交出来。"侯宝轮说。

"爷，假如不是钱师爷干的，是真正的'钓宝者'找上门来，咱们怎么办？"施泰然问。

"这个，这个难说，哼哼，那贼，那么多年都没有来惹我长安帮，这个贼子葫芦里卖的是什么药？真不好说，其实，我也早料到会有这么一天的到来。"侯宝轮说。

"爷，咱们看来要从长计议。"

"'钓宝者'厉害得难以对付是早有耳闻，咱们还是第一次碰上这厮，呵呵，我长安侯宝轮没什么大的本事，抓贼这种把戏我还是留一手，如果是那贼子找上门来，来一个我灭一个，来一群我灭一群，哼哼。"侯宝轮一拳打在桌子上，神气十足地说。

"爷，真的是'钓宝者'吗？"施泰然问。

"哼哼，我不知道，但我知道这次不是钱师爷干的。"

"这个？"堂下无一不在讶异。

"爷，难道你已经布下网了吗?"施泰然问。

"嗯，就等着收网了。"侯宝轮点点头，想了想，又说："看来，咱们这一次的这条鱼可不是什么鲤鱼银鱼，那是一条大鲨鱼。"

"鲨鱼？我们可没有见过'钓宝者'会伤人的。"

"呵呵。"侯宝轮乐了。

"爷，打算什么时候收网?"施泰然问。

"明晚。"

"那么快?"施泰然惊了，心想："爷可真不一般，他早知道是怎么回事的还故作傻样，厉害，厉害，第一次认识到爷的城府是那么深。"

"刚刚好。"侯宝轮说。

"钱师爷呢?"有人问。

"掩人耳目罢了。"侯宝轮笑着说。

"难道爷你心里早就会过那'钓宝者'吗?"有人说。

"施泰然，等一下你去把钱师爷私自盗走'君临天下'的消息传出去。"侯宝轮对施泰然说。

"爷，我知道怎么做，传得越热闹越好，最好全天下的人都知道这件事情。"施泰然露乖地说。

"嗯，就要那种效果。"侯宝轮叹了口气，坐到椅子上喝了一口酒，说，"'钓宝者'没人弄死他是因为上天把弄死他的机会给了我侯宝轮。对了，钱师爷就教训教训，他跟了我那么多年，长安帮的今天他也出了不少力，苦头也吃过不少，施泰然，你等一下去叫申冬瓜不要太过火了。"

"嗯，好，申冬瓜向来瞧不起钱师爷，你不吩咐下来，我还真担心申冬瓜会弄出人命。"施泰然点头说是。

"申冬瓜人直心直，我就怕他会乱来。"侯宝轮说。

"爷，你还真宅心仁厚，钱师爷这苦头不会白挨的。"施泰然说。

"爷，不好了，大事不好了。"一个喽啰从堂外匆匆跑进来，嘴里大声地叫着。

"你慌慌张张地干什么？你不知道我们在这里开会吗？你找死？"施泰然立马骂起来。

"爷，真的不好了。"那喽啰很不安地说。

"什么狗屁大事？"施泰然问。

"是'钓宝者'，是'钓宝者'留下的。"那喽啰继续说。

"怎么了？"侯宝轮放下手里的小酒壶，问。

"爷，那个'钓宝者'留在长安大街外的紫气东来客栈。"那喽啰急忙走上前来把手里的皮纸条递给侯宝轮。

"不就一张纸条吗？有必要那么慌张吗？"施泰然嘀咕。

"男人没几个好东西。"侯宝轮打开纸条就念了起来。整张纸条就这么一行小字，他一念出来，引起哄堂大笑。他看了几眼，说："厉害，厉害，哈哈哈，看来这个传说中的'钓宝者'是个女娃娃喽，哈哈哈。"

"女的？"

"女人哦。"

"真的是个女人吗？爷。"

"怎么会是一个女人？"

"呵呵，爷，看来这回有得好玩了，哈哈哈。"

"看这话，那女人嘴巴还蛮狠嘛。"

"是个狠角色。"

堂下一时之间乱得不行。

"爷，是个女贼婆吗？"施泰然靠近过来看了看侯宝轮手里的那张纸条上的字迹问。

"真不知道是哪家的姑娘来和我侯宝轮作对？呵呵，哼哼。"侯宝轮阴沉了许多。

"那咱们就好好地来伺候这个不知天高地厚的小丫头。"施泰然笑了。大家也都笑了。侯宝轮把纸条揉成一团，看着堂下开着玩笑的头目，他的脸色变得轻松了许多。

西安城外，月亮渡桥边，水榭人家，环水绿绕，碧波清凌。榭轩栏杆畔坐着一个伶仃的小姐，这小姐眉头稍提，一双晶眸盯着水面上游来游去你我嬉戏的金黄银白各色鲤儿。这一个忧愁的少女，这一池春水，荷尖莲蓬，鲤儿杂集，火红色，银灰色，青绿色，灰白色，大头的，小头的，满满地滚在水面上抖尾爽游。鱼儿欢乐着，可这轩榭上的小姐黛眉不展，定定望着水面，耳边翠鸟微鸣，已然遥遥在外。

"小姐，小姐，听说你真的找到了那个宝贝，是吗？"榭内这时跑出来一个小丫头。小丫头粉粉的脸儿稚稚的模样儿，纯纯的乖，嫩嫩的可爱。

"什么宝贝？就一个破烂玩意儿。"小姐这才轻轻一笑，把原有的忧伤一笑抹去。

"小姐，你让我看看，好吗？你别老掖着藏着。"小丫头闹着。

"有什么好看的？都是那些臭男人用来作恶作孽用的臭东西。"那小姐说。

"臭男人？臭东西？"小丫头哪里明白这么些东西。

"是，所以不许你看。"那小姐说。小丫头问："是吗？"小姐嘿嘿笑道："看了还糟蹋自己的眼睛。"

"听说是失传了很久的宝贝哦，你骗我？我要看。"小丫头不依不饶。

"我早就把它给毁灭了。"那小姐就是不肯把宝贝拿出来。小丫头撒娇着："不要，不要，我不要。"小姐有些生气："真不好说你，你今天是怎么了？非得要和我犟吗？"

"听说你得到的是'君临天下'玉璧哦，我要看看。"小丫头说，她死活不肯给那小姐松口。"不准看，不准看。"那小姐有点生气，"我都说我已经把它给毁灭了。"

"什么？"小丫头一个惊意。

"我把它扔到王铁匠的火炉里面去了。"那小姐说。

"难怪我今天早上看到王铁匠的左脸灼了好大的一个疤疤，你欺负他了是不是？"

"才不是我。"小姐说。

"那是什么？"小丫头逼问。

"那个该死的'君临天下'，想不到这个讨厌的东西生前就害苦了不少的女子，毁灭的时候还会爆炸，王铁匠那个时候给爆飞出来的火伤到左脸。"那小姐带着几分惭愧说。

"爆炸？"小丫头说。

"我把它丢到火炉里面去，它就炸开来，我那时躲得快才没有受伤，不然，只怕现在我可没脸见人了，那时好多的火冒出来，把王铁匠的那个铁炉都毁坏了。连累了王铁匠，'君临天下'真是个祸害，现在幸好我把它灭了。"那小姐长吁短叹地说。

"你可真坏。"小丫头说。

"坏什么？'君临天下'才是坏东西，我才不会让它留在世界上，我要替天行道毁灭它。"那个小姐很有正义感地说。

"好好的一个送子宝贝，你说毁灭就毁，你可真浪费。"小丫头批评起来。小姐撇撇嘴："送子宝贝？又有几个人拿它来送子的呢？拿它来淫乱还差不多。"小丫头叫了起来："不是的，不是的。"那小姐说："你懂什么？自从商纣王得到这个祸害开始，天底下的姑娘家就没有好过。"小丫头固执地说："怎么会呢？这个明明是送子宝贝哦，你胡说。"

"古代那些荒淫的皇帝大多数都用过它，还不是祸害吗？有时候就连那些无耻的女人也有用它，什么商纣周幽什么吕后赵氏姐妹，什么隋炀帝之流的。都是一些禽兽不如的东西。"那小姐说得特别狠，一脸的抓狂。

"是吗？我怎么不知道？我都不知道呢？我听别人说'君临天下'可是一个送子宝贝。"小丫头摇摇头说，她并不信那个小姐说的。

"你多读点书了，平时那么贪玩。"那小姐教训着小丫头，当下便把"君临天下"的来历说给她听。"君临天下"是一块上古时代的奇玉石，具有相当浓厚的神话色彩。据说古时候是部族里面用来帮助那些不能生育小孩或者生育不出男婴的家族生育孩子。这个奇玉可以使一对石化已久的夫妻在瞬间找到感觉。因而有人考证它的时候称它为"送子"。在那时候，这个玉石为很多苦难的家庭带来不少的幸福和欢乐。但是，如果使用这个宝贝的时候不适可而止，这个宝贝就会令人迷失掉整个人的心性，使人兽欲大增，不可断绝。如果适当使用，这块奇玉确实称得上拥有送子神力的一个宝贝，可以为不少的不育男女带来家庭的幸福，而且每育必是一龙胎。可是当它落入帝王的手里后，从那个昏淫的商纣王开始，"君临天下"就不再是"送子"的宝贝，而是一个助纣为淫的祸害，专供帝王用于床上作乐的法宝和手段。

有传言说，将这个宝贝带到床上藏于枕头下，它会显示出不一般的神力，激发男性永不休止的欲望。一个男人，不管老少，只要碰了它，一张床这样的一席之地便可大展男人雄风。因此，很多人都说这是一个魔性的东西，是个祸物。商纣王便是因为它才纵欲不绝，死于酒肉池。后来周代商治天下后，英明神武的周武王令人把这块玉石打入冷窖，可是很不幸，周朝继承到周幽王的手里，因为他过度好色而染性疾，独断天下的他不得已把"君临天下"拿出来治疗，可是病好之后，此王是兽性大发淫乱天下女性，此时，出来了个褒姒，还真是悲哀。

有记载，秦始皇当年并吞六国统一天下后大兴土木修建阿房宫，蓄六国之美人，无非是"君临天下"落在了他一代霸主的手里。楚汉大战后，"君临天下"落到了民间。可是过了不久，这玩意儿被一个地方小官吏献给了当时主宰着一切的传奇女人吕后手里，据说，吕后面首三千，多了这宝贝之后，吕后在后宫之中可谓是翻云覆雨风流得不得了。

后来呢？"君临天下"一直在汉室后宫之中秘密地流传着，最后落在赵飞燕、赵合德姐妹的手里，此物事再生孽缘，搞得汉室大乱。因为这宝贝，赵氏姐妹这一对绝代美人在历史上的淫之道是大大的有名气，她们俩敢称天下第二，只怕是没有人敢称第一。有了"君临天下"的助阵，兴风作浪，姐妹俩可没少蓄养小白脸，怕是不可计数。

汉末三国鼎立的时候，"君临天下"的记载几乎找不到，之后一直到隋唐的这一段历史里，"君临天下"几乎没有什么影子。有些稗官野史里说，东汉末年时最著名的神医华佗老先生曾经用它来解除了不少小百姓夫妻们的不孕不育的苦恼，为不少贫苦人家添丁送子。直到隋唐的时候，这个祸害再次兴起，它先是出现在那位相当潇洒的隔江犹唱后庭花的陈后主手里。后来隋朝灭了他的国家，隋文帝把他手里的"君临天下"掳走后放在国库之中，日后便给隋炀帝偷了去，大兴后宫三千之美事。之后爱民如子的唐太宗李世民恨死了这东西，叫人把它给熔毁。其实，"君临天下"无非是一个可以壮阳补肾的神奇东西。但一到了帝王之手就变得魔性大发，淫乱天下，不务正业，荒废政务，毁乱纲常，闹得是民怨神哀，战火连绵，天下爆乱，民不聊生，百姓是苦不堪言。或许对于帝王而言这"君临天下"是个宝物，也多半是个小宝贝。对女性而言，那绝对是个祸害品，要不得。还真如其名，冰冻住人的魂魄，让人变得毫无血性，禽兽不如。

"难怪哦，那么多的叔叔伯伯喜欢它。"小丫头叹声道。

"'君临天下'它就是个臭东西，我不许你再提它。"把君临天下的历史讲完，那小姐很严厉地对已经听得犯傻的小丫头说。

"小姐，你怎么就那么小气呢？"小丫头突然笑了笑，又说："不看就不看啦。"

"那才乖哦。"那小姐伸出一只纤纤玉手摸了摸小丫头的脑袋。

"对了，小姐，你真的把'君临天下'丢到王铁匠家的那口火炉里了吗？"小丫头悄悄问。"对，世界上再也不会有这个祸害。"那小姐欣然地说。

"可惜，真可惜。"小丫头说。

"可惜什么？这种祸世之物，当年的贤达人士没有得以将它毁掉算是它幸运，今天它落到本小姐的手里，本小姐不毁了它，还算是一个女人吗？"那小姐说起来张牙舞爪的。

"女人哦？"小丫头在一边吃吃地笑。

"怎么？不像吗？"那小姐自己打量起自己来。

"小姐你贵庚啊？"小丫头问。小姐冷冷地回答："十八。"

"十八？女人？你怎么看起来就一个小屁孩。"小丫头呵呵地笑了起来。小姐显得有些生气："你什么意思嘛？"小丫头笑道："好啦，女人，我个人觉得你一点也不会爱惜宝贝。"小丫头说。小姐问："什么宝贝？"小丫头笑道："当然是'君临天下'，呆脑袋。"小姐骂道："那个算什么狗屁宝贝？"小丫头说："不是宝贝，为什么那些男人想得到它？那些人为了它不知疯狂到了什么地步，可以为了它而放弃一切。"小姐说："你懂什么？那些男人是因为脑袋不正常才不惜一切代价来找它。"

"好好的一个送子之宝，你毁了它，不觉得可惜吗？"

"什么送子之宝？狗屁，到了那些男人的手里就是大祸害。"那小姐说，"那些男人得了这个纵欲之宝，可就不得了了。"

"什么叫纵欲？"小丫头问。

"唉，我跟你说那么多干什么？你一个小屁孩，懂什么？"那小姐拍了拍自己的头脑。

"我有一个远房的叔叔结婚十年了，连个小孩子都没有，我还想来借一借你这送子之宝去帮助叔叔夫妻俩。听说这个'君临天下'不但可以帮助人生育，而且每胎必是龙子，绝无凤种。如果真的是这样，我可给叔叔他们一个大大的惊喜了。不想，小姐你这次下手可真狠，把这价值连城的宝贝给毁掉了。"那小姐说："少来，我早就对'君临天下'心有介怀，告诉你我这次来西安就是因为有人说它在这里。"小丫头嘻嘻笑道："哦，有备而来，小姐，我当时还以为你是来找侯宝轮的。"小姐脸色顿变："我找那个混蛋做什么？"小丫头想了一会儿说："我以为你和侯宝轮好上了，他好像很喜欢小姐你喔。"小姐顿时一副呕吐状："呸，呸，呸，本小姐没那么差的品位，我要的是一个英俊的、帅气的、活力的、青春的、体贴的、骁勇的、聪明的、有才气的。"小丫头立马揶揄："得了，得了，那样的人不多。"小姐哼了一声说："本小姐喜欢就得。"小丫头立马笑道："小姐，品位真高，厉害。"小姐一脸端正态度说："本小姐已经有言在先，呵呵，他一定会是一个很帅很帅的人。"

"明白，明白，理解，理解。"

"那以后不准你把我和那个死侯宝轮说到一块，记住了哈。"那小姐敲了一记小丫头的头。

"但是，小姐，你千辛万苦闯进龙潭虎穴取来的'君临天下'，这样子就毁了，你牺牲可大了。"小丫头甚是爱怜地说。小姐冷哼一声："那算什么？"

"不过，小姐你还真厉害，连长安帮的密室你都敢去闯，厉害。"小丫头说。长安帮密室机关的厉害在世上也是很有名气，有"人鬼不容"的名头。

"偷东西又不是第一次，我怕什么？再说，凭他们那几下子怎么会是本小姐的对手。"

"但若是给侯宝轮他们发现，小姐你可就麻烦了，以后可不许你再冒这种险。"

"本小姐才不会那么容易让他们找到和发现。"

"我今天早上还在城里面看到侯宝轮的人手在满大街地抓贼，呵呵，他们迷迷糊糊得掉脑袋的苍蝇似的，好好玩，小姐，他们一定不会知道偷宝贝的人已经逃到城外来悠闲。"

"本小姐出手，他们可忙活喽，呵呵。"那小姐嘤嘤笑起来。

"小姐，你知道吗？因为没有抓着我们，侯宝轮把所有的罪名都往那个钱师爷头上扣，呵呵，他们真是够笨的。"

"那我们可是作孽喽，那个钱师爷好冤枉啊，哈哈哈。"那小姐一时好兴奋的样子。

"就是，就是。"小丫头也大笑起来。

"等一下，咱们要好好地去拜访一下这个倒霉的侯宝轮。"那小姐说着，眼睛骨碌碌地转动，鬼精灵的。

"小姐，你还有胆子去吗？"小丫头问。

"怎么没有？我就是要让侯宝轮亲自好好地看看偷走他的'君临天下'的人就活生生地站在他面前，而他却认为是自己的钱师爷反咬他一口，看着他那着急相，那样子，暗爽。"那小姐诡笑着，她自以为自己的计划非常完美，不禁为自己鼓起掌来。

"小姐，那个侯宝轮看到自己心仪已久的美人送上门去，他才不会着急，他不开心死才怪，你可小心喽。"小丫头说。那小姐想了想说："也是哦，在洛阳的时候，他总色迷迷地看着我，我去拜访他岂不是有羊入虎口之嫌。"小丫头继续说："就是啊，侯宝轮可是出了名的大色狼，你不见他都一大把年纪了连个儿子都没有。"小姐笑道："你懂得还真多。"小丫头点点头说："我是为你好。"小姐说："那咱们再考虑考虑，这个游戏挺危险的。"小丫头说："我觉得哦，小姐你突然造访，反而让侯宝轮怀疑上我们。"小姐沉思了一会儿说："什么啊？他会怀疑一个纤纤弱小的姑娘吗？还是个千金小姐。"小丫头顿了顿："侯宝轮的狡诈是出了名的，听说他睡觉的床都设计有机关的。"那小姐有些吃惊："你又知道？"小丫头嘻嘻一笑："嗯，听别人私下聊天知道的。"

第七章 钓宝者

"我销毁了侯宝轮的'君临天下',他一定会跟我还有爷爷过不去。"那小姐思考着。小丫头催说:"小姐,咱们还是赶快溜吧,多一事不如少一事。"

"那好,你去备车子。"那小姐本来还有些玩劲儿,被小丫头说了说,一时意兴阑珊。

"那才乖,小姐最爱闯祸,这些要适可而止。"

"你才不乖哦,什么嘛?你才爱闯祸。"

"'君临天下'算得上是长安帮的镇帮之宝,侯宝轮的最爱,你那么狠心地毁灭它,这还不是弥天大祸?被发现了,这天地怕是要倒过来。"

"好了,好了,咱们溜走就是了,你还真多话。"那小姐已然不耐烦。

夜幕落,月牙深,星星烂漫。两匹马,一白一黑,西部良骏,膘肥、健壮、悍烈。马车在这两匹神骏的拉动下飞驰而去,正从西安古城楼的大门里飘扬而出,扬尘拔蹄。这车里面坐着一大一下两个姑娘,正你一句我一句互相说笑着要离开西安。但是,马车奔腾到距离西安城外一里多远的卧龙坡时,听得马儿嘶嘶鸣叫几声,马车停了下来,车里面的小丫头立马大声问道:"怎么回事?怎么了?"马车外面的马车夫惨叫一声,小丫头冲出车外时,那马车夫已经横尸于地上。小丫头吓住,叫了一声:"救命啊。"转身闪进马车里面,里面的小姐颇为镇定,问:"怎么了?"

"死人了。"小丫头回答。

"马车夫死了?"那小姐问。

"外面,外面那些人是长安帮的,侯宝轮也在那里。"小丫头看看那小姐,又问:"是不是穿帮了?"那个小姐心里寻思:"长安帮?

侯宝轮？怎么回事？他们在搞什么鬼？来得也太快了。"马车外面传来施泰然的声音："含笑小姐，你是不是思慕咱们家爷哦。怎么大老远地来西安也不打声招呼。"

"什么狗屁？"车里面的小姐掀开马车的帘子就走出去，咭咭笑了，"侯大叔，呵呵，别来无恙。"

"咦！还真的是含笑小姐，你大老远地来一趟西安真不容易，只是不知含笑小姐大驾光临怎么不到侯叔叔的府上坐一坐？什么别来无恙？自从上一次洛阳一别，侯叔叔我可是天天单相思，这心病啊，每况愈下。含笑小姐，你说，我无恙吗？"侯宝轮跨在一匹枣红色高头大马上，他这次来带着十几个汉子，一人一马地把君含笑的马车围了一圈。施泰然和申冬瓜伴在侯宝轮的左右。在侯宝轮马前跳动着九只白毛恶犬，凶巴巴地正对着君含笑龇牙咧嘴。

"侯叔叔你嘴巴是越来越甜越来越滑喽，我本来是想着到侯叔叔的府上看看，后来听说侯叔叔你老人家给'钓宝者'偷走了一样宝物，侯叔叔焦头烂额的，我想，我还是不要去叨扰了。"君含笑笑着说。侯宝轮拍了拍胸口，呵呵地说："老人家？你这丫头真可爱，呵呵，侯叔叔今年刚好四十三岁，壮得很哦。"

"其实含笑小姐你也不算是外人，怎么就那么客气呢？长安帮上下只要你含笑小姐来，就算是天大的事情我们也置之不理，得先把小姐你给款待好。"施泰然讨好地说。

"含笑小姐，你来西安玩不到我们府上看看，显然不给我们这些粗人面子嘛。"申冬瓜接着说，他说话比较直。侯宝轮顿时说道："申冬瓜，你怎么可以这样子和含笑小姐说话？你太无理了，含笑小姐来，我们不能尽地主之谊，已经是有愧，你不要胡说。"

"侯叔叔真是盛情难却。"君含笑轻轻一笑。

"侯叔叔也是听说含笑小姐你到咱们西安城来,这不,看到天都黑了,小姐你还车马匆匆往西安城外去,叔叔实在是担心,你可不知道,我们这一带道路偏僻,加之连年战乱,窝居此地的匪帮众多,含笑小姐若是出了什么事,给哪位山大王抓去做压寨夫人,叔叔我一来可惜,二来也不好向你爷爷他老人家交代。我和你爷爷是有交情的人。"侯宝轮说着,把后面的那一句发音发得狠狠的。

"侯叔叔,本来我想多留几天,只是爷爷派人来说,家里面出了点小事要我赶紧回去,我也只好先走,看来侯叔叔的门庭还是改天再访喽。只是有一点我很生气,你说你和我爷爷有交情,你又为什么把我的马车夫给杀死?"

"哎哟,含笑小姐,那呆汉是一不小心撞上爷的刀子的,我可没有要杀死他。"申冬瓜赖皮地说。

"嘿嘿,怕是没有谁看到这马车夫死了是我们动的手吧,含笑小姐你看到了吗?"施泰然笑着说。

"含笑小姐你拿走了叔叔的'君临天下',叔叔杀你一个马车夫不过分吧?"侯宝轮气势汹汹起来,这目的也就明白了,不再是你我客气来客气去。

"侯叔叔,你这是什么话?你怀疑是我偷了你的东西?"君含笑立马问道。

"什么话?你摸摸你的心窝子说说,你敢说你来西安这里没有干过亏心事吗?"施泰然抢先问了一句。

"含笑小姐,叔叔的宝贝'君临天下'被'钓宝者'偷走了,整个西安城已经满城风雨,你在西安难道就没有听说吗?你少给我装傻。"侯宝轮说完,顿了一会儿,又说:"上一次叔叔盛情相邀你到我府上,你一口拒绝,这一次反倒是自己来了,呵呵,我就不相信你是来观花赏草的,怕是小姐你看上了叔叔手里的'君临天下'吧?"

"什么狗屁宝贝?宝贝我爷爷多的是,那有什么稀罕的?"含笑气呼呼地说。侯宝轮嘿嘿冷笑:"含笑小姐难道没有听说过'君临天下'吗?"申冬瓜也说:"这个东西对含笑小姐怕是没有什么用处,你还是交出来吧。"施泰然笑道:"真想不到,含笑小姐也是性情中人,不比历史上的赵氏姐妹差。"侯宝轮哈哈奸笑:"这种淫个性,老子喜欢得很。"

"哼哼,我一个女孩子家,又不是你们这些盗墓鬼,我绣花女工略懂,什么宝贝我一概不知,怎么了?我才不会去当小偷,你们不要污蔑我。"君含笑说。

"当真?"侯宝轮咄咄相逼。君含笑斩钉截铁地说:"侯叔叔你看我像是在说假话吗?"侯宝轮冷笑:"像,非常像。"

"在你们那么多人面前,我怎么敢乱说话?"君含笑说。

"怕是心里有鬼吧?"施泰然说。

"我说君含笑小姐,你不用来跟叔叔开玩笑,'君临天下'这个东西是一个可以保证房中术的东西,你想得到满足你就开口和你叔叔说嘛,君含笑小姐你长得如此的漂亮,还怕叔叔不会满足你吗?你何须用这种无聊的手段?"侯宝轮色迷迷地笑起来,众人也是跟着哈哈大笑。

"无耻。"君含笑很生气,说,"什么狗屁'君临天下'?我从来没见过,侯叔叔你胡说什么?我一个闺中女子如何能拿走你的大宝贝?你想想吧,更何况这里又不是在洛阳城,就算是在洛阳城,我也不会做偷东西这种不要脸的事。"

"不要脸?呵呵,你还挺会说话的嘛,我侯宝轮干的是黑勾当,但人还是算正直，我怎么可以随随便便去对一个长得很好看很好看的美娇娘说她是小偷？含笑小姐，你还以为叔叔不知道吗？这些年来，'钓宝者'那么猖狂，多半与你爷爷搭上些关系吧？而你，绝对不仅仅是一个平平凡凡、普普通通洛阳盗墓贼君傲海的孙女。"侯宝轮说得极绝对。

"胡说，你凭什么扯到我爷爷身上？"君含笑说。

"你爷爷做了什么对不起大家的事他自己清楚，哼，我也不想和你多啰嗦，该说的说了，该问候的问了，你赶快把'君临天下'还回来，你再到我府上喝一杯，大家高兴，我可不想和你爷爷撕破脸皮，这样，对长安帮对洛阳帮都有好处。"侯宝轮说。

"你这一次真的错了，我可没拿过什么狗屁'君临天下'。你赶快放了我们走，不然，我会在爷爷面前好好告你一状，这脸皮不拉也破。"

"你是不认罪喽？"侯宝轮问。

"放了你？不要以为你是君傲海的孙女就有什么了不起，在我们太岁的头上动土，你也不睁眼瞧瞧，这里是什么地方？这里是谁的地盘？不把'君临天下'交出来，哼哼，搞不好，你爷爷这辈子再也别想见到他心疼的孙女。"施泰然狠狠地说。

"含笑小姐，你也见着的，叔叔就算放你走，我的兄弟们可不答应。"侯宝轮怪笑着。"你们一群大男人围着一个女孩子，你们不觉得羞耻吗？"君含笑冷了一眼众人。

"羞耻？自从做上盗墓这一行，'羞耻'两个字早就不知丢在哪个棺材里面了，含笑小姐和我们说羞谈耻那就不对，反而是你含笑小姐一个千金大小姐来干这种偷盗行为，不怕辱了身份羞了名声吗？"侯宝轮厉声质问。

"你口口声声说是我偷了你的'君临天下',你有什么证据?你不要信口胡猜,本小姐来西安纯属游乐游乐,本来心情还不错,现在全给你们这群苍蝇糟践了,真是晦气。"

"看来,含笑小姐还是不肯认个罪道个歉交出宝贝了。"侯宝轮说。

"没有就是没有。"君含笑否认着。

"你这个臭钓宝,臭不要脸,老子实在忍不住了。"侯宝轮身边的申冬瓜暴吼一声身子跳起,一脚踩在马背上一个借力弹起,一脚往君含笑踢来。这汉子力道浑厚,坐骑这时惨叫一声,四蹄挫地,翻腾不起。施泰然一边叫住:"喂,你这个粗汉子牛人,你可小心一些,可别把人家姑娘的脸给打没了。"侯宝轮笑了一下,但没有出声。嘭!申冬瓜这一脚落在马车上,马车架子的一根横木立马破裂。君含笑已是闪到一边去。申冬瓜转身怒视之,冷冷地一扯嘴角,说:"好家伙,狐狸尾巴总算是露了出来。"他双臂一展起,左抓右拢向君含笑扑去。

"侯宝轮,叫你的狗滚开,本小姐可不想和你们伤了和气。"君含笑说着身子袅袅移动,轻足如云,轻身如燕,还真是令人讶异,一个看上去脆生生的千金大小姐身手会是如此的敏捷。她左右挪移,胜似迷踪,申冬瓜哪里抓得着眼前这飘来飘去的君含笑,不禁暴吼连连。侯宝轮在一边静静地看着,什么也没说。

"含笑小姐,你想不伤和气也可以,咱们爷都说了,你只要把'君临天下'还回来,再好好陪我们爷一个晚上,然后嫁给爷,你只要做上了咱们夫人,咱们兄弟大可以考虑放了你,呵呵,到时候,只怕不服你也不会有胆子冒犯。"施泰然在一边悠悠地说。

"你想得美,你们这些人一个个厚颜无耻,本小姐才不会与你们为伍，你们今天合着来欺负我一个女孩子，等我回去后我一定叫爷爷不放过你们。"君含笑一边闪着申冬瓜凶狠的攻击一边骂着。

"哼，只怕你没机会回去了。"申冬瓜身手变得迅猛起来，狰狞的面孔冷面煞星一样，嘴里还丝丝地毒蛇般笑着，有好几次他都沾到君含笑的衣裳。

"申冬瓜，你平时不是很勇猛吗？你就不能狠一点吗？人家一个小姑娘，你怎么跟抓蝴蝶似的？"有人看不过去嘲笑起申冬瓜来。

"是大狗熊抓小蝴蝶。"有人忽来一句，众人爆笑。

"你们笑什么？我拿人你们却在笑，你们犯得着议论吗？回去看我不好好收拾你们。"申冬瓜忍不住大骂不已。他大山一样的躯体如虎伏兔鹰逮鼠般和纤小的君含笑对抗，那样儿，一巧一拙，看上去很令人逗笑。大家一起嬉笑，申冬瓜都与君含笑过了那么多招，也没有拿下一个小姑娘，申冬瓜心里急了，脸上还渗出了豆大的汗水来，匆匆操起一根树枝向君含笑挥来。

"含笑小姐还真是好身手，这样的身手偷走'君临天下'算小意思喽。"施泰然这时说。

众人个个是点头。

"对，对，呵呵，咱们可真是荣幸，'钓宝者'的面目总算是给咱们解开了。"有人说。有人应和："是啊，真想不到会是君傲海的孙女。"

"申冬瓜，你也别耍猴了，赶快把她拿下来，咱们也好回去。"有人去催申冬瓜。

"不急，不急，良辰美景，看看这马戏也好哦。"有人笑着说。有人又说："你们急什么？家里娘子不耐烦了吗？"

众人有说有笑，也不来帮手抓君含笑，看到申冬瓜吃了亏还一边风凉着你讥我嘲，不仅说得申冬瓜满脸通红，君含笑都不好意思起来。她心里知道自己的身份被侯宝轮看了出来，这一次不出手自保，自己落在侯宝轮这一群滥汉子的手里，爷爷君傲海远在洛阳，自己怕是小命不保，"君临天下"已经丢到王铁匠的火炉里，侯宝轮若是知道，哪还会轻饶她。当然，心里还是有点不服气，自己的计划已经很天衣无缝，怎么会给侯宝轮抓到了把柄？侯宝轮他们已然咬定是君含笑偷走了"君临天下"。

"不行，不行，我赖也赖不了，只好打了，不教训他们一下他们还以为我好欺负。"君含笑想了想，死也是死了，大不了豁出去，只要先离开西安城，什么都好说。想到做到，她身子一撑，双手一分一划，身子一绕，叭叭叭，申冬瓜已被她打了好几个耳光，打得申冬瓜七窍生烟。众人看得傻了眼，又见君含笑巧身飞起，绣花腿一出，整个几百斤重的申冬瓜居然给她踢出了一丈之外摔在地上。吃了一脸的灰尘，申冬瓜站起来。恼羞成怒，哇哇哇地叫着杀过来。君含笑道："你是猪啊？一次次送上来，没有杀死你你还送上来，看来，本小姐要好好地教训教训你这一头大蠢猪大死猪。"

"小丫头，你去死吧。"申冬瓜抱起一桩木头砸上来。

"大笨猪。"君含笑说了一句，一转身就绕到了申冬瓜身后。申冬瓜刚回头，只见她甩手一发，啪啪啪，打得申冬瓜晕头转向。

"好快的身手？"有人吓呆了，说。

"够了。"侯宝轮大叫一声。君含笑停下手，说："宝轮叔叔，你也想来打一打吗？来啊，本小姐打得正过瘾呢。"

"我才不会和你一般见识，施泰然，你出来，让君含笑小姐看看咱们的手段。"侯宝轮刚说完，施泰然就从马车上跳下来，他不知何时蹿上去的，他一出来，手里抓着的正是里面躲着的那个小

第七章 钓宝者

丫头。

"小姐，救我，救我。"小丫头满脸泪水在施泰然手里挣扎。

"放开她。"君含笑想过去救小丫头。侯宝轮冷冷地说："你不要乱动，我们这些人天天和尸体打交道，杀一个人很简单。"

"你们混蛋。"君含笑心里急又不敢上前来造次。

"爷，这丫头可凶了，我的脸都给她抓伤了。"施泰然拖着小丫头来到侯宝轮身边邀功。

"这点小伤，回去再看看。"侯宝轮看着施泰然脸上的三道小指痕，说着，一把将施泰然抓在手里的小丫头拉到自己的手里，对着君含笑说："君含笑小姐，不是我不给你脸色，是你不给我面子。你可以选择离不离开，我也可以选择掐不掐死这个小姑娘。"

"小姐，小姐，你救救我，救我。"小丫头哭着说。侯宝轮用力捏着她小小的手腕儿，痛得她哭得更厉害。

"侯宝轮，你放开她，你要我留下我就留下，什么大不了的，我就当再看一次西安的风景，反正我也没打算走。"君含笑心软了下来，说。

"哼，我会好好教你怎么来欣赏西安大地上的风景，拿下她。"侯宝轮阴阴地笑着，命手下拿下君含笑。看到君含笑被抓，他一松手就把手里的小丫头甩在地上，小丫头是哇哇大哭。

## 第八章　黑狱之灾

君含笑被侯宝轮说成"钓宝者"抓走之后被关在了一个监牢里面，这个监牢黑幽幽的，她一个大小姐，还真是受不了这样的环境。被关之后，她破口大骂，她想必不是一个脾气很好的小姐。当然，不管她怎么样去谩骂，也没有一个人理会她。她身边的那个小丫头最后还是忍不住劝说她："小姐，他们根本不理你，你这样骂下去多无趣。"

"小花，你不懂，我心里不爽啊。"君含笑说。

"我们都被关在这里那么久了，你也骂了那么久，怎么一个人都没有来理会我们呢？你骂了也白骂了。"小丫头名字叫田小花，她是君傲海送给君含笑的随行丫头。田小花自幼便生长在君家，和君含笑关系不赖，一向以姐妹相待。这一次，君含笑跑到西安玩，她也跟着过来，不想，君含笑来西安的目的是为了盗取"君临天下"。这不，把霸占西安盗墓古玩业的侯宝轮给惹火了。君含笑不知道自己是怎么被侯宝轮发现的，她心里一肚子火气，她作为一名"钓宝者"，无论如何都不会出现失手，对她而言，这也不是第一次去偷东西。她对自己的计划照顾得妥妥当当，怎么就被侯宝轮发现了呢？她想不通，如果不是被发现，只怕自己现在已经在赶往洛阳的路上了。她现在恨啊，难道天外有天人外有人吗？爷爷君傲海以前在她培训偷盗技巧的时候告诉过她没事不要去惹长安帮的侯宝轮。

她现在是没有聆听君傲海的教诲，被侯宝轮关在这样一个监狱里面，她后悔莫及。但是想到那个祸害之物"君临天下"已经被自己销毁，心里不亦乐乎。被抓了，心里些许不痛快罢了，接下来她可不会担心侯宝轮能对她做什么。爷爷君傲海跟侯宝轮之间说不上什么至交好友，但是，长安帮和洛阳帮的实力平分秋色。整个盗墓界，除了北面的关中帮，便是长安帮和洛阳帮在分庭抗礼了。侯宝轮胆子再大，火气再大，他也不敢过分得罪自己的爷爷君傲海。君含笑想到这些，脾气稍稍好了许多，她摸着田小花的脑门，说："那我们坐以待毙吧。"

"希望老爷他早点知道我们的不幸。"田小花说。君含笑狠狠地笑道："哼哼，侯宝轮这么对待我们，爷爷一定不会让他好过。"

"到时候咱们扒了他的皮，抽了他的筋。"田小花说。

"呃，小花，没想到你心肠那么毒，哈哈，我喜欢。"君含笑大笑起来。田小花说："我讨厌这里，这个侯宝轮他真是死一千次都不够。"君含笑呵呵笑道："我做这件事密不透风，真不知道他们是怎么知道是我做的，嘿嘿，到时候，我矢口抵赖，他们也不能怎么样。"

"小姐，'君临天下'真的被你毁了？"田小花好像不是太相信。

"对，我第一时间就把它扔到王铁匠的炉子里面了，他们要我把'君临天下'还给他们，哈哈，他们想都别想了，杀了我们他们也得不到了。"君含笑很得意地说。

"这里真黑暗，真恐怖。"田小花突然说了句。侯宝轮二话不说就把她们两个蒙着眼睛带到这个黑漆漆的牢狱里面。这里乌黑得连

## 第八章 黑狱之灾

眼睛也看不清楚，眼前就是浓浓的黑烟雾，墨汁一样，天上地下没有任何的光芒，死一样的静寂，散发着地狱里令人恐慌的气息。在这种完全看不清的世界里，根本就不知道自己身处何方，眼睛看不到任何的东西。大半夜来，君含笑骂东骂西，不能停止。

"放心，会有人来救咱们的。"君含笑想了想，说。

"唉，小姐，这种鬼地方，我想不害怕也不行。"

"担心害怕就大声地骂，骂他侯宝轮祖宗十八代，想骂什么就骂什么，这样子自己就会轻松许多，不会让自己内心里有恐惧。"君含笑说完的时候，突然有个很深沉很苍老的声音叫住她们："我说你们两个小妮子磨磨唧唧地吵什么呢？"

"有人？小姐，有鬼啊。"听到有人说话，又看不到人的影子，田小花吓得躲进君含笑的怀抱，然后哆哆嗦嗦地不敢四处张望。

"嘿嘿，你们还是老老实实地待着吧，没人会理你们的，这个地方，没有谁可以轻易出去。这年头我在这里都不知道见过多少人死掉，活生生地被困死。"声音是从对面的牢笼里传出来的，吓得君含笑和田小花两个小姑娘毛骨悚然，君含笑叫道："谁？是谁？你是人是鬼？你怎么会在这里？"

"嘿嘿，你们不用怕，没有杀死侯宝轮这个畜生我暂时还不是鬼。"对面的那个人说。

"你还是个人吗？我都叫骂了大半夜你现在才出声你想吓死人吗？"君含笑埋怨着。知道对面的人不是什么鬼怪，而是一个大活人，她们俩的心也安静了许多。

"你们进来这里只有慢慢地被折磨死，慢慢地在饥饿和痛苦中死去，到时候，我就可以慢慢地欣赏你们死去。因为从此时开始没有人再来关注你们，没有人送饭和送水来给你们，你们只有死路一条。"对面的人冷冰冰的声音令君含笑和田小花一阵寒颤。

"胡说八道。"君含笑骂了句，她可不相信，侯宝轮除非不想找回"君临天下"。还有等爷爷君傲海知道自己的情况后，他会亲自来解救自己。虽然不知道对面的这个人是什么来头，也不知道他怎么会在这里，君含笑觉得他的话甚是好笑。

"小姐，我不想死，我不想死。"田小花怕是给吓住了。

"有本小姐在，你死不了。"

"嘿嘿，你们不用自我安慰，你们必死无疑，我在这里三年了，这里死过多少人，我比谁都清楚，那些家伙没有一个不是在饥饿中慢慢地死去。"

"三年？你在这里生活了三年吗？开什么玩笑，这种地方，你会活得了三年？笑话，我看这里多待一分钟都会死。"君含笑嘲笑着。

"看来你不相信了，三年来，我过得也不容易，但是，无论如何我都要活下去，拼命地活下去。"对面的那个人说着，唏嘘一下，又说："你们知不知道，我三年来是怎么活过来的，这里从来不会有人来，没有人送饭，没有人送水，有些人被关到这里不出七天就会饿死，不会有人来帮着收尸，尸体一天一天地腐化，呵呵，你们过不了多久也会死在这里，很痛苦地死去。"

"你废话少说。"君含笑讨厌对面的人的妖言。

"嘿嘿，我告诉你们一个秘密，这里虽然说暗无天日，老鼠和地底下活动的虫子还是有不少。三年来，我靠这些老鼠和虫子过日子，老鼠、蟑螂、蚯蚓、地龟，我有不少的口福。嘿嘿，本来我不想告诉你们，我见两位姑娘娇滴滴的，我想，两位是不会想打打牙祭跟我抢吃那些老鼠虫子。哈哈，我刚来的时候，这里的老鼠和虫子挺多,现在,我开了荤,老鼠虫子越来越少,日子是越来越难熬。"对面那个人喋喋不休地讲述他的牢狱生活。

"不要说了,好恶心,恶心死了。"田小花说完已经猫下腰去,想是吐了。

"对面的大叔,你少说两句你会死吗?"君含笑喉咙一腥,险些要吐。

"吓着了吧,那些人就是不敢吃这些老鼠虫子才会饿死。"对面的人没有停止。

"你闭嘴。"君含笑叫道。

"没有办法了,想活下来只有这么做,你们不知道,我刚刚吃那些血腥的时候我也是吐得不行,日子久了就习惯了。"

"我们才不会那么恶心。"田小花说。

"那你们只有死,根本就不会有人可以从这里活着出去,我苟活了三年还是勘不破自己亲手设计的这个牢狱,我真无用,我真怕我哪一天会死掉。"对面的人叹了一口气说。君含笑惊讶无比,问:"这是你设计的?"那人苦笑了一下,说:"对,这个地方是我半生的心血。"

"你可真坏,怎么可以设计这种害死人的地方?你真是一个大坏蛋。"田小花说。

"呵呵,整个牢狱机关密布,工序复杂,道路幽僻,暗箭、毒气、毒水、陷阱无处不在,加上看不清的环境,黑灯瞎火的根本就不敢妄动,一不小心就丢掉性命。除非长有'夜猫眼'的人,才可以进出。这一片黑暗是特殊烟雾制造出来的,灯火进来就会被熄灭,这里是一个永远也不可能拥有光的地方。"对面的那人有模有样地解释着。

第八章 黑狱之灾

"我不相信，爷爷一定会来救我们。"君含笑心里说。她看看这个黑暗的牢狱，心里头显然有些相信了对面那个人的鬼话，如果真是那样子，她心里感到有些失落，又暗暗地祈祷："爷爷那么聪明睿智，他一定会来救我们。"

"哈哈，你们放心了，你们认识了我，在死之前一定不会寂寞，我会告诉你们我有多恨侯宝轮，三年来，那些死去的人没有一个不乐意听我的故事，他们应该在死之前让自己知道侯宝轮有多让人憎恨。我也很乐意说，我要告诉那些要死的人，让他们知道侯宝轮欠了我多少东西，我要让他们去阎王爷那里告状，把侯宝轮这个衣冠禽兽告死。"对面的那个人说的时候怒不可遏，一字一句，语气冷淡，发自肺腑。

"我说，大叔，你真的好无聊。"田小花说。

"喂，我们才不要听你说的东西，你一说就说个不停，你是不是吃老鼠虫子吃多了脑子不正常了。"君含笑也说道。不过，她还是挺希望听一听，一个人恨一个人，居然吃了三年的老鼠虫子，那种恨，怕是和自己殊途同归。

"你们还蛮有脾气的，哈哈，我喜欢。"对面的人突然阴声笑起来。

"你笑什么？想说就说，鬼才拦得住你。"君含笑骂道。

"不急，不急，你们也不那么容易死去，故事咱们慢慢说，我保证在你们死之前我会告诉你们我对侯宝轮有多大的仇恨。"

"吊人胃口，算了，不说算了，谁稀罕听？"君含笑冷冰冰地说。

君含笑这么冷的语气，一副爱理不理的样子，反而让那个人不是很愉悦，他考虑了一下，然后便告诉君含笑和田小花自己和侯宝轮之间的恩怨情仇。

那个人本来是侯宝轮的一个手下,专门研究盗墓机关技巧,除了破解墓陵里反盗墓的机关外,他平日里还喜欢设计一些机关暗器。当年他瞎了眼睛以为侯宝轮是个很讲义气的汉子,因而死心塌地地跟着他盗墓。可是到了"君临天下"的出现,一切美好都被"君临天下"毁掉。对面那个人说着的时候,田小花一愕,叫道"'君临天下'吗?"吓着的不止田小花,君含笑也一样,想不到这也和"君临天下"有关。

"对,就是那个传说中的'君临天下',人人都以为它已经随历史埋没不复存在,其实它一直有流传下来。"对面那个人说。

"得了,得了,你说你的故事。"君含笑怕那人是侯宝轮安排来故意亲近自己的暗探子,听到"君临天下"的时候,心里不禁提防起来。接着便得意地想:"没错,它毁在了本小姐的手里,它已经不复存在了,嘿嘿。"对面的那个人继续说,几年前,他和侯宝轮挖了一个汉朝大墓归来,刚庆功完毕侯宝轮来找他聊天,侯宝轮告诉他自己之所以一直没有娶妻生子是因为患有龙阳之癖。他那时吓了一跳,他陪在侯宝轮身边多年,一直没有注意到侯宝轮有龙阳之癖。他那时奇怪着侯宝轮都三十几岁的人,为什么还没有娶妻生子,有时候他还劝侯宝轮讨个老婆过个踏实的日子。想不到,侯宝轮竟然是那种关系。侯宝轮常说一直羡慕他有个家庭,自己也一直想有个家庭,像他一样有一个贤惠的妻子一个听话的儿子。后来侯宝轮告诉他,"君临天下"可以治疗龙阳之癖。他当时很同情侯宝轮,虽然他相信"君临天下"已然不复存在,经过侯宝轮的恳求,他决定帮他寻找"君临天下"的下落。

"'君临天下'可以治疗龙阳之癖?开玩笑,一定是开玩笑吧?

怎么会？"君含笑说。

"听说'君临天下'对房中之事很有用，我那时也不相信的。"对面那人说。

"小姐，什么是龙阳之癖？"田小花懵懵地问。

"小孩子，一边去，你不用知道那么多。"君含笑说。

"哦，我只是不明白。"田小花还是不问了。

"你知道也没有用，跟你一点关系也没有。"君含笑道。那个人继续说，当时他大概用了一年多的时间，终于在宋代古墓新出土的一本古籍里找到了"君临天下"最后一次出现的时间便是在那个先起义后投唐再叛唐自立一国的后梁太祖朱温手里。他之前一直认为"君临天下"已经给唐太宗李世民毁掉。他当时抱着侥幸的心理跑到河南朱温墓寻找"君临天下"的下落。朱温墓机关十分厉害，但是都给他一手解决，"君临天下"呢？它真的埋在朱温的墓地中的一个幽黑棺椁里面。其实，侯宝轮一早就打探到"君临天下"埋在朱温墓里面，只是墓陵机关重重，又不好意思叫他帮忙，后来实在忍不住了。

"后来呢？真的把侯宝轮的那个治好了？"那个人说到这，君含笑便问。

"好是好了，只是这东西深迷人性，侯宝轮自从用了它，整个人都变了，变得非常的淫恶。看来，'君临天下'可以令人丧失人性是真的。"那个人说着。他一心想着把这个祸害偷出来毁掉，只是，他两次下手都没有成功，侯宝轮和"君临天下"寸步不离，随身携带，他根本无从下手。

"你本来就不该把它找出来，'君临天下'这个祸害你又不是没听说过。"君含笑说。

"唉，我也是一时义气，我以为侯宝轮只为了治病，谁想，他的灵魂完全给'君临天下'控制住，我是后悔莫及。"那个人苦恼无比。

　　"后来呢？就这样，你就那么恨侯宝轮？没那么简单吧？"君含笑追问。那个人告诉君含笑，他几次行窃没有成功，但是他没有放弃，有一次他行窃，没有成功地把"君临天下"偷到就算了，让他痛苦的是他发现了侯宝轮这个禽兽霸占了自己的妻子。

　　他那时气得半死，提了一把刀就往侯宝轮的住处去，他要杀掉侯宝轮。当时他过于激动，哪里是侯宝轮一伙人的对手，还没有见到侯宝轮他就被抓住了，后来关到这里，他知道自己斗不过侯宝轮，心里黯然。后来侯宝轮索性把他们一家三口关在这个牢狱里。

　　"看来你也挺可怜的。"君含笑说。

　　"是哦，叔叔好可怜哦。"田小花叹气道。

　　"可怜的是我的妻儿，他们很快就死去，我本来也想死了算了，只是面对着妻儿的尸体，我这心里难受，我这一口气真不好下咽。我就想着有一天可以找到破解牢狱的方法，然后找侯宝轮报仇。可惜，我靠着那些老鼠虫子过日子，活是活了下来，只是，这个牢狱我是久久想不出一个逃脱的办法来，我对不起我死去多年的妻儿。"对面的那个人哭了起来。

　　"你哭啥嘛？你哭个狗屁啊？"君含笑骂了一声。

　　"小姐，人家叔叔好可怜的。"

　　"狗屁，他这样哭哭啼啼，能破解这个牢狱才怪。"

　　"唉，也许你说得对，我伤心有什么用？三年来我连仇人一次也没有见到，报此大仇想来是多余的，我真是没用。"那个人万分痛楚地说着。君含笑骂道："你活该，明明是自己亲手设计的牢狱却不知道逃脱的方法。"那个人说："我万万想不到它是用来关押自己的。我大半生的心血，我根本就来不及给它设计一条生路。"君含笑冷冷地说："你这个人缺心眼，做事总要留一手嘛。"那人叹气说："唉，事到如今，我还能有什么办法？"

"我说你活该。"君含笑骂着。她听完了那个人的故事，心里无比的纠结。

"你们呢？你们怎么得罪了侯宝轮，说句老实话，侯宝轮那么好色，他绝不会把一个女孩子关到这里。这些年来，我还是第一次见到有女孩被侯宝轮这个淫贼关到这里，听你们的口音，你们年纪轻轻的，我实在是很纳闷。"那个人问道。

"我们是偷了'君临天下'。"那个人一问，田小花快人快语。

"对，我把'君临天下'给毁了，所以落了这么个下场。"君含笑干脆说破。

"'君临天下'毁了？毁了？怎么会？"对面那个人顿时泣不成声。

"我是把它偷了出来毁了，我最憎恨这种无聊的东西。"君含笑恶狠狠地说。

"想不到，你是我恩人啊，你完成了我的夙愿。"对面的那个人突然向君含笑叩头，那边响着他的磕头声，又听他说："我总算松了口气，妻子，儿子，等杀了侯宝轮这个淫贼，老爹算是为你们报大仇了，不过，咱们先要谢谢对面这位姑娘，是她把害苦了咱们的'君临天下'毁坏，她，以后就是咱们的恩人。"

"无聊，搞什么嘛？"君含笑置之不理。

"呵呵，姑娘你可以在侯宝轮的密室里盗走'君临天下'，身手一定很好，刚刚我倒是看走眼了，想不到对面是一位了不起的'钓宝者'。"对面的那个人神神叨叨了一会儿后就对君含笑说。他的这番话，君含笑听得有些讶异，忙问："'钓宝者'？你怎么知道我是？"

"那密室不是一般的小偷可以进出的，'钓宝者'还有一点胜算外，几乎无人能轻易出入。"对面的那个人解释着。君含笑只是冷哼一声："是吗？"那人笑道："那个密室经我的手设计的，我自然一清二楚。"君含笑说："拿到'君临天下'我是费了不少的心思。"那个人呵呵笑着说："你可以从里面拿出'君临天下'已经很不错了。"

"别那么自信，那地方是个'钓宝者'都可以进去好不好？"君含笑不以为然。

"但是，就算拿到了'君临天下'还是一样被抓到，还是逃不了。"那人笑了笑说。君含笑觉得对方看不起自己，心里来点火气，她叫道："我只是不小心，只是一时的不小心，不明白吗？"那人苦笑，说："纯粹不小心吗？哈哈，看来你连侯宝轮怎么找到你们的你也不清楚吧？"君含笑觉得那人好狂傲，想了想，说："难道你懂吗？"

"我当然知道，那个密室是我监制的，如果我那时设计密室再用心一点，你也不会那么容易得手。其实，这个密室真正的秘密不是在它的外表。"那个人得意地说。

"还自以为是，哼，你说说，在哪里？"君含笑挺不爽的。

"我在里面暗藏了一支香。"那人诡笑着。

"香？"君含笑愕然。

"香？是什么香？我好喜欢各种香。"田小花这时来凑热闹。

"一种无色无形、无味无态的香，可以不知不觉进入人体内，

137

抹不走，挥不掉，吹不散，会一直一直粘在人的身上。"那个人说得很诡异。君含笑觉得可笑，如果存在这种香气，她当时肯定警觉，她进入侯宝轮那个密室的时候，根本就没有什么异味，她笑道："哪里有？你唬我吧，我进入密室的时候根本就没有察觉出什么不妙。"

"呵呵，这种香名叫'鬼烧香'，你察觉得出来，那还得了。"对面那人哈哈笑起来。

"'鬼烧香'？没听说过。"田小花一边想一边说。

"什么狗屁？不就是香喽。"君含笑无语了。

"所谓说'人烧香，鬼可嗅；鬼烧香，人莫见'，这种香是我千辛万苦用了三年的时间提炼得到的，人的鼻子不管你有多犀利，嗅觉有多灵敏，这种香，就是一只狗也嗅不出来，所以，你被侯宝轮找到并不是侯宝轮有多厉害，你进入密室的时候，'鬼烧香'已经渗入你的身子里面。我不敢说你鼻子有多厉害，想想吧，鼻子再厉害又怎么嗅得出自己身上的味道呢？即使嗅到了，谁会在意呢？哈哈哈。"那个人得意无比地讲述自己在那个密室里做了什么手脚。他说的这些，不是没有道理，听到自己被设计了，君含笑心里极不爽，骂道："老奸巨猾。"

"我不注重在密室的外面设防，其实我早在密室里面做了手脚，这种香气，人鬼神难逃，你中了此道，意料之中，也没什么好悲哀的。"那人倒想开导开导不爽的君含笑。

"你倒开心了，哼，你自己还不是没有好下场，这就是你帮侯宝轮做坏事的恶果，吃了三年的老鼠虫子，不把你吃死算上苍可怜你。"君含笑觉得气愤赶紧还嘴。

"可是侯宝轮是怎么找到我们的呢？不是说'鬼烧香'无形无

味吗?"田小花问。

"他是老鼠吃多了,瞎说。"君含笑说。

"我在研究这个密室的时候,还培养了九只犬狼,只有这九只犬狼才可以嗅得到'鬼烧香'的味道,找到身上携带这种香气的人。"那个人说。

"犬狼?"君含笑凝住。

"犬狼是不是九只很大很大的大狗?"田小花惊讶地问。

"对,侯宝轮找到你们的时候身边有带着这九只犬狼,你们见到了吧?"那人问。

"确实看到了。"田小花回答。

"犬狼是我花了不少心血用草原上最强悍的一种狼族和本地的一种犬种杂交得来的,至今只存活了九只,它们具有很强的嗅觉,甚至比天上二郎神的那只哮天犬还厉害,呵呵,当初培育它们的时候,严寒酷暑的我没少吃苦头。"那个人说。

"呵呵,你不但是机关专家还是杂交专家。"君含笑有些蔑视。心里极度不平衡吧,她听着对面这个人说了那么多,那个人并没有造假的意思,她发现自己的的确确是中了圈套了。当初对那个人的怀疑也消失了,这个人的确不简单。

"我是研究机关的,但是机关不仅仅是机关而已,它包罗万象,无奇不有,作为一个机关的研究者,我懂的东西自然不单单是机关而已。"那个人笑道。君含笑觉得他讨厌,嘲笑着:"你还以为自己是一个奇才吗?"

"奇才不敢当,区区暗算还是略懂一二。小姑娘你不是自以为'钓宝者'很厉害吗?呵呵,还不是给我的'鬼烧香'暗算到。"那人得意地说。君含笑觉得他更令人讨厌,骂道:"少臭美。"那个人那么嚣张，田小花也不满意了，帮腔道："对面的叔叔，你还不是给自己的机关陷害了吗？你还好意思说自己了不起吗？"

"还是说说犬狼吧，你们知不知道，想要嗅出'鬼烧香'，单凭一头犬狼是不可以的，必须九头犬狼的嗅觉添加在一起才可以嗅到'鬼烧香'，所以，'鬼烧香'算是我平生最得意的作品之一，一般的人和物根本就无法察觉它的存在。"那个人说。

"九头加在一起，天啊，太厉害了。"田小花赞叹起来。

"你这死老头怎么不早说？"君含笑怒问。

"现在说也不迟啊，哈哈。"

"我要早知道，我就先去把那些什么犬狼杀死再行窃。"

"呵呵，可惜了，小姑娘你是事后诸葛亮。"

"你是混蛋。"君含笑骂道。那个人嘿嘿一笑，说："我还是很欣赏你的勇气，你竟然把'君临天下'给毁掉，怎么说，也算是给天下一个福气。你一个小女孩子，胆魄不错，胸怀天下，比起我这个把'君临天下'从朱温墓盗出来的恶人，我可真是惭愧。"

"你惭愧个屁，你有什么资格惭愧？"君含笑嘴巴挺毒的。

"想不到啊，哈哈。"对面那个人叹着气也不再说什么。

"小姐，看来我们真倒霉，遇到鬼了，如果没有那个该死的'鬼烧香'，我们现在可以开开心心地回到洛阳去吃香喝辣的了。"田小花委屈地说。君含笑听她这一说，心里面啥滋味都有，"君临天下"是毁了，可是被抓住马脚了，现在是死是活真不好说，她念道："我也想回去，我都有点想念爷爷了。"田小花问："小姐，我们真的会死在这里，我可不吃那些老鼠虫子。"君含笑想了想，说："哼，不要以为一个牢狱就可以神不知鬼不觉地杀死我，我若死了，爷爷他一定不会放过侯宝轮这个畜生。你放心，爷爷他不会让咱们死去的。"

"真的真的好想回家哦。"田小花说着都快哭了。

"忍一忍，爷爷总会来救我们。"君含笑说。她说完对面的那个人就问道："不知两位与洛阳帮的君傲海什么关系？"

"这位小姐是君老爷的唯一宝贝孙女，怎么了？"田小花快人快语。

"对，我就是君傲海的孙女。"君含笑本来不想说的，田小花说出来，干脆承认算了。

"哦，你就是洛阳第一大财阀君傲海的宝贝孙女，呵呵，难怪架子那么大口气那么大胆子也那么大。有一点我想不通，君傲海与侯宝轮、洛阳帮与长安帮向来是盗墓界的难兄难弟，君傲海怎么会派你来打侯宝轮的主意？"对面的那个人疑惑地问。君含笑立马叫道："喂，小心你的口吻，什么是我爷爷派来的，我告诉你，整个事情的经过都是我一手策划，跟我爷爷一点关系也没有，你不要信口雌黄。我不许你说我爷爷的坏话，一切都是因为我看不过去才出手毁了'君临天下'，我是伸张正义，有错吗？"

"你别激动。"听到君含笑誓死维护君傲海的名声，对面那人笑道。君含笑骂道："你胡说八道，我能不激动吗？"那人说："我虽然没有和你爷爷相交相识相见过，我对你爷爷也是神交已久。"君含笑觉得好笑，说："我爷爷才不会和你这种人神交。"

"呵呵，也是，我就是一个废人，什么也没有。"

"你少痴心妄想，我爷爷可是很有名望的人，你是什么东西，少来攀我爷爷的关系，你就是一个老鼠吃多了脑子变质的怪物。"君含笑嘴巴说得很快，而且有些刻薄。那个人无所谓了，笑道："看来两位是一直没有相信过我的话，两位还真是挺乐观的。真的

第八章 黑狱之灾

141

没人能救得了你们。"

"呵呵，你说的话我们全都当耳边风。"君含笑说。

"等你们将要死的时候，你们会明白的。不过，如果你知道我是谁的话，你们现在就没有那么乐观喽，你们一定会相信我说的一切，而且会好紧张。"那个人说完，君含笑骂道："你以为你是谁啊？哈哈，阎罗王吗？"

"你是君傲海的心肝宝贝，不知道你听说过贾神机这个人没？"那个人轻声问道。

"没听说过，我孤陋寡闻出了名的。"君含笑满不在乎地说。

"小姐，是贾神机啊，是那个贾神机哦。"田小花轻声说道。君含笑看了一眼田小花，想了想，喃喃说道："哪个贾神机？哦，不对不对。"此时君含笑突然满脸惊讶，问对面那人："你真的是贾神机吗？那个人称'三头六臂'的机关大师贾神机？"

"呵呵，我就是贾神机。"对面那个人笑了。

"什么狗屁？你是贾神机？你是发神经吧？"君含笑显然不相信。

"信不过吗？"

"信你才怪。"

"本来我也不相信你们，你叫骂了一大晚我都没吭声，我怕侯宝轮故意派你们来找我，听你一说，假如你不是把'君临天下'给毁灭了，我想，侯宝轮也不会轻易把你们关在这里。"那边的贾神机笑着说。机关大师贾神机号称"三头六臂"，天下的人赞誉他为"赛鲁班，卧龙逊，墨家三千皆臣下"，贾神机可不是浪得虚名。意思是说他的机关技巧不仅咱们中国古时候的天下第一能工巧匠公输班没得比，就连三国发明家诸葛卧龙先生也难望其项背，还有墨家学派，最擅长攻防机关战术，就是这个门派的弟子们也要向他俯首称臣。总之，贾神机就是厉害。在洛阳城里，很多师父们都羡慕和敬仰贾神机，君含笑和田小花天天听他们议论，还有君傲海他也时常提起，说贾神机如果来了洛阳，洛阳帮一定雄霸整个盗墓界。贾神机的威名，君含笑和田小花都曾听说过。眼下对面的那个人说自己是贾神机，她们俩将信将疑。因为很早有传言说贾神机病死了。

"你还真当你是'三头六臂'贾神机了吗？"君含笑突然问道。

"是，我不配叫贾神机，我连自己的妻儿都保护不周，我眼睁睁地看着自己的妻儿死在自己面前，我一点办法也没有，你说，我还有什么用，仇人呢？逍遥快活着，我闷在这里吃那些恶心的老鼠虫子，贾神机啊贾神机，你一世英名，现在落到连两个小娃娃也说你是疯子、骗子、傻子。你是做了孽了。"对面那人嚎啕大哭。

"还真当自己是贾神机哦，呵呵。我还真有点可惜，贾神机有那么好的技艺为什么会给侯宝轮卖命，唉，真是不好说。"君含笑还在怀疑。

"贾神机三年前已经死了，贾神机三年前已经死了。"对面那个人突然叫了起来。

"他疯了，小姐。"田小花怔了怔说。

"随他便吧，真不知道他是什么怪人。"

"现在活着的只是一个仇恨包裹着的死灵魂罢了，贾神机啊，你罪有应得。"对面的那个人呜呜地哭着。

"小姐，什么是死灵魂？"

"他乱说，不要听他的。"

"你们也要死的，哈哈哈，你们也活不了，天底之下，除了侯宝轮，没人进得来这里，你们笑我，你们就等着饿死吧。"对面那

第八章　黑狱之灾

个人显然发疯了。

"为什么只有侯宝轮进得来？"田小花问君含笑。

"天晓得。"君含笑也说不清，她心里实在说不清楚，对面那个疯子说没人可以进得来这个牢狱，自己和田小花是怎么到这里来的？她认定那个人是个疯子，而不是什么机关大师贾神机，听着那人诅咒自己死亡，她心里充满了怨恨。那个人这时候告诉君含笑，这里以黑暗著名，布满了浓浓的黑雾，黑雾虽然说不能令人死亡，但是，人却看不到任何的东西，只有黑乎乎，这样，人才不敢妄动。人总是这样，在一片黑暗之中，自己眼睛看不到任何的东西时，人就越信不过自己，越迷失自己。他设计这个牢狱，无非就看中了人的这个弱点，在黑暗中惶恐地死去，那种滋味，的确难受。

"你，你，你真是狗嘴里吐不出象牙来。"君含笑骂道。

"你们不要紧张，我在设计它的时候用一种晶石磨得了两块镜片，只要戴上这镜片就可以在这里面横行无阻，可以看清楚黑狱里面的所有机关和陷阱，所以，想进出黑狱非得有那个镜片不可。很可惜，这个镜片在侯宝轮的手里。"那个人告诉君含笑。

"镜片？晶石？"君含笑疑问。

"对，那是我在东北长白山的五大连池里捞到的，这是一种很天然的晶石，很通明，很坚硬，据说这种晶石是从天上掉下来的宝贝。"

"什么？小姐，天上掉下来的吗？好神奇，小姐，天上真的会掉下石头来吗？"

"我怎么知道。"

"天上会掉下石头来，那岂不是会砸死很多人。"田小花很惊讶地说。

"呵呵，那种石头不是轻易掉下来的，你放心，不会砸死人。这种晶石天下只有一片而已，所以只能做两块镜片。"对面那个人说。

"是吗？那天上会不会掉下钱来？"田小花问。

"哈哈，你可真天真，天上会掉下钱来，我还用那么落魄吗？"

"也是，呵呵，我还真笨。"田小花笑道。

"那是一种脂质很好的晶石，我经过无数次的刨光、打磨、针钻、泡药酒才弄出两片镜片来，只要戴上这种镜片，别说这个小小的黑狱，就是森罗地狱也能看得清清楚楚，不论有多么黑暗，这种透视力很强的镜片都可以看破。"

"真厉害。"

"所以戴上这个镜片，就算是再黑暗的墓陵也是不用操心的。"

"它叫什么名字？"

"通天眼。"

"哇，那么俗。"

"这两块镜片就好像通天眼一样无处不见。"

"是不是把这个'通天眼'弄到手就可以进出这里？"君含笑有了兴趣。

"对，除非你那个要来救你的朋友偷到侯宝轮的两片'通天眼'，不然，他就算进来了这里，也会因为看不清这里的机关地形，葬身于此。"

"爷爷会知道有'通天眼'吗？"君含笑心里着急。

"不过，知道这件事的人很少，没有谁知道这个牢狱，知道这里的除了侯宝轮的几个亲近一些的手下，剩下就是这里的尸骨了。"

"喂，你不是说这里是你设计的吗？你还记得那些机关设在哪

第八章 黑狱之灾

145

里吗？你可以绕过它们出去的。"君含笑突然想到。那个人苦笑，说："谈何容易，这里的机关有两种，一种叫'死机括'，一直摆置在一个地方的机关，不会有什么变化，这些机关的具体位置我还记得。但是狱里面的另一种机关叫'活机括'，这种机关非常的难缠，位置不固定，常常游来移去，千变万化，别说狱里黑乎乎的看不清，就算看得清，机关的变化还是很难掌握，所以，最好不要轻举妄动，遇到'死机括'好说，被'活机括'缠上，必死无疑。"

"呵呵。听你这么一说，我们是连九死一生也谈不上喽。"君含笑问。

"除非侯宝轮开恩，不然必死无疑。"那人说。

"小姐，怎么办？怎么办？"田小花吓得哭了。

"我时常问我自己，我在这里活了三年，我真不知道我为什么而活着，报仇吗？三年来我连侯宝轮一眼也没有见过。这个地方，自己明明知道凭自己有生之年根本不可能破解，自己还是活了下来，难道我就那么怕死吗？"对面的人发起牢骚。

"说是这么说，我们总会有机会的，我才不相信自己会死得那么早，我还没嫁人呢，还没有生小孩，还没有见见我未来的老公。"

"我也是，我也是。"

"所以，我们不会死的，我们不会死。"

"小姐，如果真的死了，怎么办？"

"我也不知道，我也不知道啊，现在好郁闷。"

"进来这里能做的只有坐以待毙，除非你们吃得下那些蹿来蹿去的老鼠。哈哈。"

"不要，不要，我才不要。"田小花哭了起来。

"你哭啥嘛？咱们哪会那么容易死哦，放心，我们会好好地活着出去杀了侯宝轮解恨的,老天总会保佑我们的。"君含笑抱着田小花说。

"小姐,不是啊,是有好多老鼠啊。"田小花突然哇哇哇地叫起来,一双脚慌忙乱跺,一时间老鼠吱吱,吓得君含笑也跟着乱叫。两个丫头出身名门,遇到老鼠这种秽物,实在是不好受,狱里老鼠真不少,蹿出来就是一大群,来来回回跑动着,有些都爬到两个丫头的脚上。黑幽幽的又看不到任何的东西,两个丫头手足挥舞,声泪俱下。黑森森的牢狱。死一样的沉寂。此刻,对面那个人大吼一声,老鼠群们被对面那人这么一吼,四处逃窜而去,看来,还是他这个经常吃食老鼠的老鼠杀手才令老鼠们畏惧。老鼠一走,君含笑歇下气来,说:"吓死我了,我时常去那些鬼地方偷东西都没有遇到过这么多的老鼠,这里可真够肮脏。"

"小姐,我好怕啊,那些老鼠会不会吃人?"田小花哭着说。

"怕什么?老鼠才不会吃人,人才会吃老鼠,对面的大叔不就很爱吃老鼠。"

"呵呵,这里就这个样子,也幸好老鼠很多,我才活下来。你们不知道,我刚进来的时候,这里的老鼠更多,三年来被我吃多了,吃到我腹中的吃到我腹中,逃跑的逃跑,现在在这里繁衍的老鼠不多了,我也不知道我还能撑多少日子。这大仇未报,真是可惜,唉,可怜我那妻儿死得冤。"对面的那个人淡淡地说着。

"你还好意思说,如果不是你设计这个鬼地方,懒得说你。"

"你们放心,我不会见死不救的。哈哈,我的老婆儿子都饿死在这里,我对人生也没有什么渴望,你们毁灭了'君临天下',不管怎么样,我帮你们出去。"那个人突然变得很好,说要帮君含笑的时候,君含笑和田小花都是一愣,君含笑问:"不是说出不去吗?"

"其实,我以前在设计这里的时候,趁他们不备时偷偷制造了一条密道,这条密道直通外面,可容一人爬行,只要进得了密道,不出半炷香的时间,你们就可以见到光了。"

"我好想出去。"田小花说。

那个人说,这种密道在机关学里叫"捷门",是机关密道里头的逃生之路,一般除了机关师本人知道,没有任何人知道,只要找到这个"捷门",逃出这里轻而易举,"捷门"里面不会有设置机关暗器,对于逃生,很有安全性。

"叔叔,那个'捷门'在哪里?我们真的可以出去吗?"田小花问。

"只要找到'捷门'当然可以出去。"那个人说。

"好,你说这里是你制造的,那你告诉我们,'捷门'在哪里?只要我们出去了,我们就返回来搭救你,还有,我会帮你好好教训侯宝轮这个混蛋,不是,应该是一刀子杀了侯宝轮这个大混蛋。"君含笑这时说得很响亮,总算看到一线希望了。

"希望如此,'捷门'在离你们那个牢门七步之外的一堵墙垒上,那面墙上,我设计有个机关叫'七星点灯',是七个小小隐藏于墙面的星状按钮,按着北斗七星的方位安置,你们只要逐一摸到上面的'七星'后,把它们合为一星就可以了,'捷门'就被激活,你们就可以爬出去了。"对面的那个人说到这里,外面忽地传来了碎碎的脚步声,君含笑低声说:"嘘,有人来了。"对面的那个人马上噤声,他藏在这里,侯宝轮他们多半以为他已经死了,他苟活下来,自然隐藏很深,听到脚步声,他马上就躲起来了。脚步声慢慢地靠近,君含笑和田小花凝住了,脑子里面猜着来者何人?这个人靠过来，也不见他出声，难道不是人？想到这里，君含笑和田小花的心打起了一个寒战。黑不溜秋的监牢，伸手不见五指，寂静了，脚步声像是一个槌子，一声敲一下，敲在了两个小姑娘的心上，骇得她们伸手抱住对方。不一会儿，只听到田小花啊地大叫一声，她整个人突然被一只强有力的手抱起来，田小花吓得失色，狂叫不已。

"谁？你是谁？"因为看不清，君含笑骂着。刚刚骂完，她的一只手就被牢牢地抓住，她悚然惊叫，想着反抗，那个人已经用力一扯，她整个人忍不住跟着他往外面跑去。那个人是不是人？不知道，君含笑感到自己像是被一只恶鬼或者一只猛兽给咬住了，然后把她拖至深渊最后吃掉。田小花吓得急叫连连，君含笑哪里顾得着，被紧紧地扣住了手不说，抓着自己的这个东西跑起来速度好快，她只感觉到吹过耳边的风都快把她的耳朵割下来。君含笑心里害怕无比，想反抗，但自己完全被牵制住，哪里有余力呢？

"这是谁？这是什么？我要死了吗？会被吃掉吗？"君含笑心里面感到无比的难受，难道这个牢狱里面有什么怪物不成？她知道，这个人不是侯宝轮的人，更不是侯宝轮自己。她静静地等待自己的死亡了吗？她感觉到抓着自己的那只手，有股温热温热的感觉，在这个冰冷无比的牢狱里面，君含笑的身子四肢都快结成冰了，被这一只温暖的手抓到的时候，一股暖流从她的肌肤透进了她的心里，美妙无比。黑暗的世界渐渐远去，眼前突然出现了微光。一片光亮映入眼帘的时候，君含笑感觉到这是一个美好的早晨，她看到朦胧的晨曦，听到了吱吱喳喳的鸟雀声。似乎在黑暗的牢狱里面待久了，她的视力变得无比的模糊，前面抓着自己的这个人，她只看到了他伟岸的背影。他没有回头看她一眼，她分辨不出这个人是谁。

第八章 黑狱之灾

然而，她清楚，这个人救了自己，这个人把自己和田小花从黑暗的牢狱里面带出来了。

那个人拉着她抱着田小花，尽管跑出了黑暗的牢狱，他还在狂奔。也不知道转过了几个大街小巷，来到了一家面食馆的时候，他把田小花放在一个椅子上，君含笑也被牵到了一个椅子上面。香喷喷热乎乎的两碗岐山臊子面摆在了她们的面前，臊子鲜香，红油浮面，两人顿时感到饥肠辘辘，拿起筷子吧嗒吧嗒地吃起面来。

"看来真把你们饿得要命。"看到她们狼吞虎咽，肖曳呵呵笑道。肖曳顺顺利利地把两人救出黑狱，他心情也畅快许多。君含笑是个爱惹是非的大小姐，她居然跑到西安来惹盗墓界里的大恶霸侯宝轮，他心里还是很生气的。看到君含笑和田小花吃面的傻样，他顿时又没有了怒意。接到君傲海的信笺之后，他十万火急地跑到西安，没想到自己前脚跟刚刚到，君含笑后脚跟就盗走了侯宝轮的"君临天下"玉璧。还好君傲海发现君含笑跑到西安之后未雨绸缪将自己叫到西安来，不然的话，侯宝轮可不会给她们俩好果子吃。

"我现在才发现自己很久没有吃东西了。"田小花痛哭流涕地说。

"是啊，你们被侯宝轮关押了三天多了，一定没有吃什么东西吧？"肖曳说着，满是怜惜。君含笑这时候才发现肚子太饿了只顾吃面倒忘记答谢眼前的肖曳，她甚至都忘记看救出自己的人是谁，抬起头看到肖曳的时候，她惊呆了，愣愣地叫道："肖曳，是你啊！哎呀！你怎么不早说呢？我还以为是谁呢，害得我瞎担心，见到你真好。"

她叫起来的时候，田小花也叫了起来。

"好了,好了,把面吃完了,我还得带你们去见君老爷子。"肖曳呵呵傻笑。

君含笑和田小花互看一眼,两人不由得呵呵大笑,然后咕嘟咕嘟地喝酸辣爽口的面汤。

第八章 黑狱之灾

## 第九章　九窍玉

长安帮在西府的一个据点里面，侯宝轮正提着手里的那个小酒壶悠悠地喝着几口老汾酒。自从"君临天下"被"钓宝者"偷盗后，闷闷不乐一筹莫展的他还是第一次那么闲暇，有这样喝酒的闲情逸致。施泰然和申冬瓜两个人坐在一边愣愣地待着，钱师爷一脸不安地在一边走来走去。自从君含笑被抓后，一切都变得正常了。

侯宝轮脸上有笑容了，钱师爷也给放出来了。

"爷，要是君含笑她不交出宝贝，你打算怎么办？"施泰然突然问了一句，这句话他好像忍了很久。侯宝轮眉毛一挑，笑道："不管怎么样，她都得死，嘿嘿，我已经把她打入死牢了，我现在抓住了洛阳帮的把柄，嘿嘿，不怕没有东西跟君傲海谈条件。"

"爷的意思是？"施泰然不解地问。

"爷是想把洛阳帮给毁了，以后河洛大地就是我们长安帮的地盘了。"申冬瓜说。

"非也，非也，爷莫非是打'龙眼秘藏'的主意吗？"钱师爷冷笑着问道。侯宝轮没有回答，而是喝酒，不停地往嘴巴里面喝。钱师爷这么一说，施泰然愣了，申冬瓜骂道："你就知道胡说八道，有'龙眼秘藏'这样的东西吗？"

"我想我没有猜错吧。"钱师爷没有去理会申冬瓜。

"生我者父母，知我者非你钱不通莫属了。"侯宝轮突然长叹一声。钱师爷立马笑了，满脸的欣喜，他说："我也听说了，关于'龙眼秘藏'的秘密，君傲海他一直在寻找，而且收获不小，爷想打他的主意，我想，一定不会有错。"

"钱师爷你知道的事情还真不少。"侯宝轮冷笑道。关于"龙眼秘藏"的秘密，这是盗墓界里面极为隐秘的事情，一般而言，根本没有几个人知道。钱师爷说出来，侯宝轮心里面的确感到有些讶异，他不禁多瞧了钱师爷几眼，暗想这个人的确有些见识，他跟了自己那么久，关于"龙眼秘藏"只字不提，而今我没说出来他倒提出来了。他有些疑惑的时候，钱师爷笑着说："爷，我也是道听途说，说真的，你相信真的有'龙眼秘藏'的存在吗？"

"'龙眼秘藏'是什么东西？我怎么没有听说过？"一脸茫然的施泰然问。

"爷，钱师爷他没有在胡说八道吗？"申冬瓜大为不解。

"信还是不信，我不知道，等君傲海来了，我就清楚了。"侯宝轮说，他本来对"龙眼秘藏"的传说知道的也不多，他第一次听说"龙眼秘藏"还是在四年前和自己的好友贾神机去盗渭陵的时候，在一个墓室里面遇到了一面由画砖堆砌起来的墓壁，当时进入渭陵的只有他和贾神机二人。墓壁上讲述的是关于"龙眼秘藏"的事情，当时可把他们俩给惊呆了，他们还是第一次听说有"龙眼秘藏"这样的事情，了解了这面墓壁后，他们摧毁了这个墓壁。

"龙眼秘藏"的事情，不宜太多人知道。就在那时候，他便萌生了找到"龙眼秘藏"的想法，不过，贾神机却不是很赞同，他跟侯宝轮不一样，他不相信"龙眼秘藏"的存在。

时隔数年，侯宝轮心里一直对"龙眼秘藏"这件事念念不忘，

第九章 九窍玉

后来他发现洛阳帮的君傲海也在寻找"龙眼秘藏",君傲海发现"龙眼秘藏"的存在比他还早,而且进行过无数次的勘察,对于"龙眼秘藏"的发掘,可谓是下尽苦功。

对于寻找"龙眼秘藏"一直没有突破的侯宝轮一直在监视着君傲海的进展,最近他听说君傲海就要找到"龙眼秘藏"了,他心里着急无比。

长安帮和洛阳帮表面上井水不犯河水,大家相安无事,没事还可以喝喝茶聊聊天,其实却是冤家死对头,侯宝轮和君傲海打心里就互相看对方不顺眼。

听侯宝轮说等君傲海,钱师爷便问道:"他会来吗?"

"嘿嘿,你们说他会来吗?我已经叫人去通知他说他的孙女在我的手里犯了案,我不知道,在他眼里,是他的宝贝孙女重要还是'龙眼秘藏'重要呢?"侯宝轮的算盘打得倒是好。

"看来爷是胸有成竹了。"钱师爷说。

"爷,君傲海他们来了。"众人还在谈论着"龙眼秘藏"的时候,一个喽啰匆匆跑进来叫道。侯宝轮立马从椅子上站起来,嘴边露出一丝冷笑。这时候,君傲海已经从外面走进来,一共十几个人,都戴着一顶黑色的帽子,带头的这个人,已有古稀之龄,但是看上去目光如电,精神矍铄,霸气十足。他便是洛阳帮的帮主君傲海,同时是洛阳城第一大富豪,他的商号布满了全国各地。他一进来,瞥了在场的人一眼,然后就对侯宝轮说:"老侯,咱们打开天窗说亮话,我孙女呢?你要的东西我也给你带来了。"

"哈哈,老爷子真是够爽快,不过我得先看看东西,不然的话,嘿嘿,我真不会跟君含笑小姐客气。"侯宝轮看到君傲海气势汹汹,自己不讨好,但是他手握胜算,也不至于给君傲海吓住。君傲海盯着侯宝轮，说："我只想知道我孙女安然无事。"

"嘿嘿，她在我的手里还能出什么大事吗？"侯宝轮厉声问道。

"就是，君含笑小姐她已经在我们手里，既然是在长安帮的手里，她少了根汗毛，别说你君傲海江老爷子不爽，我们也过意不去。"施泰然说。

"哼，侯宝轮，我现在人都在这里了。你难道还怕了我吗？"君傲海问。

"你是想一手交人一手交货吗？那好，我满足你。"侯宝轮不想跟君傲海磨蹭了，他想了想，赶紧命身边的申冬瓜去牢狱里面把君含笑和田小花带出来。他一心要得到"龙眼秘藏"的秘密，其他的东西他倒不想理会太多，看着君傲海风尘仆仆，他知道君傲海选择了他的宝贝孙女放弃了"龙眼秘藏"的秘密。至于"龙眼秘藏"到底隐藏着什么，他虽说不大清楚，一想到"龙眼秘藏"乃是生命之源死亡之地，可寻前身后世藉以圆长生之梦。他没有记错，在渭陵的那面画像墙上对于"龙眼秘藏"的描述。

"侯宝轮，你最好别耍什么花样。"君傲海说。他还是有些担忧，侯宝轮向来不喜欢按规矩出牌，君含笑被他抓了，也不知道能否安然无恙。这一次得到了君含笑被抓的消息，他整个人快要崩溃了，心里面痛恨不已，君含笑实在调皮，在他不知情的时候跑到了西安惹侯宝轮。他现在是后悔对君含笑过于宠爱，使得她那么的任性。侯宝轮一心盯上了"龙眼秘藏"，君傲海知道"龙眼秘藏"这件事瞒不住了。关于"龙眼秘藏"，君傲海花了半生的心血，他实在不想将这些成功拱手相让。他组织起洛阳帮盗墓团伙，无非就是为了寻找传说中神秘的"龙眼秘藏"之谜。君含笑失手被捕，侯宝轮开口就是叫自己拿"龙眼秘藏"的秘密交换，他心有不甘。

第九章 九窍玉

155

"呵呵，大家喝杯茶吧。"侯宝轮这时候趁申冬瓜去带君含笑上来时命人找来一些椅子给君傲海等人坐，然后又叫人沏茶，他笑脸盈然，说着："咱们长安帮和洛阳帮怎么也算是兄弟帮，嘿嘿，这一次结了梁子也怪不得我侯宝轮，说真的，我何尝不把你君傲海当我大哥呢？可是，唉，你们洛阳帮欺人太甚了。"

"哼，还不知道是谁欺人太甚。"君傲海冷哼一声。

"君老爷子，你这个话是什么意思？"侯宝轮有些不愉快了。

"含笑她偷了你的宝贝'君临天下'是她不懂事，你至于把人扣起来然后跟我讨价还价吗？'君临天下'本来就不是什么好东西，哼。"君傲海说。

"你这话说得我心寒呐，我为了'君临天下'付出了多少呢？你懂什么？跟你说吧，君含笑小姐把我的宝贝还给我也就算了，这件事也了结了吧。可是，我听隔壁的王铁匠说你那宝贝孙女把我的'君临天下'扔到他的铁炉里了。君老爷子，我宝贝没了，你总得补偿补偿吧，即使我跟你关系还不错，这事我可不能就这么算了。"侯宝轮似乎已经知道了"君临天下"被毁掉的这件事，他愤怒无比地说着。君傲海没有吭一句话，侯宝轮说得在理，毕竟是君含笑犯了错，"君临天下"毁掉了，侯宝轮心里自然难以平衡。

"贼子如果不是你君老爷子的孙女而是其他的女人的话，只怕我们早把她给大卸八块了。君老爷子，这事可不能怪我们。"施泰然接着说，说得君傲海心寒，这可是实话实说，这能怨谁呢？要不是自己的身份还可以吓唬吓唬侯宝轮他们，君含笑只怕已经被害了。

君傲海被侯宝轮他们说得无语回应的时候，申冬瓜慌慌张张地从外面跑进来，然后走到侯宝轮的耳边轻声说："她们，她们不见了。"听到这个消息,侯宝轮极为愤怒,一个耳光给了申冬瓜,然后骂道:"你们怎么搞的?"申冬瓜委屈无比不再接话,施泰然走过来,看到侯宝轮一脸的怒意,他笑了笑,说:"爷,这个怎么办?"他好像听到了申冬瓜的话。

"喂,我孙女呢?"君傲海这时候问了一句。

"君老爷子,不如我们先谈谈'龙眼秘藏'吧。"侯宝轮这时候和颜悦色地对君傲海说。君含笑和田小花从那个密不透风的牢狱里面逃脱了,对于他而言,他现在只有稳住局面,即使手里面少了君含笑这个王牌,他还是想从君傲海嘴巴里面套出"龙眼秘藏"的秘密。

当然,君含笑和田小花怎么会逃脱呢?有内奸吗?侯宝轮心里满是狐疑,他想不通君含笑她们是怎么逃掉的,贾神机设计的这个牢狱只怕是一只苍蝇都逃不出来,但是申冬瓜的话他不会不相信,心里面越想就是越不安了。但是总不能把"龙眼秘藏"这个惊天大秘密给黄掉了,他看着君傲海,心想自己先不告诉君傲海他的孙女已经逃脱了,这样子君傲海多半不会再怎么纠缠,他担心自己的孙女,也不怕他不说出"龙眼秘藏"的秘密。

"我只想见我孙女,我要确保她安然无恙。"君傲海说。

"哎呀,君老爷子,乖侄女在我府上吃好住好你就别担心了。"侯宝轮说。

"对啊对啊,君含笑小姐很快就会出来和你相见的。"施泰然说。

"你们阴阳怪气的到底在玩什么把戏?"君傲海有些不满了。

"君老爷子,先说'龙眼秘藏'的事情吧,嘿嘿,我现在叫你先谈谈'龙眼秘藏'的事情,不然的话,我可不客气了。"侯宝轮知道软的君傲海不吃，只好来硬的。君傲海冷哼一声，说："你这是逼我吗？"侯宝轮说："呵呵，我想你应该明白你在跟谁说话。"

"你这个王八蛋，你想怎样？"君傲海火冒三丈。

"'龙眼秘藏'这件事，你说也得说，不说也得说，现在这里是我侯宝轮的地盘，君傲海，你说你有得选择吗？你不老实，我就要你孙女死无葬身之地，嘿嘿，我侯宝轮的恶劣手段你又不是没有见识过，我会将你孙女蹂躏至死。"侯宝轮恶狠狠地说着。

"哼，是吗？"君傲海满脸的淡然，他倒不是很惧怕。

"君傲海，你还犹豫什么呢？难道你想看到你的孙女死掉吗？"施泰然问。

"侯宝轮，想不到你会是这么的卑鄙无耻，你想知道'龙眼秘藏'的秘密，我也不怕告诉你，'龙眼秘藏'你是得不到的，它本来就不是什么好东西，你又何苦这样呢？"

"听说进入'龙眼秘藏'可以知道自己的前身后世，我很好奇罢了。"

"仅仅是好奇吗？"君傲海问。

"嘿嘿，听说'龙眼秘藏'里面有一个大宝藏，里面藏满了各种宝物，只要找到'龙眼秘藏'，里面的宝物非我莫属了，嘿嘿，君傲海，你这些年苦心经营洛阳帮，四处打听'龙眼秘藏'的秘密，我知道你收获很大，我很乐意跟你分享分享。"侯宝轮笑呵呵地说。

"如果我不喜欢告诉你呢？"君傲海问。

"那我就不客气了，你小心你的孙女吧。"侯宝轮狠声说道。

"那我是没得选择了吧？不过，我告诉你，你别吓唬我，见不到我的孙女，你休想知道'龙眼秘藏'的一切。不怕告诉你，我君傲海来你府上的时候就派人去找我的孙女了,我想,含笑她们已经安全了吧。"君傲海的确是留了一手,侯宝轮听君傲海说出来,汗流浃背,他就猜到了君傲海暗中下手了,只是他不明白,谁可以在那个黑暗的牢狱里面把人带走呢?他盯着君傲海,心里面越想越烦,君含笑和田小花已经下落不明,君傲海气定神闲,毫不畏惧,现在鹿死谁手,还真的说不清楚。

"君傲海,你唬我吗?"侯宝轮大喝一声。

"那又怎样?我今天来了就已经做好跟你闹翻的准备了。"君傲海说。

侯宝轮阴沉着脸,这个棋局他好像要输掉了,他不甘心,他抬头看着在场的所有人,然后叹了一口气,突然说道:"君傲海,你跟我解释一下'钓宝者'吧。"

"你这是什么意思?"君傲海故作一惊。

"我的意思你还不明白吗?难道要我慢慢地揭穿你吗?君傲海,你敢说这几年出现的'钓宝者'跟你一点关系都没有吗?"侯宝轮咄咄逼人。君傲海怔住了,他看着侯宝轮,此刻,他突然变得没有那么的强势了,整个人突然变得很疲惫,最后轻声地说:"我不明白你的意思。"侯宝轮冷冷地笑了笑,然后尖声笑道:"别以为我不知道,你这些年培养了一批'钓宝者',嘿嘿,君傲海,你是吃了豹子胆了吧,同行之间也不放过,大量的'钓宝者'出现,不少的盗墓贼都遭了毒手,当然,我侯宝轮命好,因为贾神机的缘故,你们一直没有敢偷我的宝贝。那我也眼不见为净没有揭穿你君傲海。"

"侯宝轮,想不到你都知道了。"君傲海颓然长叹。

"君傲海你想瞒天过海,嘿嘿,海很深啊。"侯宝轮冷冰冰地说。

君傲海呆住了，他知道，侯宝轮这些年来对自己的所作所为可以说是一清二楚，他不知道侯宝轮是怎么做到的。关于"钓宝者"，君傲海没有什么好说的了，自从盗墓界里面出现"钓宝者"专门偷盗盗墓者盗取的"墓宝"，"钓宝者"是日益猖獗，而这一切的幕后指使便是君傲海。君傲海十年前通过一次盗墓行动中知道了"龙眼秘藏"的存在，为了找到那个神秘的"龙眼秘藏"，他组织了一大批偷盗高手，然后进行了严格的培训。他希望通过这一批"钓宝者"可以在其他的盗墓者手里面找到关于"龙眼秘藏"的信息。数年来，"钓宝者"日渐增多，君傲海本是一个古玩爱好者，他不满足于自己所得，开始觊觎他人的"墓宝"。他又不想通过大量的金钱得到自己喜欢的"墓宝"，自己为了寻找"龙眼秘藏"而培育出来这一批"钓宝者"，他想到了一箭双雕的办法，"钓宝者"在寻找"龙眼秘藏"的时候顺便带些珍奇宝物回来。久而久之，这种偷盗的办法无往不利之后，君傲海也就无所畏惧越做越大越做越过分。

"钓宝者"疯狂出现，只怕谁也想不到这会是同道中人君傲海的手段。

话说这些年来，"钓宝者"的出现，各路盗墓者损失不少宝贝与利益。"钓宝者"犹如阴间里面的鬼神，来无影去无踪，给盗墓者带来很大的麻烦，他们又很无奈，谁也不知道这些鬼魅一般的"钓宝者"是什么来头？对于大多数盗墓者而言，和"钓宝者"的仇恨已然深似海大如天，心里面无不想着将"钓宝者"扒皮抽筋，杀了也不解心头之恨。

君傲海知道，要是侯宝轮把自己训练"钓宝者"的秘密告知天下，自己必然成为众矢之的。侯宝轮的这一番话，君傲海变得忧心忡忡，他想不到侯宝轮对自己摸得那么的清楚，他知道身边出了侯宝轮的人，只是是谁呢？他不敢想象，这么清楚自己的一切，必然是跟自己亲近之人。

"嘿嘿，君傲海，本来我还不敢相信'钓宝者'的幕后人是你，不过，君含笑小姐的表现太出人意料了，她一个小丫头，身手不凡呐。"侯宝轮看到君傲海脸色大变，他赶紧说着，他要以最快的时间逼君傲海现形。侯宝轮这么一说，场内的人都吓住了，他们谁也不敢相信"钓宝者"的幕后主人会是君傲海。君傲海经侯宝轮这么一说，心里面一寒，叫道："侯宝轮，你别再说了，我知道该怎么做了。"

君傲海自然知道，君含笑偷了侯宝轮的"君临天下"，能在贾神机设计的密室里面盗走"君临天下"，除了"钓宝者"的才能，只怕没有谁可以做到。君含笑这一次可把"钓宝者"的身份暴露了。君傲海百口莫辩，看着一脸坏笑的侯宝轮，他只有妥协了。

"君傲海，这可都是你逼我的。"侯宝轮知道君傲海无话可说了。

"侯宝轮，我认了。"君傲海说这话的时候，心有不甘，手指狠狠地揪着裤子。

"关于'龙眼秘藏'，我想你君傲海还不如和我好好合作，到时候找到了'龙眼秘藏'的秘密，咱们五五分账嘛，哈哈，谁也不亏。"侯宝轮得意扬扬地说着，他算是把脾气硬朗的君傲海说服了。此时的君傲海满脸通红，极为不爽，侯宝轮这么一说，他叫道："你废话少说。"然后转身对身后的人叫道："你们把'琳琅玉骸'给我抬上来。"

"'琳琅玉骸'吗？"君傲海这么一说，侯宝轮满脸惊讶，他听说过"琳琅玉骸"，这是一具全身布满了琳琅珠宝的尸骸，据说这

第九章 九窍玉

161

样的尸骸天下之中仅存一具。君傲海突然说出口，侯宝轮满脸狐疑，他不知道君傲海这是不是在开玩笑，看着君傲海满脸的淡然，他心中窃喜，有生之年见上一眼"琳琅玉骸"也没遗憾了。

君傲海下令后，几个戴着黑帽子的人就抬着一个黑色的箱子走到前面来，这个箱子长三尺高一尺，外面裹着一块黑色的纱布，看上去极为神秘。箱子抬到君傲海面前后，君傲海叹了一声然后对侯宝轮说："侯宝轮，你想知道'龙眼秘藏'的秘密，我不怕告诉你，但是，'龙眼秘藏'并非什么好东西，你好自为之吧。"他一面说着一面伸手去把箱子的黄金锁头打开，侯宝轮一干人此刻已经忍不住来到黑色的箱子面前。

黑箱子被君傲海打开那一刹那，满堂哗然。几道金光从箱子里面冒出来，大家向箱子里面注目，"琳琅玉骸"堂堂正正地躺在箱子里面。侯宝轮忍不住感叹："不错，不错，这是'琳琅玉骸'。"他说着的时候，眼冒金光，心驰神往。眼前的"琳琅玉骸"虽说是一具风干已久的尸骨，但是重点不在尸骨上面，而是点缀在尸骸上的各种珠宝玉石，金光闪烁，琳琅满目，玳瑁、珍珠、玛瑙、琥珀、砗磲、璇玑，这些耀眼的珠宝玉石粘满了这具尸骸，比起"金缕玉衣"，"琳琅玉骸"绝不逊之。令人眼花缭乱不说，特别是骷髅上面两个凹陷的眼洞里的两颗闪闪发光的夜明珠，看到之人，实在是终生难忘。

"君傲海，你这个是什么意思？贿赂我吗？难道你不明白我的心意吗？你以为把'琳琅玉骸'给了我，我就不再和你斤斤计较了吗？哈哈，我要的是'龙眼秘藏'的秘密。"侯宝轮虽然被"琳琅玉骸"镇住了，但是他心里清楚，他想得到的不是"琳琅玉骸"，他清醒过来之后，瞪着君傲海，对于"龙眼秘藏"的秘密，他不依不饶。

"哼，难道你以为我这是送给你的吗？"君傲海反问一句。

"怎么？这个跟'龙眼秘藏'有关系吗？"侯宝轮愣了。

"我君傲海寻找'龙眼秘藏'那么久了，花了不少的心血，最终得到的也只是这么一具'琳琅玉骸'，我不知道它和'龙眼秘藏'之间有什么关系，但是我告诉你，你想找到'龙眼秘藏'，那你就解开这具'琳琅玉骸'的秘密吧。"君傲海说着，心灰意冷，他辛苦了那么久，"龙眼秘藏"的成功却这样白白送给侯宝轮，他真不甘心。但是如果侯宝轮把"钓宝者"的秘密告知天下，自己甚至整个洛阳帮都会遭天下人谩骂排挤。

"琳琅玉骸"和"龙眼秘藏"之间的关系，君傲海至今都弄不明白，他也是最近才找到了"琳琅玉骸"，都还没有来得及寻找它和"龙眼秘藏"之间的联系，侯宝轮便出现了，扬言要他拿"龙眼秘藏"的秘密换被抓了的君含笑。

"琳琅玉骸"乃是一具帝王尸，至于是哪一个帝王遗骸，君傲海还没有去考证，当然，能有这样死后待遇的人除了帝王之家只怕也没有谁了。"琳琅玉骸"的挖掘，君傲海也是费尽了苦心，因为古代的人死后以玉陪葬多不可数，精美的玉石置于棺椁里面。而"琳琅玉骸"的形成，是因为陪葬的玉石堆积在尸体的身上，久而久之，尸体被玉石的精气所涵盖，尸体不会那么快腐化不说，玉石和尸体融为一体便成了"琳琅玉骸"。

话虽这么说，其实，真正能形成"琳琅玉骸"的机会却不多。后来的传言说天下之中，仅存一具。

"君傲海，你不会跟我耍花招吧？"侯宝轮不怎么相信君傲海的话。

"信不信由你，侯宝轮，你好自为之吧。"君傲海冷声笑道。

"不会的，不会这样的吧。"侯宝轮弯下腰去摸了摸"琳琅玉骸"上面的珠宝玉石，他想不通，这个身上挂满了宝贝的尸体能和"龙眼秘藏"有什么关系呢？君傲海口口声声说有着天大的关系，他在这看到的只是那些令人应接不暇的宝贝，还想着可以卖一个好价钱，关于"龙眼秘藏"，他实在看不出来。但是他想了想，君傲海看上去并没有对他说假话，他真不知道君傲海到底有没有找出"龙眼秘藏"的秘密。看着君傲海一脸满不在乎的表情，刚刚还很愤怒，这时候却是一副无所谓的脸色。

"侯宝轮，你还不相信我吗？"君傲海问。

"嘿嘿，关于'龙眼秘藏'我侯宝轮的确无一知晓，听说'龙眼秘藏'里面暗藏了一个秘境，秘境里面埋藏着一个巨大的宝藏。我还听说，'龙眼秘藏'是出生和死亡的交接之地，是六道轮回中的进出口，人的出生和死亡都跟这个地方有关，进入这个地方的话，不仅可以知道自己的往生后世，而且还可以得到长生之术。轮回来去，试想想，谁不想长生不死呢，嘿嘿，这似乎只是一个诡异的传说，不知道是不是真的。"侯宝轮说完后，君傲海便说："生死有命富贵在天，你何必强求呢？"

"难道你想的跟我不一样吗？"侯宝轮不以为然。

"我只是想知道'龙眼秘藏'是不是真的存在于世上。"君傲海说。

"就那么简单吗？哈哈，那我问你，你相信天地之间真的存在这样一个神秘而诡异的地方吗？"侯宝轮问。君傲海说："天下之大无奇不有。"侯宝轮呵呵一笑，他不喜欢君傲海这样敷衍自己，不过，君傲海好像已经把"龙眼秘藏"的事情说出来了，他也没有什么好为难君傲海的。看着君傲海，看着箱子里面那一具"琳琅玉骸"，百思不得其解，君傲海是靠不住了，即使他知道什么他也不会说，"琳琅玉骸"就在眼前，自己却是束手无策。

"爷，让我看看吧。"侯宝轮想不明白的时候，正想把君傲海等人送走，什么恩恩怨怨的一笔勾销，钱师爷却出声了。他这么一说，侯宝轮立马欣喜不已，他把钱师爷拖过来，说道："你见识广，你给我看看。"此刻，他还蛮恨自己的，怎么把博闻广识的钱师爷忘记了呢？钱师爷这个人虽然很贪婪，但是在古玩这方面的知识他侯宝轮还真离不开他。

每一次得到新的宝贝，侯宝轮都不忘叫钱师爷甄别甄别。

君傲海送来一具"琳琅玉骸"，玉尸和"龙眼秘藏"之间，君傲海一口咬定其间关系很大，但是能有什么关系呢？钱师爷走到装着"琳琅玉骸"的箱子前，他对大家笑了笑，然后伸手到"琳琅玉骸"的尸骸里面摸了摸，翻了翻，然后嘿嘿笑了一笑，说："我想，君老爷子说得没有错，这具玉尸和'龙眼秘藏'有一定的关系。"

钱师爷这么一说，侯宝轮心里有底了，沉闷的脸色变得有些愉悦。君傲海却是怔住了，他得到"琳琅玉骸"那么久了，至今勘不透其中的秘密，而钱师爷一出口，语气不凡，他心里没底了。但见钱师爷沉默了一会儿，他看了看四周的人，场内的氛围变得凝重，大家都在等他解开"琳琅玉骸"和"龙眼秘藏"的疑团。

"你们听说过'玉肛门塞'吗？"钱师爷说道，大家立马摇摇头。侯宝轮和君傲海互看一眼，似乎有所理解了。钱师爷一语道破，侯宝轮呵呵一笑，说："我明白了，钱师爷，接下来看你的了。"钱师爷点点头，然后伸手到"琳琅玉骸"的尸骸上，先是把手伸到尸骸的骷髅上，取出了塞在尸骸眼睛处的那两颗夜明珠之

第九章 九窍玉

后，然后伸出手指到凹陷的眼洞里面抠，不一会儿，两颗拇指般大小的玉石晶莹剔透地从眼洞里面落到了钱师爷的手上。

大家注目看去，两个玉石呈现着一股淡黄色，萤火般的光晕，光滑无比的质感，两颗小骰子般，仔细看过去，上面纹理清晰，写着什么字迹一样。

"钱师爷，这是什么东西？"侯宝轮赶紧发话。

"这个嘛，嘿嘿，再等一下。"钱师爷说着把那两颗摸出来的玉石交到侯宝轮手中，然后又去"琳琅玉骸"上面摸索，先后从玉尸的两个耳孔、两个鼻孔、嘴巴、肛门、前阴处拿出了七颗和刚刚在眼睛部分掏出来的一样的玉石。

"玉肛门塞"是古代葬礼上使用的一种形式，堵塞或遮盖在死者身上九窍的9件玉器，分别是：眼塞2件，鼻塞2件，耳塞2件，口塞1件，肛门塞1件，生殖器塞1件。

除了肛门塞之外，其他的基本都是一模一样的圆玉，肛门塞则为椎台形，两端粗细不同。古代丧葬中使用玉制塞源于晋葛洪《抱朴子》里面所说的"金玉在九空与，则死人为之不朽"。

其实，同"金缕玉衣"能使尸体不朽的说法是一致。古代葬礼对玉有一种近乎迷信的崇拜，总认为玉能使尸体长生，不至于腐烂。

钱师爷把"琳琅玉骸"尸骸九窍上的玉石拿下来后，一一交到侯宝轮的手中。侯宝轮拿着这九颗晶莹剔透的玉石，茫然不知所措，只有等钱师爷转身过来解释。君傲海已经激动了，叫道："这就是传说中的'九窍玉'吗？"他和侯宝轮虽然同是盗墓贼，挖掘的古墓不少，却是很少见到"玉肛门塞"这样的情况，他疑惑了，他知道"九窍玉"，可是他怎么也想不到"琳琅玉骸"身上的"九窍玉"和"龙眼秘藏"有关。

"君老爷子，你说的不错，这就是'九窍玉'。"钱师爷这时候把侯宝轮手里的九块玉石拿到了自己的手中，然后仔仔细细地查看了一番，然后把玉石摆放在一张桌子上面，接着便是叠起来然后放下来，接着摆成了各种形状，有星形、梅花形、八卦形状，反正就是小孩子玩石头一般在桌子上面不停地摆弄，也不懂他这是在干什么。

堂上的人观看着，钱师爷在故弄什么玄虚，实在没有人能答出来，都是静静地看着，又不敢多嘴议论。这里面似乎只有钱师爷懂得怎么去揭开"九窍玉"的谜团。看着钱师爷熟练的手法，侯宝轮的心里又是欣喜又是害怕，钱师爷跟着他那么久了，这个人的来历，他浑然不知，钱师爷到底是一个什么人呢？

钱师爷为什么对"龙眼秘藏"那么的熟悉呢？侯宝轮的心里很好奇，即使一边的君傲海也满是好奇，他追查"龙眼秘藏"的秘密那么多年了，毫无进展，今天把"琳琅玉骸"拿出来给侯宝轮，他是破罐子破摔，心里清楚侯宝轮这个大老粗就算得到了"琳琅玉骸"也不能怎么样，自己到时候再派出"钓宝者"偷回去即可。然而，君傲海明白自己的算盘打错了，钱师爷的出现，让他措手不及。

想到这些，君傲海额头上已经冒出一丝的冷汗，难道"龙眼秘藏"的位置马上就要被揭开了吗？看着钱师爷毫不马虎地挪动着那九块玉石，不停地摆出各种形状，然后仔细观察，像是在玩拼图游戏一般。钱师爷每每摆出一个形状，君傲海的心就凉一下，遇到高人了，他感到心寒，"龙眼秘藏"的秘密就这么轻易送给侯宝轮吗？

"找到了。"钱师爷突然兴奋地喊了一声。

第九章 九窍玉

"怎么回事？怎么回事？"侯宝轮不禁微笑一下，赶紧叫钱师爷解释。

而君傲海身子却是一震，手里刚刚端起的茶杯嘭的一声从手中脱落砸在地上。

钱师爷微微一笑，说："按照紫微斗数中的九星之说，三碧有难，即将出现禁龙地，而'龙眼秘藏'便藏于'禁龙地'之中。"然后他便给大家解释桌面上那九颗玉石的布局，他说"九窍玉"表示的是一种神秘的布局，他尝试过无数种排列，最终找到的合适布局是"九星"排列。所谓"九星"，天上中有"北斗七星"之说，它们的排行是一白贪狼、二黑巨门、三碧禄存、四绿文曲、五黄廉贞、六白武曲、七赤破军，同时北斗斗柄破军与武曲之间有两颗星，一颗星为右弼而不现，一颗为左辅常见，左辅排在八，右弼排在九。

由七星配二星共成九星，由于左辅右弼的加入，共九星运行就产生了很多特殊的变化，也就是形成了北斗七星打劫等各种奇局。

九星根据源于《易经》，利用《河图》、《洛书》先后天八卦、爻的法则等来运算地理风水的各种吉凶。

"钱师爷，那'禁龙地'怎么解释？"侯宝轮问。

君傲海此时已经黑着脸在一边静观其变。

"这就要说到《撼龙经》了，《撼龙经》里面以九星之法讲述了神州各地各大龙脉的形势和布局，所谓贪狼作穴是乳头，巨门作穴窝中求。武曲作穴钗钳觅，禄廉梳齿犁镢头。文曲穴来坪里作，高处亦是掌心落。破军作穴似戈矛，身傍左右手皆收。定有两山接护转，不然一水过横流。辅星正穴燕巢仰，若在高山挂灯样，落在低平是鸡窠，纵有园头亦凹象。此是剥换寻星穴，寻穴随龙细辨别。

龙若真时穴亦真，龙不真兮少真穴。寻龙虽易裁穴难，只为时人昧剥山。剥龙换骨星变易，识得疑龙穴不难。古人望龙知正穴，盖将识龙寻换节。识得龙家换骨星，富贵令人无歇灭。"钱师爷念出来的时候，大家茫然不解，君傲海心里却是大为一惊，他知道《撼龙经》这本书，同时他还见过《辨龙经》、《疑龙经》这样的地理风水著作，然而，钱师爷这时候利用《撼龙经》来解释"龙眼秘藏"的所在地，他心里不得不心服口服。他心里对钱师爷已然心悦诚服，而"禁龙地"一说，便是各处龙脉中出现的死脉一说。

"死脉"说的是被封锁了的龙脉。

这样龙脉显示不出来，不容易被寻找到，即使找到了"死脉"，埋在里面的宝藏却是碰不得，不然会遭到天谴形成血光之灾。

死脉的出现又被叫做"禁龙地"。这样的地形地势里面，吉凶莫测，认识"禁龙地"的人是不敢擅自进入的。钱师爷的意思"龙眼秘藏"位于即将出现的"禁龙地"里面。明摆着说"龙眼秘藏"不可接近，这个地方极为凶险。

"嘿嘿，看来要找到'龙眼秘藏'，我们还得仰仗钱师爷你了，哈哈。"侯宝轮得意无比，他却不知"禁龙地"乃是不能随便进出的地方。君傲海在一边看到他那么开心，心中不禁鄙夷。然而钱师爷口中的"禁龙地"会出现在哪里呢？钱师爷没有说清楚，他想，所谓的"三碧有难"，"三碧"指的是"九星"里面禄存星，想到这里，他心里得意了，钱师爷不想说"禁龙地"会出现在哪里，但是他出现了口误，"三碧有难"，君傲海已经推出了"禁龙地"将会出现的地方。他看了一眼钱师爷摆置"九窍玉"的阵型，确实是"九星"之位，然而在三碧星那里，置放的乃是"琳琅玉骸"的肛门塞。

肛门塞和其他玉塞不一般，它的形状像一个梭子，君傲海顿时明白，肛门塞代表的是一个煞位。钱师爷刚刚搬弄着"九窍玉"，即是要找出"九星"的煞位。

"龙眼秘藏"位于"禁龙地"，"禁龙地"出现在煞位之中，而煞位则是禄存星的位置。

想到这些，君傲海掐指一算，便冷冷地说道："今年三碧星飞到东北方，与今年的太岁位重叠，煞气可是大得很，我想，'禁龙地'便是位于东北地区吧。"他这么一说，钱师爷愣了愣，他想不到君傲海深谙此道，他白了一眼君傲海，然后笑道："爷，君老爷子说得有理，不过……"他还想说什么，君傲海打断了他："不过什么，钱师爷，你好像不打算把你心里所想的告诉你的老爷侯宝轮吧？"

钱师爷确实有这个想法，被君傲海揭穿了，他脸色很难看，然后退到一边不再说什么。侯宝轮却是丈二和尚摸不着头脑。听说"禁龙地"出现在东北，心里暗喜，"龙眼秘藏"自然也在东北了。他心里面正琢磨着如何进入东北将"龙眼秘藏"挖掘出来，喉咙里面突然涌出一股辛辣的感觉，他双眼翻白瞪了前面的钱师爷一眼，嘴巴里面正想说什么，然而他发紫的嘴唇只是蠕动了一下却说不出一句话。

不一会儿，侯宝轮突然举起双手抓住自己的喉咙，他喉咙里面咕噜咕噜地响着，里面好像钻进了一只癞蛤蟆一样。众人看着侯宝轮此举，他们面面相觑，没有一个人敢靠近侯宝轮。侯宝轮双手狠狠地抓着脖子，脖子青筋暴露，他双眼泛白，呼吸变得急促，看他的样子如同中邪了一样。眼看着他手指已经划破脖子的皮肤，血滑向了他的锁骨附近。

大家一片惊呼，侯宝轮倒在了地上，他身子抽搐了几下，嘴巴突然喷出来一道黑色的血，他身躯弹动了一下后便不再动弹。钱师爷绷着脸走到侯宝轮尸体前面，他探了探呼吸，然后摇摇头，很显然，侯宝轮已经死掉了。君傲海知道不对头，他看着钱师爷，忙着说告退。

但是侯宝轮身边的人哪里肯让他离开，侯宝轮暴毙，在场的人谁都会有嫌疑。特别是侯宝轮身边的哼哈二将申冬瓜和施泰然两人，他们拦在门口，申冬瓜叫嚣着："谁也不准跑，谁也不准离开这里半步。"哪知道他话刚刚说完，嘴角却流出一道鲜血，他自己都吓了一跳，正想伸手去擦嘴角的血，他身边的施泰然突然从怀里摸出一把尖刀二话不说插进了申冬瓜的肚腹。申冬瓜呻吟着倒下，他瞪着施泰然，眼睛里面充满了怨恨，然而他嘴巴除了能发出呜呜的声音并没有说出一句话。

施泰然冷哼着，他伸手将已经插进申冬瓜肚腹的尖刀握住，尖刀随着他的腕力搅动了几下便被他拔出来，场面已然血淋淋一片。看着倒在血泊中的申冬瓜，君傲海叹了一口气，他将"龙眼秘藏"的秘密带到西安之前已经预料到这一刻，为了拿到"龙眼秘藏"，盗墓贼们已然不择手段。君傲海没有什么好说的，看着前面的那具"琳琅玉骸"，他干咳一声对施泰然说："我敢说，你杀了我对你一点好处也没有。你已经知道'龙眼秘藏'的秘密，大可以去'禁龙地'把它挖出来。"他说到这里，施泰然鼻孔里面哼了一声，他举着尖刀向君傲海走过来。可是他刚刚走了三步，两个大鼻孔里面顿时喷出两道鼻血，他呵呵一笑，整个人正面趴在地上，手里的尖刀丢在一边。

大堂里面的盗墓贼看到这一幕，一个个吓得往大堂外面跑。君傲海吓得面如土色，他身边的钱师爷冷笑一声说："作孽啊！"说完便缓缓走出大堂。大堂里面只剩下君傲海和三具血淋淋的尸体，他走到侯宝轮的尸体面前，认认真真地查看了一下，他除了浑身沾满了自己的血之外，肤色已经变成了一种黑紫色。很明显，侯宝轮被人下毒了。谁会这么心狠手辣呢？他看着同样尸体变成黑紫色的申冬瓜、施泰然二人，他们仨结伴盗墓统治西安盗墓多年，想不到在自己的眼前瞬间变成了三具尸体。

君傲海不由得唏嘘，以侯宝轮的实力，他本可以和自己的洛阳盗墓帮分庭抗礼，这么一来，西安盗墓帮必然土崩瓦解分崩离析。君傲海想到这里，他赶紧将那具"琳琅玉骸"重新装好背在身上快速地离开侯府。

## 第十章　龙眼秘藏

离开侯府后，君傲海回到了自己在西安城的落脚点。此时，肖曳已经带着君含笑、田小花两女等着他回来。看到肖曳，看到君含笑无恙，他把肖曳拉到一边说："你果然没有让老夫失望。"肖曳呵呵一笑："怎么样？现在可以回洛阳了吗？"

君傲海来西安竟然单刀赴会，这点让肖曳有些纳闷，看君傲海的样子，他好像来西安已经有数日。肖曳有些担心君傲海的安危，不得不说，对于君傲海曾经在洛阳收留自己这份恩情，他始终难忘。君傲海却摇摇头说："不！我们不回洛阳。"

肖曳皱了皱眉头："呃！这话怎么说呢？"

"肖曳，老实跟我说，你在东北那地儿干什么呢？张作霖对你青睐有加吧！"君傲海瞥了肖曳一眼，语气相当冰冷地说。肖曳不知道君傲海这是什么意思，他咳了咳，想了一会儿说："我在东北做什么只怕你比谁都清楚。"

君傲海沉下脸来："难不成张作霖也想打'龙骨聚魂棺'的主意吗？"肖曳呵呵一笑："我想，近水楼台先得月这话谁都明白的。张作霖这些年组织了一支所谓的'寻龙部队'，你说他想干嘛呢？"君傲海听到这里，脸上显得有些怒意，他冷哼一声："怎么？胳膊肘往外拐吗？"肖曳这才会意，他看着君傲海说："怎么？你也想找到'龙骨聚魂棺'吗?"君傲海轻声说:"我一大把年纪了,本不想和他们争夺,我跟你明说了吧!侯宝轮已经死掉了。"

肖曳嘿嘿一笑,侯宝轮活着还是死掉跟自己毫无关系,其实,他刚刚也目睹了侯宝轮被害的整个过程。从黑狱里面把君含笑、田小花救出来之后,他便找了一个借口离开,他对君傲海一直提防有加,找到侯府的时候,君傲海和侯宝轮等人正在研究"琳琅玉骸"。说真的,肖曳藏在大堂房顶上面,他当时几乎气炸了肺,自己在东北长白山辛辛苦苦寻找多时的"琳琅玉骸"居然在君傲海手里。也就是说,当时在自己手里抢走"琳琅玉骸"的人乃君傲海的门徒。君傲海平日里对自己笑脸相迎,暗地里居然偷偷地和自己作对。听钱师爷讲述"九窍玉"之后,肖曳也才明白"琳琅玉骸"的用途。

至于侯宝轮、申冬瓜、施泰然三人相继死去,他也亲眼目睹。他说不清原因,侯宝轮死相诡异,其中必然有一个巨大的阴谋。谁害死了侯宝轮他们仨呢?肖曳第一个怀疑的人当然是君傲海。君傲海虽然属于洛阳帮,但是以他的财力势力想渗透侯宝轮的盗墓帮并非难事。现在君傲海跟自己提起侯宝轮等人的死,肖曳也只好故作一惊:"嗬!那我们还是赶紧离开吧!"君傲海点点头,肖曳问:"知道谁是凶手吗?"

君傲海摇摇头说:"我当时也吓了一跳,侯宝轮这人品行不端,树敌众多,想杀他的人自然不少。"

肖曳说:"非亲非故,我也不理会了,只是你的意思,接下来你想去东北吗?"

君傲海点头说:"我知道你在东北混得不错,嘿嘿!臭小子,接下来由你安排吧!咱们联手,不怕拿不到'龙骨聚魂棺'。"

肖曳觉得有些好笑:"你不怕张作霖发飙吗?"

君傲海诡异地一笑："这个日后再说。"

君傲海坚持去东北，肖曳自然没有什么好说，他答应下来之后，他们四人立马动身。君傲海本想把君含笑和田小花赶回洛阳，可是君含笑是个任性的女孩，她哪里理会自己的爷爷君傲海，一心要跟着。肖曳也帮君含笑说话，君傲海没有什么好说的只好让君含笑两女跟着去东北。肖曳在东北身份还算可以，君含笑跟着去东北，君傲海也挺放心。从西安到东北长白山，肖曳把他们带回到长白山"寻龙部队"的总部，刚刚放下行李营帐外面钻进来一个盗墓兵，他报告说有人要见肖曳。肖曳问是谁？盗墓兵也说不出个所以然。

肖曳安排君傲海三人休息之后便离开营帐，走到营地外面，一个熟悉的身影闯进了眼帘，他远远地叫道："麻豆，你怎么跑到这里来了呢？"

站在营地外面的正是麻豆，肖曳欣然至极，快速走到麻豆面前。麻豆看了他一眼："去西安好几天了，虽然不知道你去那儿做什么，我这次来只想给你带一个情报。"

麻豆口吻冷冰冰的，果然是士别三日当刮目相看，肖曳问："怎么了？"

麻豆说："你走了之后，我继续追踪'龙骨刀'的下落，我在一个老盗墓贼口里听到这么一个传闻，'龙骨刀'有可能在一座鬼臾国遗址里面。至于在哪里？他没有再继续说下去。"肖曳疑问："怎么？"麻豆冷冷地说："他死掉了。"

肖曳有些讶异："在你之前有人找过他对吗？"

麻豆笑道："你倒也聪明。"

肖曳赶紧问："知道是谁吗？"麻豆摇摇头。就在此时，肖曳身后传来一个女孩的声音:"哟!难怪你对我忽冷忽热的,原来你有另外一个女人。"

说话的人正是君含笑,肖曳慌慌张张地离开营帐,君含笑总是很不放心,她追了出来,看到肖曳和麻豆聊得那么惬意,女人的醋意便来了,她忍不住上前来制止。君含笑的出现,麻豆吃了一惊,她冷冷地看着君含笑说:"这疯婆子是谁?"

"疯婆子吗?谁是疯婆子呢?肖曳,你看她这么说我?她是你谁呢?"君含笑扯着肖曳的衣角叫着。肖曳伸手摸摸后脑勺,他很尴尬地看着麻豆,嘴巴里也不知道该说什么好。麻豆嘻嘻一笑,她突然推了肖曳一拳,她大声地说:"嚞!原来你去西安是见媳妇去了嘛!姑娘长得不错,好好对人家吧!"说完转身就离开了。

看着麻豆走掉,君含笑依旧不依不饶,她厉声问肖曳:"她是谁?快告诉我,我都快急死了。"她双眼通红,一脸小憨屈,眼看就要哭了。肖曳拿开君含笑拽着自己衣角的手,他低声说:"千里迢迢来到长白山,你先回营帐里面休息吧!她是谁与你无关。"

肖曳这么一说,君含笑哪里乐意,一双大眼珠子立马湿透了,她嘟着嘴说道:"以前你说你娶我,你说你会照顾我一辈子,现在呢?你要背叛我了吗?"说完之后呜呜哭着跑回营帐里面。看着君含笑悲伤的背影,肖曳吐了一口气,小女人确实不容易照顾。

回到营帐里面,君傲海正在抽旱烟,看到肖曳,他问:"你居然把含笑惹哭了。"肖曳嗯嗯哦哦不知道说什么好,走到一边,想躲开君傲海。君傲海冷笑道:"男人嘛!花心很正常,我希望你不要因为这个影响了咱们去寻找'龙眼秘藏'。关于'龙骨聚魂棺'我是志在必得。"肖曳点点头说:"我知道。"

君傲海脸色立马沉下去,他问:"那个找你的女孩,她是谁?

176

她想干吗?"

肖曳被他冷不丁这么一问,心情显得有些复杂,麻豆突然跑来找自己他完全没有料到,这一次被君傲海逮个正着,他没有什么好说的。他努努嘴说:"一个东北朋友,咱们想找到'龙眼秘藏'还得靠她。"

君傲海沉思了一会儿,他吐了一口烟雾:"怎么说?来路可靠吗?"

肖曳知道君傲海心思谨慎,关于麻豆,他不想谈太多,说句老实话,麻豆的身份他自己也搞不清楚。他跟君傲海说:"你相信我的话就不要问了。"君傲海听他这么一说,干脆不说了,他悠悠地吞云吐雾,肖曳不再理会他找到自己的床铺躺下。从西安大老远赶回长白山,他身心疲惫,回忆路上君含笑一而再再而三地纠缠自己,他哭笑不得。他和君含笑认识十几年了,君含笑似乎没有把他当做一位大哥哥,这点让他有些纠结。

肖曳闭上眼睛想休息一会儿,眼前却冒出麻豆的身影,麻豆这个女人相对君含笑而言成熟多了,论长相的话,两女各有千秋,想到这,心中未免又是一番纠结和难堪。他浑浑噩噩地进入梦中,舒舒服服地睡了一觉,第二天醒来,走出营帐,君含笑和田小花正吃士兵准备好的早餐,君傲海人却不见了。问君含笑,君含笑也不知道君傲海去了哪里。肖曳显得极为纳闷,在营帐四周转了一圈就是没有看到君傲海的身影,问值班守夜的士兵,他们也不清楚,君傲海就这样凭空消失了吗?活生生的一个人去哪里了呢?他不会是擅长遁地之术吧!肖曳感到一阵不安,回到营帐前,君含笑叫他吃早餐,他摆摆手,心里寻思着君傲海是不是独自跑去寻找"龙眼秘藏"。此时,有个士兵跑来跟他说,营地外面来了一队人马,他们执意要见他。

肖曳听到一队人马，他知道长白山一带土匪众多，但是他们属于张作霖部，一般土匪见到旗号是不敢打他们主意的。可是除了土匪之外又想不出是哪类人，难不成是隐居长白山林区的僵尸猎人？说到僵尸猎人，这伙神秘的部族，他暂时不打算跟他们过招。来到营地外面，一队身穿褐色大棉袄的中年汉子骑着几匹高头大马不停地绕着圈子。肖曳数了数，一共来了七个人，看样子不像是附近的土匪。他自己带领的"寻龙部队"有三四十号人，他看到对方人数不多，胆子也大许多。他走到前面，那队人里为首的汉子立马从马背上翻身下来，其余的人也一一翻身下马。肖曳看到为首的汉子，他感到有些愕然，居然是在龙泉府地下古墓遇到的日本人下村三郎。他心下想明白了，呵呵大笑着走到下村三郎面前："嘿嘿！我和日本人从来没有任何的交往，你们这是什么意思？"

下村三郎看出肖曳的敌意，他微笑着说："我们不算是第一次见面吧！"

肖曳狠狠地说："少卖关子，无事不登三宝殿，有什么就直说吧！我可不想跟日本人耗费时间。"下村三郎自称是渤海古国研究会会长，一心想打"龙眼秘藏"的主意，这点肖曳很清楚。下村三郎得不到礼待，他拿下自己头上的毡帽，他摸摸脸上的雪花渣子："我来找你，你心里也知道我是因何而来。我只想告诉你一声，你可以和我合作把'龙骨聚魂棺'挖到手，不然的话，你可以乖乖地回家哄老婆孩子不要再插手勘察'龙骨聚魂棺'。"

下村三郎居然说出这种话来，肖曳瞪了他一眼，他说："我没有选择了，对吗？"他上前一把揪住下村三郎的衣领，怒目瞪着他。下村三郎身边那六个日本人看到他这番举动，唰唰唰把藏在棉袄里面的手枪拔出来对着义愤填膺的肖曳。

肖曳看到日本人掏枪，心里更加愤怒，他大骂道："怎么？跑到老子的地盘撒野来了吗？来人。"他这么一喊，营地里面立马跑出来十几个士兵，大家纷纷举枪。下村三郎干咳一声，他伸手叫身后那六个日本人把枪收好，他对肖曳说："多有冒犯，咱们之间根本没有过不去的坎，你是给张作霖办事，同时也可以给我们办事，不对吗？我今天来可不想跟你们火拼，不过，如果你不跟我们合作还继续寻找'龙骨聚魂棺'的话，到时候别怪我不客气了。"他把肖曳紧紧揪着他衣领的手拿开哼了一声便爬上自己的马，将马调头后往外面骑去，其余的日本人纷纷跟上。

肖曳怒不可遏，他大骂道："你们这些小日本，最好不要再让我遇到，不然，见一个杀一个。"他这么一喊，鼓舞人心，身后的一群士兵个个都叫好起来。肖曳这是堵着一肚子的气，君傲海一大清早不见人影，他已经够气的了，现在给下村三郎这么说，他恨不得一拳打死下村。回到营地里面，君含笑和田小花还在吃早餐，看到一脸不爽的肖曳，君含笑嘲笑了一番。肖曳并没有理会，他走到两女身边，看了君含笑一眼，昨天还因为麻豆吵了架，这女孩倒也容易忘事。

再看田小花，脸色苍白，身子不停地哆嗦，看上去感觉好像患了什么病症。东北现在是冬季，经常下大雪，田小花初来乍到不适应环境倒可以理解。在肖曳的印象里面，田小花是个爱耍嘴皮子的丫头，可是，自从离开西安之后，她一直很少说话，问她一句她总是点点头。虽然说，肖曳有段时间没有见过田小花，但是他不相信一向贫嘴的田小花改变那么快。肖曳伸手摸了摸田小花的额头，刚刚触及，他猝然收手，她的额头烫得跟一块铁板烧似的。他惊愕之

第十章 龙眼秘藏

际，田小花嘴巴里面呜呜叫了几声就倒在地上。这可把一边的君含笑吓坏了，她赶紧去抱起田小花，哪知道田小花体肤发烫如同火炉，她刚刚接触到立马被开水烫了一样松开田小花。她很无奈地看着田小花，肖曳跟她说："没事的，没事的。"

君含笑反倒是一拳打在他胸口："你说什么呢？你快救救她。"

她急得泪水都要飞出来了。肖曳感到很无语，以他的经验来看，他自己也不清楚田小花到底怎么了。他走出营帐去，叫来几个经验老到的盗墓兵，大家伙看到田小花的样子，个个都摇头不知道怎么回事，有个盗墓兵说可能是雪墓婴灵惹的祸。提及雪墓婴灵，肖曳心里一骇，营地四周确实存在不少灵异因素，田小花在西安已经不爱说话，这不可能和雪墓婴灵有关系。想起侯宝轮他们的死，他总感觉和这事有联系，可是他又说不清楚哪里不对。

回头再看田小花的时候，她的脸蛋已经开始变得又红又肿。君含笑皱着眉头哭丧着脸，肖曳安慰了她几句，君含笑才停止抽泣。没有人说得出原因，肖曳也没有办法，叫人拿出床架把田小花安置在营帐里面，肖曳知道她的体温一直在上升，又叫人提来两桶水放在一边。他嘱咐君含笑要时常给田小花以冷水擦身，然后自己去找人帮忙。

可是，君含笑死活不肯让他离开，问他是不是去找麻豆？肖曳没有什么好说的，他心里第一个想找的人的的确确是麻豆。君含笑纠缠了半天，说什么都不听，眼看田小花就快要烫死自己了，肖曳只好答应她不会去找麻豆而是找其他人。君含笑这才答应让他离开营地。

肖曳走出营地后找了一匹马然后往林区跑去，既然不可以找麻豆，找花面郎总是可以的。在长白山山区兜兜转转好几圈，眼看就要天黑了，僵尸猎人一个都没有找到。肖曳知道，此时回去，已经太晚了，所以他就地拉起一个小帐篷，再说了，像花面郎这一伙藏在长白山深处的僵尸猎人，他们多半喜欢晚上行动，他现在只希望田小花身体不要再升温，她还可以再支撑一个晚上。在小帐篷前面生了一堆火，他拿出一壶酒嘟嘟喝了几口，接着拿出几块麦饼咀嚼起来。幽夜降临，雪花没有白天那么大却还在稀稀落落地下着。

长白山林区树影重重，各种奇怪的叫啸从深山里面传出来，在这一片白皑皑的世界里面，凶禽猛兽何其多？肖曳手里抱着一把匕首，放在小帐篷门口处的枪也填满弹药。他知道，在这种山林深处，叫爹爹不应，叫娘娘不回，自己要是遇到什么麻烦只有靠自己了。

到了三更的时候，肖曳眼睛有些迷糊了，打了一个盹，耳边便传来一声厉啸，他还以为是东北虎，就地站起来朝四周看了几眼。四周显得很安静，他还以为自己做了梦，稍稍安慰自己，往火堆里面加了几条柴火。可他刚刚坐下，林子里面又传来一声咆哮。

肖曳感到有些不对劲，他拾起一根火把朝着咆哮声音走去，大概走了两百多米，前面突然出现七个人影，人影摇摇晃晃地向自己走来，远远看上去就好像七个醉汉。肖曳赶紧把手里的火把扔在地上熄灭，他紧跟着躲进一棵大树后面。前面传来一阵阵的呻吟声，这七条人影像是遭受了皮肉之灾，又是一阵皮鞭狂抽的声音。

在荒无人烟的长白山深林突然走出来七个人，对肖曳而言，这有些不对劲。由于火把被自己熄灭，他也看得不是很清楚，已经是三更天怎么还会有人夜行呢？种种匪夷所思让肖曳的心砰砰然。七条人影渐渐靠近，眼看就要从肖曳的眼前走过去，寒风里面传来噗的一声，肖曳心跳了一下，眼前的七个人突然化成一阵烟雾不见了。

肖曳揉了揉眼睛,他感觉是不是自己半夜眼睛花了?可是回想起来,明明有七个人,他走到那一团白烟里面,烟雾带着一种奇怪的味道,有点像是熏肉。肖曳郁闷至极,白烟里面没有一个人,他重新将火把点燃,火光闪耀,他将火把一挥,地上居然躺着七具已经腐烂了的尸体,尸体高矮不一,都是东北汉子,年纪在三十岁左右。它们赤裸着上半身,皮肤已经腐烂,骨肉镶嵌,腥味扑鼻,特别是头部,有些尸体眼珠子已经滚出眼眶挂在颧骨位置。

肖曳已经是一身的鸡皮疙瘩,他晃着火把,看着眼前纵横的尸体,刚刚在夜间行走的是它们吗?就在此时,林间吹来一道刺骨的寒风,眼前的尸体嘴巴里面突然发出一种咕噜咕噜的奇怪声音,这些尸体如同被控制了一般,其中三具突然一招"鲤鱼打挺"爬了起来,它们呜呜叫着扑向肖曳,样子狰狞恐怖。肖曳轻叱一声举起火把就往一具尸体身上戳去,那具尸体被火烧身痛苦倒地。其余两具尸体一前一后把肖曳拦住,肖曳一个扫堂腿把两具尸体同时撂倒。

紧跟着其余的四具尸体也一一爬了起来,它们晃动着即将生蛆的身体张牙舞爪。肖曳手里晃着火把,尸体倒不敢靠得太近,虽然不知道这些尸体为何活生生对付自己,肖曳心中还是有几分惊吓。他一直听说长白山深处存在众多的"养尸地"。盗墓多年,行尸、毒尸、活尸、僵尸他是见过多了,遇到七具活死人一起对付自己这还是极少遇到。

仗着火把跟死尸周旋了十多分钟,只听到林间一声口哨,眼前的四具尸体一条接着一条倒在地上。肖曳愣住了,林中走来一人,又是一声口哨,地上的死尸再一次一具接着一具爬起来,然后排成一队鱼贯走进深林里面。

死尸背后果然有人在操纵，肖曳循着口哨声看去，一条人影走进他的眼帘，那人已经嘻嘻笑着说："嘿！又见面了，怎么三更半夜跑到这里来做什么呢？"

肖曳听到说话声音后知道是僵尸猎人花面郎，他笑了，这一趟不就是找花面郎来了吗？他笑道："你说我大老远跑到这种死尸横行的深山老林里面做什么呢？"

花面郎问："你问我我怎么知道？你该不会是改行了吧！不做盗墓贼做僵尸猎人。"

花面郎这时已经走到肖曳面前，面对他的问题，肖曳没有回答，他把花面郎带到自己的小帐篷前面，两人互喝了一口酒后，肖曳说："不瞒你说，我是来找你的。"

花面郎有些意外："找我干吗？唉！本来今晚我以为有什么收获，想不到遇到你了，我知道每遇到你我总会遇到麻烦事。"

肖曳呵呵一笑："今晚你有行动吗？我不知道呢！对不起喽！"花面郎跟肖曳说，本来今晚他测出此地有死尸出没，本想过来以尸猎尸，却被肖曳给搅乱了。当然，花面郎这人阔气得很，也没跟肖曳计较什么，问清楚肖曳的目的，他倒是有些犹豫了，他说他并不会医病，但是田小花的状况他好像在哪里见过，心里没有任何的把握。

听到花面郎这一番话，肖曳欣然无比，无论如何也要花面郎去见田小花一面。花面郎最后说不过肖曳，眼看田小花危在旦夕，他只好跟着肖曳走了。两人虽然交情不深，但花面郎对肖曳还是有些好感，总不能眼睁睁看着肖曳的朋友田小花死掉，尽管自己去了也不知道有没有用。也就这样，两人马不停蹄地往"寻龙部队"营地赶。

回到营地的时候已经天亮,匆匆忙忙地钻进田小花休息的营帐,里面却是莺声燕语嬉笑连连,田小花和君含笑正聊着天呢!看到肖曳和花面郎走进来,君含笑说道:"去了那么久你去哪里了?"

肖曳看了一眼田小花,田小花此时跟昨天根本就是两个人,昨天的田小花浑身发烫躯体热得跟一只被煮的螃蟹差不多,眼前的田小花面色红润精神抖擞,看不出哪里不对劲。肖曳知道田小花身体已经没有大碍,他感觉自己花费一大晚上帮忙找高人还险些给死尸杀死全白费了。他有些失落地说:"没事了就好。"

田小花走到肖曳面前说:"我也不知道怎么回事,我自己睡了一觉就变成这样了。"

肖曳淡淡地说:"身体好起来就大吉大利了。"

听田小花这么一说,他还能怎么办呢?他搭着花面郎的肩膀走出营帐,花面郎突然对闷闷不乐的肖曳说:"那个女娃娃就是你叫我帮你救治的人吗?"肖曳点点头,他感到花面郎的语气不对,他问:"怎么了?没事吧?"

花面郎低声在他耳边说:"看上去有些不对劲呢!不过,我是不知道哪里不对。"花面郎常年和古墓尸体打交道,经验不比肖曳少,听到他这么一说,看到田小花好起来后心中欣慰不少的肖曳也感到有些不对劲。他跟花面郎说:"管不了那么多,只怪我一时冲动,你少猎几只僵尸不妨碍你伙食费吧!"

"哪里,哪里,咱们之间没必要这么见外,哟!对了,我得跟你说件事。"

"啥事?"

"凫臾古墓,你懂吗?我听说你要找的东西就在这座古墓里面。"

"然后呢？"肖曳对花面郎这话感到有些奇怪，麻豆刚刚告诉他"龙骨刀"在"凫臾古墓"之中不久，花面郎怎么会知道呢？看样子这个消息有不少人知道了。花面郎接着说："那座古墓很奇怪，我想说你要是去的话最好小心一点。"

肖曳听到花面郎这么说，他问："你知道这古墓的地址吗？"

麻豆说"凫臾古墓"的时候，肖曳一直很纳闷，关于"凫臾古墓"他知之甚少，更别说古墓在哪里了，听花面郎的嘱咐，看样子他对这个古墓很了解。花面郎眯眯眼，说："这是个禁墓，里面邪气很重，我们这些僵尸猎人几乎没有一个人敢到那座古墓里面去。"

话罢他把"凫臾古墓"的地址写在肖曳的手掌心上，肖曳弄明白之后对花面郎是感谢感谢再感谢。他本还想邀请花面郎跟他一起去"凫臾古墓"，花面郎却一直说自己胆小怕死不敢碰那个鬼墓，肖曳不好纠缠他。

花面郎临走的时候给了肖曳三支银针："我想这'三才神针'可能会对你有很大的帮助。这个可是我们家的至宝，一直给我保命用的，这回遇到你算我倒霉，你拿去用吧！不过，我始终得劝告你一句，不要去打'龙骨聚魂棺'的主意，这是我的真心话。"花面郎走后，肖曳把那三根所谓的"三才神针"藏好，对于花面郎留给自己的一番话，他已经彻底无视，进入"寻龙部队"之后，他已经和"龙骨聚魂棺"死杠上了。而且，那么多人想得到埋在"禁龙地"里面的"龙眼秘藏"，多自己一个也不算多。

送走花面郎之后，肖曳便安排五个盗墓兵陪同自己去花面郎说的"凫臾古墓"。

## 第十一章　凫臾诡墓

"凫臾古墓"的藏棺地位于扶余县县郊,据说已经有上千年的历史,这个墓穴四周时常出现一些鬼雾,普通人误入鬼雾之中便会被恶鬼拖走。在当地向导的带领下,肖曳找到了"凫臾古墓"的所在地,一座看上去并不是很高的山丘。

向导说这个山丘以前没有名字,有人被恶鬼拖走之后才被称呼为"鬼雾岭"。肖曳他们进入鬼雾岭的时候,雾气确实很重,向导有些害怕,他说不想再往里走了,肖曳没有勉强他。等向导离开之后,面对茫然大雾,前面几乎看不清楚路面,肖曳无奈之际让大伙儿就地休息。同行的五个盗墓兵已经累得气喘吁吁,他们放下行囊,这些盗墓兵都是盗墓贼出身,看到鬼雾岭这种恶劣的环境,他们也心惊胆战的。

肖曳说:"再往里面走的话我们之间可能见面都看不清楚,等一下大家都拴在一根绳子上面,一来不会走丢,二来谁有事就扯一下方便大家营救。"

听到肖曳的话,盗墓兵徐方武说:"这话啥意思?难不成鬼雾岭里面真的有鬼吗?哈哈!"其余的盗墓兵跟着哄堂大笑,肖曳则笑得很无奈,对于他们这些盗墓贼而言,"鬼"这种东西根本不存在,这个世界上匪夷所思的东西很多,"鬼"除外。他们几个盗墓兵出道甚早，出入的古墓数都数不过来，死尸见多了，鬼倒是没有见过。

肖曳看得出兄弟们状态很轻松，面对一层层的大雾，他还是提醒道："当地人这么害怕，说明这鬼雾是有问题的，咱们小心为上，而且我不敢保证这雾里面除了我们没有其他人。"肖曳的这话倒是让几人一惊，他们停止笑声，因为他们均听到了一个奇怪的声音。这声音有点像是箫声，如怨如诉，婉转悠然，声音像一道凌厉的北风肆虐着鬼雾岭的迷雾。大家觉得有些毛骨悚然，一个一个站起来，探头四望，声音飘渺虚无，根本听不清楚是从哪个方向传出来的。

过了一阵子，声音变得很凄凉，就好像一个怨妇在深夜里面喃喃自语。众人感到一阵寒意，肖曳低声说："这是骨笛，咱们小心点。"

他掏出一根绳子叫大家都系上，徐方武轻声说："老大，这是摄人魂的诡墓骨笛吗？这声音会不会……"他显得很焦虑，说了一半，肖曳打断他："嘘！别说了，有人来了。"

鬼雾岭外面果然有一个脚步声正向他们走来。几人面面相觑，肖曳招手示意他们找个隐蔽的地方蹲下。找到隐蔽点后，肖曳从怀里掏出一把短刀，虽然不清楚后脚跟进来的人是谁，但是他已经做好刺死对方的准备。

进入鬼雾岭之前，他就感到有些不对，特别是那个带自己进来的向导，他总是结结巴巴说不清楚，好像对他们隐瞒着什么。脚步声渐渐靠近，没多久，一个人影出现在雾里面，耳边的骨笛声音戛然而止。肖曳还没有来得及反应，身边的徐方武已经大喊一声奋身跳出隐蔽点，他手拿着一把匕首往那个人影冲过去。

迷雾重重，两条人影交缠在一起。徐方武先动手，其他的盗墓兵也纷纷从隐蔽地冲出来。肖曳觉得自己的士兵冲动了一些，但是敌人已经靠近，他没有什么好说的，只希望能顺顺利利地将敌人擒拿。

他从隐蔽点走出来，前面却是惨叫连连，一个女人的声音不紧不慢地说："嗨！肖曳，你就带着这几条窝囊废来鬼雾岭吗？"

听到这个声音，肖曳先是傻了，后是叫徐方武等人赶紧收手，他走到前面，徐方武五人已经躺在地上，脸上青一块紫一块看上去伤得不轻。

肖曳叹了一口气说："麻豆，你至于下手这么狠吗？"

麻豆的身影在肖曳的眼前渐渐清晰，她跟肖曳说："有意见吗？鬼知道袭击我的人是你的盗墓兵。"肖曳弯下身子把受伤不轻的徐方武几人扶起来，麻豆不冷不热地讽刺他说："我还以为你自己一个人来呢，你带上他们岂不是叫他们送死吗？"肖曳显得很生气，他冷冷地说："你呢？自己一个人来也没什么大不了。"

麻豆说："嗨！好女不跟男斗，你们刚刚听到那一阵骨笛声了吗？"

肖曳点点头，麻豆继续说："有点意思了。"

肖曳并不理解麻豆的话，麻豆拍拍肖曳的肩膀说："走吧！你们这样子待着小心迷路了。"她告诉肖曳，这里的雾气带有一定的毒性，不宜在里面待太久，不然整个人就会浑身无力，不能动弹，最后饿死。她解释完毕后已经大步往前跨去，前面的雾很浓，几乎看不清路的方向，看到麻豆大大咧咧勇往直前肖曳几人全傻了眼，他们赶紧拿起自己的行李快步跟在麻豆的身后。麻豆不知道是不是有透视眼，她完全没有被迷雾阻挡掉视线，大家跟在她背后，她也没有说什么只顾快步地往前面走去。

走了十多分钟，前面的雾显得薄了许多，能见度也增加不少。随着雾气变得稀薄，一座百米多高的山丘出现在他们面前，奇怪的是，这座山丘上面没有长一草一木，光秃秃的全是泥土石头。大家惊讶的时候，那阵诡异的骨笛又呜呜地响了起来，肖曳有些气愤："到底是谁在装神弄鬼？"

麻豆笑道："别急，这事没有那么简单。"

肖曳说："你老实跟我说，除了你之外还有谁知道'龙骨刀'埋在'凫臾古墓'里面？"对于麻豆，他确实不是很放心，这个女人城府太深了。

麻豆说："我找到那个老盗墓贼的时候他已经奄奄一息，我费了九牛二虎之力才唤醒他，他说出'龙骨刀'所在之后便断气了，我怎么知道之前谁对他进行了严刑拷打。"听得出来，麻豆这是一番大实话，肖曳心里虽然不是太相信，但是他也不知道说什么好，身边的徐方武此时却嚷嚷道："地上……地上……地上全是骷髅。"

大家听他这么一叫嚷都看自己的脚下，此时，大家一片哗然，哪怕是见多识广，他们也被眼前的这番景象吓坏了。地面上丢满了白骨骷髅，死状各异，惨不忍睹。

一道寒气逼来，大家直哆嗦，徐方武低声说："看来这地方并非什么好地方。"

肖曳诡笑道："是好地方咱们就不来了。"他总算明白花面郎好心劝告自己不要来找"凫臾古墓"是何种心态了。面对满地的白骨，如同古代的沙场，在肖曳面前已然是一片杀戮之地，这里面到底发生了什么？只怕已经被掩盖在层层迷雾之中。麻豆指着前面的那座百米小土丘说："'凫臾古墓'就在那儿，我们过去吧！咱们眼前的东西都是幻觉，别太在意。"她说完就往前面的小土丘走去，肖曳俯身捡起一块白骨，他哭笑不得地说："捏在手里阴森森的，这算幻觉吗？"

当然，他也顾不上那么多，叫上徐方武等赶紧随同麻豆向小土丘靠过去。矮丘这边寒气极重，几人徒步过去，身上虽然穿着厚厚的棉袄几人依旧感到寒意。随着一条小路爬上百米多高的山丘顶部，一个巨大的圆坑出现在他们的面前，几人围着圆坑往里面观望，圆坑深邃幽暗完全看不到底，在坑壁上有一层台阶往里面走去。

麻豆二话不说已经迈入台阶，她快速地往圆坑走下去，没多久便淹没在黑暗之中。肖曳知道这口圆坑里面便是"凫臾古墓"的所在地，看上去虽然诡异无比，他心底里面还是没有多大的担忧，对于盗墓贼而言，见到了墓眼，这便是好事情。

他吩咐徐方武等人整理出几个火把来，有火把的照明之后几人一个接着一个往圆坑里面走去。进入圆坑之后，跟着石阶一步一步往里面走，大概走了五十米，前面传来麻豆的声音："你们先别过来。"肖曳等人站住了脚，肖曳问："出现什么状况？"

麻豆没有回答，此时石阶已经到了最底一阶，在这里有一条两米多高的墓道，墓道直通前面，看上去弯弯曲曲也不知道通往何处。在肖曳心里，当然，墓道自然是通往墓室，可是他感到有些奇怪，麻豆已经走到了前面，她为何不让他们跟上呢？过了十多分钟，麻豆依旧没有声音，肖曳更加不安，他举着火把快速往前面跑去。

走到麻豆发声的地方，麻豆的人并没有出现，倒是地上流淌着一摊血。肖曳弯下腰把手指伸进血液里面，血还有些温度，新鲜得很。麻豆的吗？肖曳站直身子，徐方武等人已经跟了上来，肖曳左右看了几眼，墓道只有一条，麻豆怎么会消失了呢？徐方武问："以我的经验，我肯定墓棺就在前面，咱们赶紧吧！这鬼地方阴森得很。"

不由肖曳拿主意，他已经带着其余四位盗墓兵走向前去。肖曳心中疑虑重重，心想，既来之则安之，他也顾不上麻豆的安危，跟在徐方武等人身后缓缓行走。墓道很深，像是一条地下水道，怎么走都没有看到尽头。肖曳走在众人后面，他总感觉背后有个人在跟着他们，虽然不知道是不是自己的错觉，他回头看了几眼，后面阴暗一片并没有人影。

可是当他回头看着前面五个盗墓兵的时候，他发现徐方武的队伍里面多了一个人，这个人缓缓跟在徐方武的身后，身材和自己差不多，奇怪的是，走在那个人后面的四个盗墓兵一点也不怀疑。加上自己和徐方武五人墓道里面一共有六个人，如今多了一个。

肖曳看得很清楚，那人并非麻豆。他想跑上去揪出那个人，那个人却突然回头看着自己，面对那个人，肖曳吓得一身鸡皮疙瘩，那人居然长得和自己一模一样，完全就是自己的复制品。那人对肖曳露出一丝邪恶的笑容，肖曳愣着，他根本说不出一句话。正想叫徐方武等人小心，那个人已经趴在徐方武的身上，看到那人张着嘴巴就要往徐方武脖子咬去，肖曳立马冲上前去一把拽住那个人然后和他扭打成一团。

过了一会儿，只听到徐方武痛叫着："老大，你搞什么？我是老徐，你疯了吗？"

其余的盗墓兵也不停地叫唤着肖曳的名字，肖曳感到一片懵懵然，他抬头看着徐方武等人，徐方武脸上肿了好大一块，他趴在地上，自己正好掐着他的脖子。看到这一幕，他赶紧松手站了起来。他摇摇头，感觉自己的脑袋特别的沉重。徐方武爬了起来，他问肖曳："老大，你没事吧？刚刚你好像……"

肖曳赶紧摆摆手，他没有什么好说的，跟徐方武说了一声对不起后继续往前面走去。徐方武等人虽然抱着怀疑，但他们还是跟上了肖曳，继续往前走去。肖曳知道墓道里面有邪气，自己撞上了一次，他可不想自己的伙伴也遇到。一边往前走一边仔细观察，墓道里面突然响起来一阵骨笛声，笛声哀怨无比，像是为死人吹奏的曲子。

徐方武等人都停住，肖曳回头看了他们一眼，他发现他们脸上纷纷露出一种极为疲惫的表情，紧跟着昏昏欲睡。他知道这是骨笛在影响他们，他跑到徐方武面前赏了他两个耳光，徐方武被打醒之后看着肖曳："怎么回事？"

肖曳严厉地说："不要心不在焉，小心笛声。"

徐方武立马提高警惕，接着去将其他的盗墓兵叫醒，其他人浑浑噩噩，被叫醒之后才知道自己险些昏睡过去。肖曳告诉他们，这墓道里面的笛声很危险，一旦被催眠了极有可能再也醒不过来。到了此地，肖曳有些纳闷的是吹骨笛的人会是谁呢？墓道里面除了他们之后就剩下麻豆了，难不成是麻豆吗？又或者是其他人吗？肖曳不觉得麻豆会陷害自己，可是仔细想想，自己和麻豆无非利害关系，麻豆为了得到"龙骨刀"也没有理由不害死自己。

骨笛声渐渐变弱，前面突然出现麻豆的声音："肖曳，你们快过来，救救我，救救我……"麻豆的求救声让肖曳感到意外无比，本来还想着麻豆就是吹骨笛的人。这下子，也不知道哪里来的勇气，肖曳甩着火把就往前面跑去，跑了五十多米，前面冒出一道火光，麻豆可怜巴巴地蹲在地上，在她身后插着两根火把。

看到肖曳之后，麻豆低声呜呜地说："对不起，对不起。"

为什么要说对不起呢？肖曳在离麻豆七八米外站住了脚。因为他有些不敢相信前面的这个人就是麻豆，听声音是没有错，只是麻豆一直蹲着，头也不抬，双手被反绑在身后，形象与之前完全是两回事，现在的她蓬头乱发如同一个乞丐，看上去好像遭到了一番凌辱似的。知道自己来后，嘴巴一直喃喃不停说对不起，这不像是麻豆的风格。

肖曳是个有心的人，稍有一点不对头他都会小心。徐方武等人此时也跟上来，看到麻豆一个人蹲在前面，他们也感到很诧异。徐方武低声说道："古墓执刑人吗？"

他这话提醒了肖曳，在古代的某些古墓之中会安排一个古墓守护神，也就是盗墓贼经常提到的"执刑人"，古墓执刑人常年潜行于古墓之中，暗中秘密保护古墓安危，遇到侵犯古墓的人或者其他动物，它们立马以"执刑人"的形象出现将侵犯者杀无赦。花面郎一直说"凫臾古墓"很邪，原来指的是这里有极为难见的"古墓执刑人"。

遇到古墓执刑人可是盗墓贼面临的最大麻烦之一，因为古墓执刑人并非是有肉体的东西，它们无声无色无形无味，看上去就好像一股神秘力量，要对抗这种力量，实在没有办法，所以才会那么的令人畏惧。花面郎的劝告总算灵验了，麻豆如同一名犯人，在她身后的两把火熊熊燃烧着，眼看就要烧到她身上了。

徐方武不忘说一句："这是火刑。"

肖曳的心万分忐忑，他不希望麻豆在自己的眼前被活活地烧死，麻豆现在看上去疲软不堪，身形极为孱弱，她似乎想逃跑可是

第十一章　凫臾诡墓

她又动弹不了，因为恐惧而在不停地发抖，嘴巴里面不停地说对不起，这是对自己的忏悔吗？古墓执刑人看来套中了她，难怪麻豆刚刚进来就消失了，原来是被古墓执刑人抓到了此地。这算是杀鸡儆猴吗？当着肖曳等人的面对麻豆执行火刑。肖曳喊道："麻豆，你坚持住，我马上去救你。"

肖曳想上前去，徐方武却拉住他："老大，别去，危险得很。"

肖曳看着徐方武："你来搞定。"

徐方武点点头，肖曳也放心了，他刹住脚步。徐方武此时从身上拿出一把血红朱砂，他将朱砂抛向天空，嘴巴里面念念有词，跟着又拿出一把小米往地上撒出一个八卦形状。肖曳站在一边，看着徐方武不停地比划说唱，他知道徐方武在他的部队里面算是最资深的盗墓贼之一，应付"古墓执刑人"，他自己是应付不来，徐方武肯定有办法。徐方武的背景可是来自湘西，那地方巫咒盛行，符箓禁咒对于徐方武而言算是小意思。

对付"古墓执刑人"，除了以毒攻毒，以咒解咒之外别无他方。徐方武念叨了半天，位于麻豆身后的那两个火把随着他的法术渐渐变得弱起来，肖曳知道徐方武就要成功了，他心中涌起一丝愉悦。耳边徐方武念叨："朱砂白米鬼绕梁，借酒问仙借个道；酒仙酒后抬大轿，大鬼小鬼来开道。"

他念完之后，手里剩余的朱砂小米远远地全部撒到麻豆身上，此时，一道阴风路过，麻豆身后的火把瞬间熄灭，麻豆惨叫一声趴倒在地，她的嘴上呕吐了一大摊的黑血。肖曳快步上前去扶起麻豆，麻豆干咳不已，她看着肖曳："我太大意了。"

肖曳笑道："没事了，没事了，下次不要再这么自作主张，这次多亏老徐。"

肖曳回头看着老徐，老徐一脸的憔悴，很显然他面对的"古墓执刑人"并不好对付，他功力消耗了不少。徐方武盘坐在地上，他均匀地呼吸着，其余的盗墓兵对他刚刚的表演可谓啧啧称奇。以前，肖曳也不相信禁咒这类东西，更加不相信古墓之中存在所谓的"执刑人"。这么一来，他心里防备之心也加强不少。麻豆身体还是很虚弱，她站起来跟徐方武道谢，徐方武徐徐点头并没有说什么。

麻豆和徐方武看上去都很疲惫，肖曳没有让大家继续前行而是原地休息。墓道越来越阴森，外面的寒气不停地往墓道里面填，几人围着火把坐着还是有些发自内心的寒意。肖曳问徐方武："古墓执刑人还会出现吗？"

徐方武轻声说："暂时是离开了。"麻豆立马叫道："这么说它还会回来吗？"徐方武模棱两可地说："它不会那么容易让咱们拿走古墓里面的宝物，我想，它还会回来吧！我没有能力去彻底毁掉它。"说到这里，肖曳站了起来，他说："那咱们得加紧时间了，不然的话……"

大家都意识过来，麻豆的遭遇大家也亲眼目睹，要是古墓执刑人再一次出现把大家都抓起来行刑，可以想象，到时候对付在自己身上的就不止是火刑这么简单了，有可能是粉身碎骨或者是形销身灭。徐方武的话让大家刚刚平静下来的心又涌出无数的恐惧。

肖曳拿起火把继续前行，大家伙也纷纷跟上，说来也奇怪，墓道已经走了差不多几百米了，它的尽头一直没有出现。这座古墓修建的时候到底是一个什么状况呢？为何修建这么长的一条墓道？躲过了古墓执刑人之后前面又会出现什么危险呢？几人战战兢兢地往前走，越走越觉得有些不对劲。

徐方武对肖曳说："老大，你有没有觉得这像个迷宫呢？"肖曳理解徐方武的想法，深深不见底，对于谁来讲都是很恐怖的事情。

麻豆回答说："难不成我们走错地方了吗？"

肖曳看着麻豆："这话怎么说？"麻豆说："我遇到那个老盗墓贼的时候，他好像很不情愿告诉我'凫臾古墓'的位置，我逼着他讲出来的时候，他看上去很开心，似乎在跟我说，我死掉了你也差不多了。"

肖曳听完冒了一身冷汗，看来那个老盗墓贼是有意保护古墓，他给麻豆指了一条不归路，麻豆果然是上当受骗了。"凫臾古墓"是来对了，入口却错了。麻豆啐了一口骂道："这个老东西居然想害死我，他一定了解古墓之中有执刑人。他奶奶的，我差点就死了。"肖曳安慰她一句："已经进来了，我想我们没有什么好抱怨的。"

麻豆还是有些不甘心："这古墓肯定还有别的入口。"话虽如此，正常的入口又在哪里呢？古人设计的古墓，为了防盗墓，古墓的入口都会多设计几个，设计的入口里面机关布置也不会少。

进入此道，肖曳也认栽了，他犯了一个错，他应该仔细查看古墓的入口再做选择，现在他有些盲目跟从麻豆。肖曳说："看上去我们现在应该安全了，走了那么长时间了，墓室估计也快到眼前了。"他还是信心十足，作为盗墓贼的头目，他不相信自己也得相信自己的部下，像徐方武等人都是常年出没于各种古墓的盗墓贼，他们总会把遇到的困难解除掉。麻豆倒是忧心忡忡，她跟肖曳说："你想过没有，你会死在这里？"

肖曳苦笑："为什么这么想呢？"

麻豆无奈地说："这是我见过的最邪气的一座古墓。之前我不知道它会这样，我觉得我太儿戏了。"肖曳有些不理解她的话，他说:"别担心,好吗?我们都会活着出去。"麻豆苦着脸说:"我老爹也是死在古墓里面,呵呵!盗墓贼都会死在古墓里面吗?老爹常说,一个人,他靠什么活儿过日子,死的原因都是因为他靠着过日子的活儿。盗墓贼死在盗墓的路上,你说呢?"肖曳呵呵笑道:"你这不是诅咒我们吗?"

麻豆沉声说:"没有诅咒,我是认真的。"

肖曳无话可说了,经历"古墓执刑人"折磨之后,麻豆显然变得脆弱了许多,看上去都不再是那个大大咧咧的女盗墓贼了。两人谈到此,前面的徐方武突然停下,他挥着火把,嘴巴里面惨然说道:"这些王八蛋都死了,前面一定有什么厉害的角色。"肖曳跟上来,墓道前面居然躺着几条尸体,尸体上面刚刚出现了尸斑,看上去死了也没多久。走近的时候,尸体死得很惨,胸口被某个大爪子抓开,里面的血肉内脏全部被掏空,看上去是被某种大型食肉动物当做粮食了。面对血淋淋的地面,大家一阵唏嘘,互相看着,惨死的人里面,虽然没有认识的人,但他们的死状让几人有些犹豫不前。

麻豆的情绪突然很激动:"会死吗?我们都会死,对吗?"

肖曳抱住她在她耳边安慰:"不要害怕,有我呢!"

徐方武回头问肖曳:"老大,你说这会是谁干的呢?"

肖曳松开麻豆,他走到那几条尸体面前,仔细查看一番之后他说:"像是某种动物,古墓之中寄生着一些猛兽也不是没有的事情,这条墓穴这么深,猛兽拿来当做栖息之地还是不奇怪的。估计是东北虎这类的,也有可能是巨蟒。老徐,你们害怕了吗?"

徐方武他们被肖曳一问都不敢作声了,对于徐方武而言,他并不擅长和野兽打交道,其他人也如此。肖曳拔出一把匕首,他大声地说:"走吧!真要是什么凶残之物,我来对付就是了。"他带头前行,其他人没有异议,他们对肖曳也很了解,肖曳有些功夫底子,对付野兽这类的还是很有把握。

几人再往前走,墓道突然变得暖和起来,说来很奇怪,阴寒无比的墓道在这一段居然跟一个火坑一样,寒气再也没有出现。徐方武都忍不住要把自己的棉袄扯开透透气,这么暖和的地道他还是头一次遇到,而且越往里面走渐渐变得炎热起来。

大家纷纷宽衣解带,麻豆跟肖曳说:"咱们还是先离开吧!我感觉咱们这是去送死。"

她的话刚刚说完,走在第一的盗墓兵路彪突然惨叫一声整个人像是被鬼拖进地狱一样埋入了墓道下面。大家前来围观,墓道前面居然出现了一个大坑,大坑将墓道中断,前后有四五米宽。

往坑底看去,里面极深,盗墓兵路彪掉下去的时候已经看不到他的身影。肖曳在坑边喊了路彪几声,坑里面静悄悄的没有人回答。徐方武跟着喊几声还是没有路彪的回答,肖曳摇摇头说:"估计死了。"他感到很遗憾,如果走在前面的不是路彪也许就不会掉进坑里。可是墓道黑幽幽的,路面看上去也不是很清晰,地面突然坍塌谁也意料不到。徐方武叹了一口气说:"这也是命。"麻豆叫道:"前面没有路了,我们回头吧!我不想再待下去了。"

肖曳看着前面,火光照耀之下,前面的坑完完全全把去路拦下,几米之宽,寻常人哪里敢纵身过去?肖曳有些无奈了。坑底这时候传来路彪的惨叫,惨叫声一阵一阵的,路彪如同遭受千刀万剐之刑,坑底黑暗无比,他们完全不知道路彪掉下去后遭遇了什么。听着路彪的惨叫声,大家浑身都在哆嗦,太惨了,刺中了各人的心房。

## 第十一章　凫臾诡墓

路彪的惨叫声回音荡漾，整条墓道都充斥着这惨叫，一直到路彪彻底死掉。各人已经被惨叫声叫得头皮发麻，肖曳痛心地说："咱们想想办法，咱们不能白来，这道坎我能过去，你们谁能跨过去就跟着来吧！"路彪的死让肖曳更加坚定要拿到"龙骨刀"，对于面前这个几米之宽的坑，他有十足的把握跃过去，他只希望其他人可以跟上，他不想放弃任何一个人。他也不希望放弃"龙骨刀"，既然已经到这个地步，他也没有什么好说的，人都死了，这时候全身而退，对得起死去的路彪吗？有时候，肖曳就是不信邪的人。

他这么说，麻豆抹抹眼眶涌出的泪水，她呜咽着说："我可不愿意再走下去，你们谁想死谁就去吧！"肖曳对麻豆没有什么好说的，麻豆看样子已经放弃了，这看上去不像之前的麻豆，但是他还是会尊重麻豆的选择。反正自己是要一如既往地走下去，没有见到"龙骨刀"之前，他是不会离开这个古墓的。

徐方武跟肖曳说："老大，你都放狠话了，我也不怕跟着你送死。"

其余三人也表示要一起走下去，甚至说要给刚刚死去的路彪报仇。肖曳得到他们的支持，心里不再那么纠结，他研究跨过深坑的时候，徐方武突然跟他说："坑里面好像有什么东西在往上爬。"肖曳来到坑前，低头往里面看去，在徐方武的火把照耀下，坑里面果然蠕动着无数的黑影，黑影一条跟着一条扭动着身躯沙沙沙地粘着坑壁往上爬动。

看到这一幕，肖曳傻住了，虽然不知道坑底装的是什么东西，但他知道路彪便是被这些蠕动的黑影杀害的。其余的人都好奇地跟过来，看了许久，有个盗墓兵叫道："是黑蛇。"

黑影也慢慢地出现在火光之中，一条条，一串串，密密麻麻的看上去有成千上万。那个盗墓兵说得没有错，坑底里面拼了命往上爬的正是一条条手臂粗的黑鳞蛇，它们吐着血红的蛇蕊，嗞嗞叫着交缠成一串串地往上爬动，由于阵容过多，不少蛇还被后面往上爬的蛇挤下去，看到这里，大家伙都愣住了。

麻豆更是惶恐不安地叫道："黑蛇窟，我们钻到黑蛇窟里面来了。"

肖曳回首问麻豆："你知道这个地方吗？"

麻豆说："'凫臾古墓'四周有四个保护窟，黑蛇、玄龟、红狐、金蛙，这四个窟以青龙白虎朱雀玄武之势环绕在古墓四周，凡是闯入这些保护窟里面的人都会葬身于此。你们快看，是路彪的尸体，它们在向我们示威。"

大家听完麻豆的话往黑蛇窟里面看去，一团黑色涌动着往坑上面挤，一具血淋淋的尸体在蛇群里面渐渐地露出来，尸体的脸还没有被咬坏，大家看得出这是路彪的脸，表情万分痛苦。路彪的身体已经被黑蛇疯狂撕咬，仅剩下一具白骨，上面只粘着一层皮囊而已。蛇群涌动，路彪的尸体也跟着舞动，黑蛇要把路彪的尸体送上来吗？站在坑上面的几人已然心寒，徐方武问肖曳："怎么办？"

肖曳很果断地说："烧死它们。"他说完将身上的棉袄脱下来，棉袄被扔到火把上燃烧起来，随即他将熊熊燃烧的棉袄往黑蛇窟里面扔去。燃烧的棉袄正好落在路彪尸体上的棉袄上，两件棉袄一起燃烧，大火熊熊，黑蛇群被烈火炙烤着发出一阵阵嗞嗞尖叫。

一股蛇肉烧焦的味道涌出黑蛇窟，这时候，徐方武等人也将自己身上的棉袄脱下来扔到黑蛇窟里面，几件棉袄燃烧起来，黑蛇窟变成了一个大火坑，里面的黑蛇纷纷往坑底逃窜，被烧焦的黑蛇粘成一团，焦味浓浓。

趁黑蛇群被大火燃烧，肖曳叫道："走吧！别让它们卷土重来。"他后退十多步，加速之后奋力往黑蛇窟跃过去。他弹跳能力惊人，一跃便到了大家的对面。徐方武等人也抓住这个机会纷纷往黑蛇窟对面跳过去。唯独麻豆，她死活不肯走，肖曳劝说半天，她无动于衷，最后一边哭着一边大喊："你们都会死，你们全都会死。"肖曳还想劝说她，只看到她嚎啕大哭，嘴巴里面喃喃自语，他犹豫了。麻豆蹲在坑边继续哭泣，肖曳还没有来得及劝她先回去，她突然站起来一边抹泪一边抬起自己的脚往黑蛇窟踩下去。

"麻豆，你别傻了！"肖曳惊愕地喊出来。麻豆已经坠入了黑蛇窟里面，谁也没有拦得住她，黑蛇窟里面火焰还在跳舞，往上爬的黑蛇群死的死逃的逃。肖曳靠近大坑，往坑里看去，麻豆的身影已经消失在火苗之中。

肖曳感到很痛心也很生气，叹了一口气后他不再理会麻豆而是带着徐方武等人继续前行。不过，他们还没有走多远，身后的麻豆已经追了上来，她叫道："你们到这里了吗？嘿嘿！看样子还蛮快的，找到'龙骨刀'了吗？"麻豆的话让几人傻眼，肖曳看着麻豆，麻豆不再是忧心忡忡的样子，看上去神采奕奕，他觉得有些怪异。之前的麻豆哭哭啼啼一心不让他们往墓穴走去，这个麻豆却嘻嘻哈哈看上去她故意装傻似的。

肖曳说："怎么了？你不是说不跟我们一起吗？"

麻豆走到肖曳面前伸手推了肖曳一把："谁说我不来的？你这话啥意思？我进来的时候在墓道里面绕了半天，还好遇到你们，不然的话，我只怕会被困在这里。肖曳，你怎么这种眼神看着我？难不成发生了什么事吗？不过，这座古墓确实不同寻常。"她一个人自言自语着。肖曳几人硬是成了丈二和尚，如今他们自己心里也乱了。麻豆看到他们满脸疑惑,她继续问道:"怎么了?有什么不对吗?"

肖曳顿了顿,他突然呵呵笑起来:"没有不对,咱们继续往前走吧!"

他心里好像已经明白了,之前遇到的麻豆并非真实的麻豆,眼前这个麻豆才是带他们进入古墓的麻豆,他现在意识到古墓的诡异,心里只想快点将"龙骨刀"找出来。徐方武走到肖曳身边,他低声说:"这合适吗?"肖曳知道徐方武担心麻豆,麻豆本来已经跳入黑蛇窟,徐方武对眼前的麻豆好像看出来有些不对的地方,他看上去很担心。

肖曳看了一眼徐方武:"放心吧!我们刚刚撞邪了。"麻豆可不明白他们之间的对话,她问:"玩什么神秘呢?我们本来就是一路的。"徐方武低声哼了一句:"我们可不是一路的。"说完便往前走去,他看来对肖曳还是比较放心。

其余三名盗墓贼跟着徐方武走,肖曳留下来,麻豆问他:"怎么?"肖曳突然走到麻豆跟前一把抓住麻豆的右手,麻豆吓住了,肖曳狠狠地说:"你刚刚去哪里了?"

麻豆觉得有些奇怪,她老老实实地回答:"我在墓道里面迷路了。"肖曳给麻豆把了一下脉,伸手想去摸一下麻豆的胸口心脏位置,麻豆突然一巴掌扇了肖曳:"你大爷的,你想干吗?吃老娘的豆腐吗?"肖曳愣住了,他松开麻豆的手,很显然,这个麻豆更像麻豆。麻豆继续骂道:"老娘没有心思跟你调情,你不是有个小情人吗?咱们先把东西找到吧!"

说完她往墓道前面走去,肖曳大笑起来,他跟麻豆说:"我逗你玩而已,你别这么扫兴好不好?"麻豆突然回头瞪着他说:"哼!

有什么好玩的？别忘了我们在哪里？"肖曳嘿嘿一笑："行，下次不敢了。"麻豆也没有再说什么，她被肖曳这么一弄，脸上挂着一丝不满的表情，继续往前走。沉默一阵后，她居然跟肖曳说起"凫臾古墓"的来历。

"凫臾"语出汉朝应劭的《风俗通》："夷者，觝也，其类有九。依《东夷传》九种：一曰玄菟，二曰乐浪，三曰高丽，四曰满饰，五曰凫臾，六曰索家，七曰东屠，八曰倭人，九曰天鄙。""凫臾"本意为扶馀族，"凫臾"俗意为野鸭子，即"洛鸟"。

扶馀族人以野鸭为图腾，生活在今天的吉林长春地区。另一个说法是因为在松花江、嫩江流域平原上，生长着一种树干长盐的扶桑树，也就是"扶馀"。和中国南方的越族人一样，他们都把"盐"称为"馀"。扶桑树又被称为"雒常"树，《山海经》中又记载为"雒棠"、"服常"、"雄常"。

扶馀族当时势力很弱，隶属于索离王国。有一个传说讲，索离老国王"解夫娄"老来膝下无儿，为了有人能继承自己的国家，他来到鲲源神山求子。这个老国王因为一路虔诚拜山最后感动了鲲源山山神，使得此山的两块巨石流出了眼泪。没多久，老国王听到石头流出的泪水里面传来婴儿啼哭，他急命护卫武士移开石头。

果然，石头流出的眼泪形成了一个大水潭，水潭里面出现了一个男婴。老国王因此在水潭中获子。老国王欣喜无比，他把男婴带回宫中抚养，男婴长大后立为索离太子。等索离太子成年之后，老国王将国师河伯小女柳花许配太子，太子和柳花婚后发生了一件无比古怪的事情，太子妃柳花居然生下一只奇怪巨蛋，当时震惊了整个国家。

老国王不知道此乃天降"洛鸟"卵气幻化而生。他将媳妇生下的巨蛋视为不祥之物，并派护卫武士将其抛弃在江中。后来这颗诡异的巨蛋沿着掩虒水顺流而下，一路上所有遇到巨蛋的鱼虾鳖怪都涌出水面，将巨蛋托在头顶，一路将巨蛋护送到扶馀族人的聚居地，最终被东扶馀族的女王高骊所救。

女王将巨蛋视为神物，在她的精心照料之下，某一天在日光照射之下，这颗奇怪的巨蛋突然裂开，一个男婴破壳而出。女王当时没有觉得奇怪反而很高兴，后来女王将男婴收为义子，倾尽全力将男婴抚养长大，并给巨蛋生出的男婴取名为"朱蒙"。

朱蒙七岁的时候就已经武艺超群，能自己制造弓箭兵器，他还是一个神射手，每次发箭总会百发百中，加上他人品极好，不但得到了东扶馀百姓的喜爱，而且被东扶馀族内人尊称"东明太子"。

索离老国王"解夫娄"听说东扶馀族的"东明太子"是自己当年遗弃的怪胎后十分担心他长大以后会报复自己，率领东扶馀族人聚众造反，因此他派索离大军征讨朱蒙。战事开启，东扶馀城军民拼死抵抗，高骊女王为掩护朱蒙而战死于乱军之中。

朱蒙含悲忍泪，与三位结义兄弟乌伊、摩离、陕父，一同逃离，他们顺着掩虒水南下，至毛屯谷，又遇到三个部落的首领克、仲室、少室，七人惺惺相惜结成了七兄弟联盟，最后在纥升骨城创建都城，也就是后来的高句丽国。

麻豆娓娓讲述，肖曳他本不是东北人，对于这些历史他还是第一次听说，他之前对于"凫臾古墓"也是了解一点皮毛而已。麻豆这么说，也难怪古墓常有诡异之事发生，这么老的墓穴，难免存在什么神精。

当麻豆告诉他"龙骨刀"位于"凫臾古墓"的时候，他也没有想太多，他只想拿到"龙骨刀"然后找出"禁龙地"把里面的"龙骨聚魂棺"打开。花面郎告诉他"凫臾古墓"很邪的时候，他本来有些不相信，现在他有些惧意，年代古老的墓穴一向不容易驾驭。麻豆果然是知识渊博，肖曳心底里对她佩服不已。

"麻豆，你怎么知道这么多呢？"肖曳有些好奇，在他心里，麻豆似乎对他隐藏太多东西了，这一次，他无论如何也想不到麻豆对"凫臾古墓"这一座鲜见古墓了如指掌。

"我遇到过扶馀人的后裔。"麻豆回答很简洁。

"呃！行，这个古墓确实很邪。"肖曳嘿嘿一笑。

"扶馀人以农业和畜牧业为主，盛产名马、赤玉、貂狸。社会盛行巫术，也会在战争时祭天占卜以预知吉凶。其占卜方式是杀牛而观其蹄，如果牛蹄并拢即为吉兆。他们每年的十二月都会举行'迎鼓祭'，人民饮酒歌舞祭神祭天。可以说，扶馀人是一个巫术极为强盛的民族，古墓阴暗也不是什么奇怪的事情。"麻豆继续说。

原来麻豆早就知道古墓的厉害，肖曳汗颜，她为何不早说，不然的话，一开始自己就多加提防，路彪也许就不会死在黑蛇窟里面。肖曳低声说："你能对抗这座古墓的巫术吗？"麻豆苦笑一声，她说："跟你说个好玩的吧！"

麻豆没有直接回答肖曳的问题，肖曳显得有些郁闷，他问："什么好玩的？我只想自己会不会死在这里？"

麻豆轻声笑着说："扶馀人在婚俗方面，他们当时是允许一夫多妻，哥哥死了的话，弟弟可以娶嫂子为妻。"肖曳听完立马笑道："呃！这个确实有点……"

麻豆说："扶馀人厉害之处很多，能不能斗得过他们的巫术，看咱们的运气吧！"她的话刚刚说完，前面传来徐方武的声音，他喊了一声："小勇，不要过去。"

声音急促，肖曳知道出事了，他迈开大步往前跑去。路彪死了，他不想再让人跟着没命。他奋力往前跑，一道红色的光芒红通通地燃烧着前面的墓道，徐方武和两个盗墓兵定定地站在前面，一个盗墓兵已经走到前面去，也就是徐方武嘴巴里喊的"小勇"。

"小勇"名字叫许以勇，年纪比较小，自幼跟着爷爷盗墓，所以，别看他年纪轻轻，盗墓年头比一般盗墓贼都长。肖曳走到徐方武身边，往前面看去，前面红光闪闪，墓道通明，三个妙龄的女子赤身裸体正在一块石头上面曼妙起舞，女子身形妖娆，面貌姣好，她们绕成一圈站在一块方形巨石上起舞，舞动着的身体来来回回，动作极为淫秽。时而她们嘴巴里面还轻声笑起来，声音清脆勾人魂，不由得令人春心荡漾。肖曳看到三个少女白皙的胴体的时候，他脸上像被烧了一样通红无比，他赶紧低下头，非礼勿视。

徐方武等人也愣愣地看着，年纪轻轻，血气方刚的小勇已然顶不住诱惑，他面无表情地朝那三个妖女走过去。看到妖女舞姿曼妙，叫声轻盈，小勇整个人已经进入一种飘飘欲仙的状态，他嘴角流着口水，两眼色迷迷，整个人已经被色魔俘获。

对于徐方武的喊叫，小勇完全置之不理。小勇中招之后，前面三个女子跳得更妖娆，笑得更淫邪。徐方武身边的两个盗墓兵突然也忍不住要往前走去，徐方武忙着拦下他们俩，他骂道："他奶奶的，这是什么玩意儿？你们俩都傻了吗？不要命了吗？"

肖曳见状也赶过来拉住那两个盗墓兵，盗墓兵被他们俩拉着，他们哪里舒服，整个人浑身如同被猫挠一般，嘴巴里面时不时地喷出白色泡沫，一双眼睛如同死鱼眼一般。走到那三个妖女面前的小勇此时突然惨叫一声，七窍开始涌出血液，他歪歪咧咧地蹲在地上，嘴巴里面发出一阵一阵奇怪的笑声。这么一来，搞得徐方武和肖曳两人急得手忙脚乱。妖女们的笑声和舞蹈一直没有停止，她们跳得越厉害，笑得越开心，小勇他们三个被勾了魂的盗墓兵看上去就越痛苦。

肖曳这时候完全没有办法，他知道，这一切并非真实的。

"我们闯进红狐窟里来了，嘿嘿！"麻豆出现在肖曳身边，她已经赶上来，看到眼前发生的事情，她说着。肖曳不解地看着麻豆，麻豆她已经走到前面来，她大声喊道："妖狐，你这是何苦呢？"

看到她的出现，站在石头上的三个妖女顿时停止舞蹈，她们羞答答地看着麻豆，麻豆继续骂道："嘿嘿！赶紧给老娘滚蛋，不然的话……"

麻豆气势如虹，三个妖女看了她几眼，她们漂亮的脸蛋渐渐地变得狰狞起来，三人的身体也黏在了一起，不一会儿，三女已然幻化为一头巨大的红毛狐狸。狐狸狠狠地吼着，紧跟着突然奋起身子扑倒已经来到它面前的小勇，小勇被它叼着痛哭流涕。

麻豆手里突然拿出一把尖刀，她向红狐狸冲过去，红狐狸嘴巴一合，小勇变成了两截，血流一地。麻豆来到它跟前，它身子一抖，张爪要抓麻豆，麻豆尖刀挥舞，两者交缠在一起，最后红狐狸被麻豆的尖刀刺了一刀，它呜呜呜叫着往墓道里面逃窜。麻豆已经是满头大汗，她看着小勇的尸体对肖曳说："这狐狸实在歹毒。"

肖曳还在奋力拦着身边的盗墓兵，红狐已经逃离，但是心不定的两个盗墓兵的魂已然被勾走，他们抽搐着身子口吐白沫，看上去奄奄一息。

徐方武骂道："妖狐惑人，真不好对付，要不是麻豆是个女的，估计咱们全军覆没了。"肖曳点点头，他明白，古墓中的"红狐窟"属于红狐的地盘，它是古墓的守护神，看到徐方武等盗墓贼出现旋

第十一章　凫臾诡墓

即幻化为三名美少女,以色相诱,本想着把徐方武等人杀害。还好徐方武和自己两人定力甚好,一时半会儿还不至于被红狐诱惑勾魂,但是他心里清楚,红狐一直跳下去,他们俩也坚持不住,毕竟是两个大男人。麻豆是个女人,色相对她不管用,麻豆的出现最终击败了红狐。可怜的小勇却被咬成两截。

肖曳招手将麻豆叫到跟前,看着两个奄奄一息的盗墓兵,他说:"红狐把他们的魂勾走了,你有办法吗?"

麻豆伸手摸了摸两个盗墓兵的脖子,她说:"还好中邪不深,不像那个死掉的盗墓兵。"她拿出两颗白色药丸塞进两个盗墓兵嘴巴里面,不一会儿,两个盗墓兵醒过来,他们左右看看,满脸疑惑,完全不知道刚刚发生了什么事情。肖曳看到自己的两个盗墓兵生龙活虎起来,心里对麻豆感激不尽,麻豆却着急地说:"走吧!这个鬼地方多待一秒就多一分生命危险。"

她匆匆忙忙地往前去,肖曳和徐方武互视一眼,徐方武说:"看来我错怪她了。"肖曳拍拍徐方武的肩膀说:"少啰嗦,走吧!"几人收拾好之后跟在麻豆身后往前去。一刻钟后,麻豆突然停下来,她举着手里的火把,抬着头,前面是一个石门,石门有四五米之高,上面四四方方地刻着几个大字:九龙地府。

## 第十二章　九龙地府

"九龙地府"石门里面冒着一层白色的烟雾，如同炊烟。肖曳来到麻豆身后，麻豆低声说："里面估计就是墓室。"麻豆居然用"估计"两个字，肖曳说："那我们进去吧！"麻豆点点头，她看上去脸上挂满了忧虑，看样子她心里多少还是有些觉得不靠谱。

在古墓里面，离自己想找的东西越近心里就越担心。肖曳也有一丝说不出的奇怪感，"凫臾古墓"和"九龙地府"似乎属于风马牛不相及这一类的。麻豆往石门走去，说来也怪，石门刚刚不停地涌出白色的烟雾，麻豆踏入之后，烟雾渐渐地变得稀少，路面也变得清晰起来。徐方武用胳膊肘顶了肖曳一下："老大，看到了吗？有人捷足先登了。"

肖曳没有反应过来，徐方武赶紧用手往石门左边指去，那儿扔着一件灰色的袍子。肖曳干咳一声，他自己也明白，想要得到"龙骨聚魂棺"的人太多了，知道"凫臾古墓"的人也不在少数，有人比自己快很正常，但是会是谁呢？他想起了下村三郎，这伙居心叵测的日本人诡计多端，他们会不会是杀死老盗墓贼的人呢？这个极有可能，可是回头想想，下村三郎既然已经知道"凫臾古墓"的所在，他为何还去"寻龙部队"的营地里面找自己谈条件呢？肖曳思考着，徐方武已经把灰色袍子捡起来拿到他面前，看到这个袍子，肖曳努努嘴说："咱们小心一些。"说完扔掉袍子，然后走进九龙地府的石门。

徐方武三人跟着，进入九龙地府里面，白雾已经散开，举着火把，四周通明，里面极为宽广，四周用砖头堆砌，墙壁上粗犷地雕刻着九条狰狞飞舞的巨龙，在前面有九个洞门，每一个洞门都一样，没有门，高两米左右，宽一米，四周刻着各种恐怖图像，有地狱全图，有大屠杀图，有妖魔鬼怪吃人图，等等。在地府的中间摆着一口棺材，棺材看上去通莹剔透，像是一口玉棺。

站在玉棺面前的麻豆告诉肖曳，扶馀人认为人死后灵魂不灭，崇尚厚葬，甚至停灵五个多月。王与诸侯的葬仪十分讲究，常以玉匣为棺、百人殉葬。

面对玉棺，肖曳知道，这个古墓应该是属于扶馀族里的王侯之墓，至于是哪一个王侯，肖曳可就不知道了。仔细看着玉棺，玉棺长五尺高一尺宽两尺，上面没有什么装饰和雕纹，十分干净。玉棺置放在这么一个宽广的地窖之中显得特别的渺小，加上地窖四周空荡荡没有任何物体。那些腾腾滚滚的白雾此时已经往地窖穹顶收拢，如同一片云天。

肖曳突然有些喜悦，按照常理而言，玉棺之中藏古尸，古尸里面的陪葬之物一定就是"龙骨刀"。他欣喜着要去将玉棺的棺盖打开，麻豆却拦住他："小心一些，别惹麻烦。"

肖曳收手，徐方武也说："这个置棺的位置确实不对，咱们还是小心一些。"

肖曳感到自己大意了，他说："嘿嘿！你们打算怎么办呢？"

麻豆绕了玉棺一圈，玉棺表面晶莹无比，却看不到里面存着何物？加上玉棺表面光滑毫无纹饰图案，棺盖和棺材之间也是紧紧相扣，看上去浑然一体。

麻豆却问徐方武："你不是很厉害吗？你试试打开。"

徐方武没有想到麻豆会让自己开棺，他哭笑不得，说："我吗？我没有办法，这棺材非同寻常，我……"他理由很多，肖曳对他感到有些失望，打断他："老徐，你啥时候这么谦虚了呢？"

徐方武尴尬地笑了笑，麻豆已然犹豫，肖曳看着身后的两个盗墓兵，其中一个喊道："我来吧！"这人说完就冲到前面来，他伸手想掀开玉棺的棺盖，哪知道他的手指刚刚碰到玉棺，玉棺由内而外地发出一声响，啪啦一声，玉棺外表开始破裂，一层层裂开，最后碎之一地，这棺材就好像是用冰块砌成的一样。

那个盗墓兵被玉棺的爆裂吓得傻眼，肖曳四人也吓住了。玉棺破裂之后，一条光溜溜的尸体从里面滑出来。看到尸体的面目，肖曳浑身颤抖起来，他愣愣地说不出话来。徐方武低声问道："这老头不是你从西安带回来的那个吗？"肖曳扭过头去，他的心突然感到一阵抽痛，装在玉棺里面的尸体确实是君傲海，他衣服已经被扒光，身上没有半点伤痕，死相看上去也很安静祥和，到底发生了什么呢？

在石门外面拿到那件灰色袍子的时候，肖曳已经料到君傲海已经进入古墓，他想不到自己会那么快就遇到君傲海的尸体。君傲海对"龙骨聚魂棺"相当的痴迷，肖曳把他带到东北后他就知道君傲海会一意孤行，果然，君傲海偷听自己和麻豆的对话后就消失了。

麻豆对肖曳说："这老家伙你认识吗？"

肖曳点点头，他走到君傲海的尸体旁检查了一会儿，致命伤不在外表，估计是内伤致命。从尸斑上判断，君傲海死去已经有一段时间了。麻豆知道肖曳很不舒服，她拍拍肖曳的后背说："节哀顺变吧！我想他也是盗墓贼，盗墓贼终归是要死在墓穴里面，不对吗？"

肖曳不想说话，君傲海对他来说说不上很亲切，他对君傲海的种种行为比如培养"钓宝者"偷窃同行的宝物等等都很反感，他和君傲海之间的关系，说亲不亲，说疏不疏，不管怎么说，他对君傲海的孙女君含笑始终有感情，君傲海一死，君含笑该怎么办呢？这个任性的大小姐能撑得住吗？他越想越乱，脑袋也显得沉甸甸的。

"隆隆"，大家正对着君傲海的尸体发呆之时，九龙地府突然晃动起来，感觉这个地方就要坍塌了一样。几个人吓得站成一团，拢在穹顶的白雾突然滚动起来，如同黑云压顶般往地面笼罩下来。麻豆看着地窖前面的九个洞门说："看到了吗？这种时候，咱们只能选一个洞门进去。"

徐方武说："这么多，咱们选哪一个呢？总不能随便选一个，万一……"

他的担心并不多余，这话也是几人心中所想，这个地窖的建造无非是用来保护古墓，九个洞门想都不用想大多是死路一条，里面有一个是出路就很不错了。眼看穹顶的白烟雾缓缓下压，这团白雾看上去并不可怕，但是如果完成压下来，估计很难看清眼前，古墓空空荡荡，害人之物层出不穷，白雾笼罩整个地窖，自己啥时候死都不知道。

眼前的君傲海死得不明不白，加上他们在墓道所遇的异物，他们显得很不安。几人正难以抉择的时候，哗啦啦地面突然滚动起来，那名将玉棺碰碎了的盗墓兵不知道怎么回事地喊了一声，大家看向他的时候，他已经消失得无影无踪了。

徐方武喊了几声盗墓兵的名字，盗墓兵完全没有回应。麻豆叫道:"大家靠近一些。"

地窖的气氛凝聚起来,四人东南西北背靠背,屏住呼吸,凝神静听,地窖的底部好像有什么东西正在滚动,里面不停地发出轰隆隆的声音,如同车马辘辘。

肖曳忍不住俯身贴耳去听,嘟当一声,碎掉的玉棺突然飞起来,砸到一边,一颗白色骷髅从地底下冒出来,正好撞到玉棺,玉棺被顶飞。随着骷髅头转动,接着地面拔出了一具干尸,干尸扭动着它那颗骷髅,看到麻豆他们后立马飞身跑过去,伸出爪子就抓过去。

看到地窖的地板跑出一具干尸,麻豆已经拿出手里的尖刀,看到干尸飞过来,她挥动着尖刀狠狠地将干尸一双枯槁的手臂削掉。干尸吱吱叫啸着摔倒在地上,扭曲的身躯不停地摆动着,像是一条挣扎将死的鲶鱼。麻豆感到有些得意,徐方武却说道:"不好,这下咱们有得玩了。"麻豆回头一看,地窖的地板一块一块地被推开,一条一条的干尸从地下钻出来,它们浑身呈白色,头部手部躯干结着一层薄冰。

看得仔细了,这些干尸外面披着一身战甲,手里还握着刀剑枪盾等兵器,它们脸上的肉还没有腐烂,看上去就是苍白了一点,不然就是活生生的一名古代战士。肖曳知道这些乃是雪藏了多年的古尸,因为雪地寒冷,它们的尸体结冰多年,它们的容颜也保存了下来。麻豆说道:"这是雪地冰尸,看上去都是殉葬的士兵。"

徐方武苦笑一声:"完了,完了,少说有两三百具。"

冰尸林林总总地从地下爬上来,密密麻麻地已经将整个九龙地府占据。肖曳摸出一把匕首,眼前就是一场恶战,冰尸属于殉葬品,玉棺被他们击毁,墓主被破坏,冰尸都觉醒了,它们像是被施

第十二章 九龙地府

了诅咒的扶馀甲兵，它们誓死捍卫自己的王，无论两千年前还是两千年后。冰尸——爬出来后，所有的脸都朝着玉棺，站在玉棺这边的是肖曳他们。

冰尸挥动着手里的武器，可想而知，刚刚消失了的那个盗墓兵正是被这些不死之物拖入了地下。麻豆毅然决然地说："豁出去了，第五个洞口，谁想跟我走的就来吧！"

她说完抓着尖刀就冲向地窖前面的第五个洞口，当然，她想逃跑哪里那么容易，第五个洞口前面足足站了二三十条冰尸。

"麻豆，活着也好死了也好，咱们不虚此行。"肖曳这算是鼓励麻豆，他说完之后，又对徐方武两人说："往第五个洞口去，我没有什么好说的，路彪、小勇、阿华都死了，我不能让你们俩也死掉，快走，我掩护你们俩。"

他伸手把徐方武两人推向前，自己拿着匕首殿后。看到肖曳他们要往第五个洞口跑去，冰尸们骚动起来，纷纷拦在第五个洞口面前。麻豆作为先锋官，她手操尖刀一路杀过去，挡在她前面的冰尸拿她毫无办法，不是被削掉了手臂就是被削掉脑袋。麻豆虽然彪悍，但冰尸毫无畏惧，它们如同蝼蚁般密密麻麻涌来。面对前赴后继的冰尸，麻豆腾挪闪移，尖刀挥动，她手臂都发麻了。跟在麻豆身后的是徐方武和盗墓兵吴忠强，徐方武出身湘西，擅长巫蛊之术，动起手来还差了一些。

吴忠强属于北方的大汉，体格健硕，他来的时候身上别了一对短刀，他以前跟过一个江湖师傅练功。遇到冰尸，他的双刀自然不能再藏着，双刀在手，左右开弓，在他的保护下，徐方武往前冲还算顺利。

肖曳落在后面，他比较不幸，整个地窖的冰尸都往第五个洞口涌过来，面对前赴后继的冰尸，他已经被层层包围起来。冰尸挥动着利器，它们动作虽然缓慢，但是手里的兵器经历千年之后显得反而更加锋利，刀锋剑刃来去如风，虽然说不通，肖曳仅仅靠着一把短匕，交战起来确实吃力得很，他还要照顾前面逃窜的徐方武、吴忠强、麻豆三人。

等麻豆杀到第五个洞门的时候，肖曳已经落在后面，他身边至少围着几十条冰尸。冰尸毫无人性，它们只会不停地往前杀，加上它们属于古尸，一时半会儿也不容易杀死，哪怕是刺中它们的心脏，它们依旧活蹦乱跳，当然削掉它们的四肢是最有效的办法。

与冰尸作战，看到麻豆已经溜进第五个洞门，徐方武在吴忠强的保护下眼看也要来到洞门前面，冰尸们倒之一地，吴忠强很吃力地顶住层层冰尸的围剿，把徐方武送入洞门之后，他杀开两条冰尸，看到肖曳还在玉棺附近作战，他喊道："老大，你快点。"

肖曳看到他们顺利抵达第五个洞门，他心里很欣慰，进入洞门之后，作战起来就方便多了。他对吴忠强说："老吴，你们先走，我等一会儿就到。"吴忠强哪里放心，眼前的肖曳已经看不到身影，全是冰尸的盔甲和兵器，他喊道："我过去帮你。"

吴忠强手执双刀正要跨出洞门，里面的麻豆却喊住他："放心吧！你这样子出去只会误事，咱们等一等他就是了。"吴忠强无奈地叹了一声，他钻进了洞门之内。说来也奇怪，他们钻进洞门之后，冰尸没有再追来，它们好像对洞门有所畏惧，只会在洞门面前绕着走，眼下麻豆三人钻进了洞门，得到了洞门的保护，所有的冰尸全部涌向肖曳。

肖曳哪里吃得消，整个人的体力严重下降，冰尸在自己的面前一具又一具地倒下，一具又一具地站起来，纷纷扰扰，孤军作战的

第十二章　九龙地府

肖曳几乎就要窒息。冰尸现在全力进攻肖曳，躲在洞门里面的麻豆三人心情极为忐忑，徐方武说："老大他不能死，我去帮他。"

他显然忍不住了，麻豆拉着他："你去了也没用。"

徐方武低声泣道："我第一次看到这么多的尸甲兵，老大只怕凶多吉少。"

吴忠强说："我去吧！我比较能打，我死也要把老大拖回来。"

他想出去，麻豆还是不让，她拦在两人面前："你们好不容易逃出生天，不要这么傻。"徐方武骂道："你这个娘们儿你懂什么？难不成你去帮他吗？"

麻豆被他这么一骂，也不知道说什么好，她心里也很不安，她也不希望肖曳出事，可是面对几百条冰尸，肖曳又怎么能保平安呢？越想越内疚，越想越觉得自己自私，她看着徐方武，她懂得男人之间的义气，要不是自己堵在洞门前面，徐方武和吴忠强只怕已经杀回去。再说了，他们能安安稳稳地钻进洞门里面来也多亏肖曳在后面吸引冰尸们的进攻。

三人还在纠结着要不要去帮肖曳一把，洞门突然轰然一声，麻豆晃了一下火把，一条人影钻进来，吴忠强叫道："老大，你没事吧！""死不了。"

肖曳的声音很虚弱地传来，一个身影跟着滚到了麻豆的面前。火光照耀下，肖曳浑身都是烂肉，估计是从冰尸身上削下来的，他看上去疲惫不堪，脸上没有半点神气。看到麻豆三人安然无恙，肖曳哈哈大笑起来，徐方武说："我就知道老大会没事。"

肖曳低声说："你们很担心我吗？"

吴忠强说："那不是废话吗？"

麻豆则冷冷地说："你小子挺有能耐嘛！在这么多冰尸的围攻

下还能逃出重围。"肖曳嘿嘿笑起来，他吐了一口气："说来我也很幸运。"

徐方武问："怎么说？"

肖曳笑道："你们自己去看吧！"

麻豆三人立马往洞门口走去，往外面瞧去，哪里还看得见什么东西，全是一层白色的浓雾，雾里面传来叮叮当当的响声，显然是冰尸们完全看不见之后互相残杀起来。浓雾滚滚，冰尸完全找不到他们的位置，几人相视一笑。麻豆对肖曳说："你小子确实走运了，不然的话，只怕你早就被扒几层皮了。"

听到麻豆的揶揄，肖曳笑道："我也没有几层皮给它们扒。"

"好了，既然大家相安无事，咱们为下一步做打算吧！"徐方武走过来说。

"直走就是了。"麻豆很淡定地说。肖曳嘘了一声，他轻声说："别说话，你们听到什么声音了吗？"几人安静下来，洞道里面隐隐约约地传来一阵骨笛的声音，这一次笛声很弱，没有仔细听的话根本听不清楚。

注意到骨笛的声音后，几人脸色惨白，麻豆说："墓洞里面还有其他人，到底是谁呢？"骨笛的呜呜声渐渐响亮，肖曳缓过力气之后抓起一个火把带头往墓洞里面走去。徐方武和吴忠强点起两根火把继续跟上，麻豆在后面，她说："肖曳，要是选错了洞道，你可不要怪我。"肖曳回头说："错了就错了，没什么大不了，凫臾人不希望我们打搅他们，那我们尽快就是了。听到骨笛的声音之后，我在想，这个洞道肯定没有错，前面就是我们要去的地方。"听到肖曳的这一番话，三人也没有任何的异议，埋头往墓洞里面走去。

本来温暖无比的洞道突然显得有些阴寒，洞道里越往里面走就越潮湿，脱掉棉袄的肖曳、徐方武、吴忠强三人显得有些哆嗦，洞道里越来越寒冷了。

他们一边持着火把往身上烤一边走着，麻豆还不停地嘲笑他们怎么把棉袄丢了。肖曳他们自然不会理会麻豆的冷嘲热讽，缓缓前行，继续走了一刻钟的样子，前面突然刮来一道寒风，几人站住，浑身颤抖。肖曳正想说什么，身后的吴忠强突然倒在了地上。

"老吴，怎么回事？"徐方武扶住吴忠强，吴忠强面色如纸，紧闭双目，冷得发紫的双唇不停地颤动，像是冷晕过去了似的。肖曳移过身子来，吴忠强突然睁开双眼，他瞪了肖曳一眼，嘴巴里面发出呜呜的哭叫，接着他的身体颤动几下。

麻豆低声说："这人估计要死了。"

她的话刚刚说完，吴忠强的两颗眼珠噗地弹出眼眶，里面慢悠悠地爬出两只黑色蜘蛛，麻豆吓得赶紧转身。徐方武放下吴忠强，他茫然地看着肖曳，嘴巴喃喃："死了吗？死了吗？"肖曳伸手将从吴忠强眼睛里面爬出来的两只蜘蛛拍死，探了一下吴忠强的呼吸，还有一口气，他叫道："老吴，你还好吗？"

吴忠强嘴巴里面喷出一道鲜血，一只拳头大小的黑斑蜘蛛从他的嘴巴里面钻出来，蜘蛛不停地喷洒蛛丝，爬出吴忠强嘴巴后用蛛丝紧紧地把他的嘴巴封了起来。麻豆和徐方武吓得直后退，肖曳伸手碰了一下吴忠强的脑袋，吴忠强的脸色由白变黑，他的脖子发出咔嚓一声响，显然脖子断掉了。

肖曳感到一阵恐惧，他看着站在吴忠强嘴巴上的那只大蜘蛛，心中又是难过又是愤怒，他手里的火把一甩，大火烧过去，大蜘蛛被他烤焦了。

麻豆颤声说："那是蛇蛛，它们可以钻进人的肚子，老吴他不知道怎么回事?"她讲到这里不想往下讲,她拿起火把快步地往墓洞里面跑。

肖曳和徐方武互视一眼,两人均是无奈地摇摇头,然后拿起火把追着麻豆去。到了前面来,徐方武突然摔倒了,举起火把照射,地面全是白骨,肖曳感叹:"这些人看上去死去很多年了,什么人呢?盗墓贼吗?"

整条墓洞都给白骨充斥着,麻豆已经不知道跑到哪里去。看着眼前白骨铺地的墓道,徐方武慢慢爬起来,他跟肖曳说:"少说有上千具白骨,这地方到底是做什么的?这些人怎么会死在这儿?"肖曳也不理解,这里如同一个"万人墓坑",他们踩在白骨上往里面走。

肖曳发现,在白骨丛中藏着无数大大小小的蛇蛛,黑色,白色,紫色,蓝色,黄色,红色都有,五花八门,色彩斑斓,这些蛇蛛长着一条小蛇尾巴,它们爬动起来特别的快,在白骨堆里面窜动着啃食这些骨头。走在白骨堆和蛇蛛群里面,两人是提心吊胆,缓缓前行,肖曳不忘晃动手里的火把,火在古墓中的用途是极大的,对于生活在古墓里面的阴暗之物,它们最畏惧的东西之一便是火把。估计也是因为火把的缘故,窜动在白骨堆里面的蛇蛛并没有袭击他们俩,蛇蛛来来回回地爬动,似乎在等待肖曳两人的火把熄灭。

墓洞渐渐地开阔,寒气也渐渐地加重,再往前走了二十多步,一道白光照射进来,肖曳心中一愣:"到头了吗?"徐方武走在他的前面,此时徐方武喊道:"老大,这下咱们没得玩了。"肖曳跟上去,在白光照耀下,他睁眼一看,墓道果然到了尽头,这似乎是一个出口,眼前已经是头顶蓝天。

第十二章 九龙地府

219

只不过，眼前堆满的白骨让他们俩有些寒意，麻豆依旧不见人影，面对眼前这个巨大的墓坑，墓坑里面白骨如山，墓坑四周充满了浓浓的白雾，白雾将整个墓坑围了起来。墓坑很大，像是一个山镇，里面堆满了白骨，白骨如同田地秋收时候一个个麦垛。徐方武哈了一口气："呵呵！哼哼！我们这是来到了传说中的白骨城吗？"

"别磨蹭了，下去看看。"肖曳说完后便顺着墓坑的坑壁往坑底跑去。

## 第十三章　白骨城

走在白骨堆成的墓坑之中，肖曳隐约有些不安，他进入"凫臾古墓"之前，无论如何也想不到"凫臾古墓"的墓道会通向这么一座白骨坑。这个和他之前遇到的古墓完全不一样，这里像是一个部落，可以称作是"白骨部落"。他现在知道，鬼雾岭一直绕着一圈白雾是为何了，就是为保护这座藏于鬼雾岭里面的白骨城。

徐方武走在肖曳身边，他也是提心吊胆，他和肖曳走了许久，白骨城里面除了白骨之外没有一个人影，早先跑进来的麻豆也不知道躲哪里去了。徐方武说："骨头里面，男女老少都有，看上去像是一场大屠杀，有些骨头都快化成灰了，有些骨头还附着烂肉，你说奇怪不奇怪呢？"肖曳也看到了，他问："你怎么看？"

徐方武说："凫臾王朝的时候，这一带生活的部落王国极多，部落之间存在的战争也不少，我想，这个地方估计就是麻豆说的，索离大军屠杀东凫臾人的地方，这座白骨城完全是一部血泪史，触目惊心。"他所说的跟肖曳心里想的差不多，根据麻豆说的扶馀国历史，确实有这么个意思，如此大的屠杀，也就是在冷兵器的野蛮时代才会出现。

他目测了一下，这个墓坑方圆有几十里，在以前，估计是个人口极多繁华无比的商业重镇，可惜敌军一到，屠杀令一下，满城尽为白骨。

徐方武又说:"新骨头估计是闯进来的盗墓贼,这些人都没有好下场,老大,咱们对这里的底子还不清楚,最好悠着点。"肖曳知道,几百年来,"龙骨聚魂棺"的传说一直在流传,东北大部分盗墓贼都相信"禁龙地"的存在,寻找"龙骨刀"的盗墓贼一代传一代,可惜本事再大的盗墓贼也是进得来出不去。

鬼雾岭迷雾重重,想进来了解的人自然也不少,进入鬼雾岭后一路走到白骨城的人也不会少,白骨城里面新骨头的解释自然也不用多说。肖曳心中有数,但是他感到有些不安的是,白骨城里面存在着什么呢?到底是什么杀害了那么多盗墓贼?在古墓里面,盗墓贼对付不了的事物不在少数,可是能令那么多盗墓贼死亡的东西会是什么呢?能进入白骨城的盗墓贼,不用说都知道不是一般的盗墓贼。

肖曳心中忧虑不已,徐方武跟他说:"听,骨笛声又响起来了。"

肖曳心头一振,他们走出墓道的时候,骨笛停止了,现在走入白骨城里面,骨笛又响起,笛声很响亮,听起来就在前面一样。肖曳迈开步伐循着笛声跑去,徐方武一把拉住他:"老大,你别疯了,你去找笛声吗?你会死的,这是鬼笛。"

盗墓贼盗墓的时候有个规矩就是看到什么都不要相信是真的,听到什么也不要相信是真的,除非实在顶不住诱惑。徐方武很担心肖曳是不是被勾魂了?肖曳回头看着他:"老徐,咱们得找到骨笛的主人。"

肖曳说完挣开徐方武的手奋力往前面跑去,可是他还没有走几步,麻豆突然从对面走来,嘴巴里面还在哼着歌谣:"千年鬼谣千年唱，白骨城埋白骨。白骨堆成白骨山，白骨山里养鬼怪，鬼怪吃人吐白骨，闹得三岁小孩哇哇叫，百岁老人难睡觉。请得金蛙大王来，驱鬼降魔指头翘。金蛙王，好大王，金蛙王，难相忘。"

麻豆看上去痴痴傻傻得如同中邪了一般，肖曳走到她的面前，她嘻嘻一笑突然扑进他的怀里，肖曳不知所措的时候，她已经停止歌谣在他怀中酣睡起来。

徐方武走上来，他说道："她不会是见鬼了吧！嘴巴里面唱着什么呢？怪瘆人的。"

肖曳说："你看不出来吗？"徐方武低头查看熟睡过去的麻豆，他摇摇头。肖曳慌了："连你都看不出来，这怎么回事呢？"麻豆在他怀里突然梦呓："金蛙王，金蛙王，在哪里？在哪里？"肖曳一头雾水，他拍了拍麻豆的脸，麻豆没有回应。徐方武着急地说："她估计遇到梦魇了，快叫醒她，不然的话会有生命危险。"

肖曳听他一说，汗水都冒了一身，他抓着麻豆晃着她，她依旧还在睡觉，嘴巴里面总是念着"金蛙王"。徐方武从衣服里面拿出一瓶药，他打开药瓶端到麻豆鼻孔前面，麻豆吸了一口顿时呛得不停地咳嗽。徐方武赶紧把药收起来，麻豆呛得一脸的鼻涕眼泪，她懵懵懂懂地看着肖曳："怎么了？我这是怎么回事呢？"

她晃着脑袋，好像完全不知道自己刚刚在做什么。肖曳低声说："金蛙王是谁？你遇到他了吗？"提到金蛙王，麻豆一脸的木然。徐方武说："你差点就死了，难道你不知道是谁害你吗？"

麻豆颤着声音说："这是鬼臾人的诅咒，对了，我刚刚见到了，走，你们跟我来。"她站起身子往前面跑去，肖曳和徐方武担心她的安危也跟着她跑，这一次肖曳可不想再让她掉队了。往前跑了大概两百米，麻豆在一具白骨面前停住脚步，白骨端坐着，它的前面

第十三章 白骨城

有一根铁柱子，柱子三尺多高，四周刻满了文字。

肖曳想去看上面的文字意思，可惜看了许久，一个字都没有看懂。

麻豆跟他们俩说，在《三国史记》和《三国遗事》这两本书里面都记载着一个关于凫臾人的传说。当然，这个传说跟她之前说的那个有不少的出入，这个传说讲的是凫臾国国王解夫娄年老无嗣，为此他不停地祭神祭天求子，有一天，他骑马来到一个叫"鲲渊"的湖边，闲逛的时候他偶然看到湖边一块岩石不停地在流泪。他感到不可思议，他发现湖水里面的水都是靠石头流出的眼泪积成的，他对石头感到很好奇，马上叫自己的随从把岩石翻过来，结果发现一名金色蜗形的小孩藏在石头下面。抱着男婴，他老人家开心无比，他觉得这个男孩是上天所赐，他给这个孩子取名为"金蛙"，而且还立为凫臾国的太子。得到孩子，老国王本来很开心，谁知道凫臾国的宰相阿兰弗声称自己得到天神的旨意，他的子孙将在扶馀建立新国家，于是便劝解夫娄将都城迁移到东海之滨，一个叫迦叶原的地方，以避亡国之祸。解夫娄迁都之后国号"东扶馀"。老国王死掉之后，太子金蛙继位，成为东扶馀王，也被后人称之为"金蛙王"。某一天，金蛙王在太白山南边的优渤水遇见一个名叫柳花的女子，柳花自称是河神之女，因为与"天帝之子"解慕漱私通而被逐出家门。后柳花受日光照射产下一卵，一个男婴自卵中诞生，金蛙王收养了这名男婴，并起名叫朱蒙。

关于这段传说，肖曳心里感到有些模糊，这座白骨城和金蛙王有何关系呢？麻豆说："因为战事，这里死了很多人。"肖曳问："战事吗？"

麻豆说："关于柳花，北扶馀国王解慕漱和金蛙王开战。"

肖曳算是明白过来，他笑道："吃醋了吗？不过确实传奇，类似神的战争。"

麻豆说："白骨城属于金蛙王的地盘，这里遭到了天帝之子解慕漱的洗劫屠城，金蛙王的出身本就带有传奇性，都说他是神之子，他保护着整个东扶馀国的国民，民间流传不少金蛙王降妖除魔为民除害的故事，对于金蛙王，百姓都是交口称赞，直到这一场战争，死去的亡魂和金蛙王之间有着理不清的爱恨。"

肖曳觉得这个完全在自己的意料之中，他说："那你刚刚是怎么回事？"

麻豆疑惑地问："我刚刚怎么了？"

肖曳无语了，他正想说，徐方武却开口说："你带我们来这里是什么意思呢？"

麻豆瞥了徐方武一眼，说道："关于'龙骨聚魂棺'的传说是真的吗？只要在棺材里面睡过，自己的愿望就可以达成？"

她这话可把肖曳和徐方武难住了，他们俩对"龙骨聚魂棺"的了解也只是来自于传言，到底有没有"龙骨聚魂棺"还不知道呢。所谓的死脉"禁龙地"是否藏着大清国的龙脉他们也不清楚，"龙眼秘藏"又是一笔怎样的财富他们也不知道。肖曳打了个哈哈，他说："据说努尔哈赤曾经在里面睡过，他的族人拿下明朝的江山，你说是不是真的呢？"麻豆对这个应该很清楚，肖曳不知道她为何还有疑问。

徐方武说："我很好奇的是，'龙骨聚魂棺'不是建州女真的神物吗？这跟两千年前的扶馀人有何关系呢？照理而言，'龙骨刀'怎么会出现在这里？"他的疑问，肖曳同样也有，他说："难不成建州女真和扶馀人一脉相承吗？那是谁把'龙骨刀'藏在这儿呢？"

麻豆听到肖曳的话，愣了一下，许久之后，她慢慢地说："盗走'龙骨刀'的人是我老爹，把'龙骨刀'藏进'凫臾古墓'的人也是我老爹。"肖曳震惊不已："'独角'老杨吗？怎么会是他？"麻豆满脸严肃地说："他在保护'禁龙地'。"

肖曳盯着麻豆："你这话啥意思？你也在保护'禁龙地'吗？你在骗我们吗？'龙骨刀'是不是已经不在这里了？你想害死我们，对吗？你跟'独角'老杨是一路的吗？为什么？为什么？"他快要疯了，他最难忍受的便是遭人欺骗，他总感觉麻豆有说不完的故事，关于麻豆，她到底想做什么？他为什么总是猜不透她呢？他同时感到很难过，又很痛恨自己。麻豆呵呵傻笑起来，她说："我和老爹不是一路的，我也想知道'龙骨聚魂棺'到底是不是真的存在，那个传说是不是真的？只可惜，当我想得到'龙骨刀'的时候，'龙骨刀'已经被人拿走了。"麻豆看上去很沮丧，肖曳问："这话怎么说？"

麻豆说："老爹为什么要把'龙骨刀'藏到这里来呢？我想他一定是想借用白骨城和金蛙王的力量保护这把刀。我们找到这里的时候，我发现，我们来晚了。"

"来晚了吗？"肖曳说这话的时候显得极为苍白无力，他不能理解麻豆的话。

徐方武此时说："难不成有高人在？"

他已经发现铁柱后面的白骨手里本来握着某件东西，现在白骨手里空荡荡的，估计有人把它握着的"龙骨刀"拿走了。麻豆苦笑着："老徐说得对，这人道行很深，我自己都中招了。"她说出这句话，肖曳算是明白她之前是怎么回事了。明摆着着了别人的道，那会是谁呢？下村三郎吗？花面郎猎尸一族吗？还是其他的盗墓贼呢？肖曳往四周看了一眼，麻豆笑道："你别找了，这人已经跑掉了，在我进来之时他已经离开了。"

徐方武紧锁眉头，他在白骨四周走了一圈，看到地上画着好几个图腾形状，有黑蛇、金蛙、红狐、玄龟，等等，他惊愕地叫道："这是萨满巫术，咱们得快点离开这里，这里可能就要毁了。"他显得很紧张，脸上充满了畏惧。

肖曳走过来看了一眼，说不出一句话来，麻豆说："这是那个人留给我们的礼物，呵呵，我刚刚居然没有看到。"

徐方武说："他有能力破坏金蛙王的诅咒，也有能力杀死我们，到底是何方神圣呢？老大，咱们先离开这里，我们只要还活着，一定还能找到他。"

肖曳看到徐方武心急如焚，他也不好意思再逗留，再说"龙骨刀"已经被拿走，留在白骨城里面也毫无意义。就在这时候，白骨城里面响起了一阵清脆的笛声，肖曳立马意识到，说："吹笛子的人，对了，肯定是他，他还没有走远。"

他发疯了地寻找笛声的方向，麻豆抱住他说："别傻了，那是幻听，这跟那人毫无关系。"随着笛声的旋律，白骨城突然震动了一下，堆积起来的白骨开始坍塌，四周充满了哗啦啦的声音，高高堆砌的白骨在地震中倒泻一地。徐方武突然指着前面的一个石洞叫道："来不及了，咱们快点跑。"他发疯了一样往那个石洞跑去，肖曳本想叫住他，徐方武哪里还听他的话，见到那个萨满诅咒之后，他整个人全是害怕。他想活着出去，正往石洞跑去的时候，一把骨头突然从石洞里面飞出来，骨头在徐方武脖子四周绕了一圈，徐方武立马身首异处。

看到徐方武被杀，肖曳咆哮着冲向石洞，里面出现三个长长的

227

身影，有个阴森无比的声音从里面传来："想死的话就跟我们走吧！嘿嘿！"肖曳看过去，石洞里面的身影已然消失。麻豆跑过来，看着徐方武的尸体，她恶狠狠地跟肖曳说："肖曳，别听他们的话，那都是假话。"

肖曳哪里顾得上，他举着火把冲进了那个黑幽幽的石洞，也不知道跑了多久，他开始有些跑不动了。就地休息，石洞很阴凉，前面幽暗无比，也不知道有没有尽头，那三条修长的身影也不知道去了哪里。他喘着粗气，浑身疲惫，感觉自己的身体都不是自己的了，双脚好像已经离开自己的身体一般。

过了一阵才听到麻豆赶到："你跑那么快做什么？我都快跟不上了。"

肖曳生气地说："五个盗墓兵全死了，这都怪我，五条人命，都怪我，我是不是疯了呢？我亲眼看着他们死掉，我很火大，我想把凶手揪出来千刀万剐。"他义愤填膺，几乎失去了理智，特别是徐方武脑袋被削掉的一刻，他几乎成为了一头恶魔。

麻豆在他身边坐下，她说："你着急也报不了仇，先缓缓气吧！"说完，石洞后面传来一阵轰隆隆的声音，震得石洞都摇了起来。肖曳眉头紧锁，麻豆解释："那人留下的巫术起作用了，白骨城不复存在了。"肖曳明白，这是白骨城坍塌的声音，整个白骨堆砌的墓坑瞬间埋入地下吗？他不敢想象，他也不敢往回走，他觉得自己很疲惫，凶手在他的脑海里面完全没有一丝线索。他跟麻豆说："我是不是很没用？"

麻豆笑着说："不要想太多，我们会找到'禁龙地'的。"

她表情很坚决，肖曳问："怎么找呢？我们现在连对手是谁都不清楚。"

麻豆说:"总会有办法,不是吗?"肖曳冷哼一声,他站了起来,举着火把在石洞里面照了几下,他说:"看到了吗?"

麻豆问:"看到什么?"

肖曳把火把贴近地面,他说:"血迹。"

麻豆探出脑袋往地面看去,地上确实有血迹,血迹一直往前连成一条断断续续的线。肖曳说:"他们有人受伤了。"麻豆疑问:"不可能吧!到底怎么回事呢?奇了怪了。"

这好像不在她的意料之中,她拿着火把往前走,血迹一直没有断,肖曳跟在她身后,他说:"这说明,我们还是可以追上他们。这些王八蛋,我一定饶不了他们。"他骂完,前面的麻豆叫起来:"是尸体。"

肖曳抢身过去一看,地面的的确确躺着一具尸体,尸体横躺在血泊之中,衣衫完整,身子板很短,脑袋被割掉也不知道扔哪里去了。肖曳俯身摸了一下从尸体身上流出来的血,血还有热气,他激动起来:"看来咱们得快点了。"

他感到自己浑身充满了力气,怒气冲冲地往前走去,没有走多少步便听到前面有个声音说:"肖曳那家伙怎么样了?"另一个声音说:"估计已经死掉了。"之前的声音说:"行,咱们现在该往'禁龙地'去了。"

声音没有了,肖曳很兴奋,总算是追到了,他想冲上去,一只手抱住了他的腰,麻豆的声音在他耳边响起来:"嘘,不要打草惊蛇。"

肖曳按捺不住,他依旧想冲上去,挣扎着,麻豆继续说:"他们肯定知道'禁龙地'的所在,我们只要跟着就好,你想给你的兄弟报仇,迟早的事,别忘了我们的目的。"麻豆的话让肖曳安静许多，他蹲在地上，想着想着突然哭了起来。麻豆笑道："怎么了？一个大男人，有什么好悲伤的呢？"

肖曳咬咬牙关："我也不想，只是忍不住，我是个人，不是冷血的野兽。"

麻豆点点头说："因为你的情人吗？她爷爷好像死掉了。"

肖曳没有再说什么，此刻，前面突然出现一条人影，人影愈拉愈长，最后罩在两人的身上。火光摇曳，两人却看不清对方。麻豆骂道："谁？"

那个人影一晃消失了，一个尖锐的声音在前面冷冷地说道："我乃索命鬼，看来我们都低估你们了，嘿嘿！还好老大将我留下来善后。"

## 第十四章　聚魂棺

石洞顿时显得阴森恐怖，火把摇动着，那条人影随着声音又晃动起来，看上去虚无缥缈，像是人又不像是人。麻豆和肖曳靠在一起，那个声音嘻嘻笑了起来，他的影子由长变短，变成一个侏儒，咚咚咚，石洞里面响起一个怪声音，一股腥臭的味道从前面传来。

肖曳想骂人，前面却扔过来一颗球状的物体，他飞身一脚把这颗圆溜溜的东西踢开，定睛一看，却是一颗人头，人头已经被削掉一半，看上去恶心无比。肖曳和麻豆知道这回遇到一个嗜血恶魔了，他们俩静静地站了许久，那条人影又开始增长，慢慢地变得高大无比，再一次将肖曳两人笼罩住。

麻豆骂道："你到底是谁？你想做什么？"

那个阴冷的声音回应着："哟！你们不知道我是谁吗？太好了，太好了。"

一个瘦小的人从石洞里面走出来，他个子不高，手里拿着一把弯刀，脸上涂满了血，一双深邃的眼睛炯炯有神。他出现在肖曳两人面前，张嘴就哈哈大笑起来，他声音很尖，笑得肖曳两人毛骨悚然。肖曳看着那人："你是日本人，对吗？"他的话让那个人吓了一跳，他郁闷地说："你不是不认识我吗？"

肖曳冷笑："果然是日本人，'龙骨刀'是不是被你们拿走了？"

那个矮子嘻嘻笑着,他没有回答,手里的弯刀举起来,他恶狠狠地盯着肖曳二人,突然向两人冲过来。麻豆推了一下肖曳:"我来对付他。"她抽出随身携带的尖刀,正要和矮子大干一场,矮子突然刹住脚步,嘿嘿冷笑:"你们俩先保住自己的脑袋吧!"

说完他的影子突然很猖狂地摇动起来,肖曳看在眼里,心里却很奇怪,这个矮子居然可以控制自己的影子,这有点棘手了。麻豆哪里还让矮子得瑟,她一甩手,手里的尖刀飞箭一样削向矮子。矮子身子蹦了一下,他体格不高,弹跳起来却很有力度,躲过麻豆的尖刀,他身影动了一下人已经来到麻豆面前,他手里的弯刀快速地往麻豆的脖子抹过去。

麻豆哪里意识得到,眼看脑袋和脖子就要分开,背后的肖曳拉了她一把,弯刀只削掉了她几根毛发。矮子速度如闪电,弯刀扑空之后又追了上来,麻豆以为这一次躲不过去,心想着即将死掉,身后的肖曳却一把拽下她,她摔得一身疼的时候,肖曳已经和矮子抱成一团。两人扭打在一起,在地面上滚了十多米之后都不再动弹。

"肖曳,你还行吗?"麻豆从地上爬起来,看到肖曳抱着矮子一动不动,她赶紧走过去,叫了一声。肖曳没有回答,她心里极为着急。走到两人面前,肖曳才动了一下,他奋力地把压在自己身上的矮子推开,他坐起来,呵呵一笑,指着矮子说:"他根本不是人。"

麻豆愣了一下,肖曳把矮子翻过来,矮子浑身冒出一股白烟,他整个身子变得干巴巴的,脸上的五官已经化为白骨。肖曳说:"这家伙被人操控了。"

麻豆点点头,说:"像是东洋忍术。"肖曳说:"还好我有花面郎给我的'三才神针',不然的话咱们可能都会被他削去脑袋。"他翻出手掌,指间夹着一根黑色长针,正是花面郎送给他的三枚银针之一。麻豆看了一眼,"三才神针"分"天"、"地"、"人"三针,能应付鬼神,她抚了抚胸口,刚刚真是吓坏她了,看到肖曳安然,她扶起他:"走吧!此地不宜久留。"

肖曳理解麻豆的意思,在这个黑漆漆的石洞里面确实没有任何的安全性。两人捡起快要熄灭的火把慢慢往石洞前面走去,大概走了半个小时,石洞才到尽头,火把也正好燃烧完。看着外面的天色,麻豆干咳着说:"看来要到晚上了。"

外面也不知道是何地?一眼望去白皑皑一片全是雪,天空还飘着一些雪花,天色暗淡,夜幕即将降临。肖曳朝着前面的一个树林看去,树林再往前一点是一座高山,他看山形,由东至西,估计是属于长白山山脉的山峰,看得入迷,他发现林间涌出一群人,这伙人正努力地往那座高山走去。他对麻豆说:"你知道那个是啥山吗?"

麻豆眯着眼睛看了几眼,她说:"像是一条潜伏的巨龙,我不清楚,仔细看看又很像一口棺材。"肖曳听她一说,叫道:"这就对了。"麻豆问:"什么对了?"肖曳信誓旦旦地说:"我敢保证'禁龙地'就在那座山里。"麻豆疑惑;"怎么会呢?'禁龙地'有那么容易找的话,我们也不会那么费劲了。"肖曳对麻豆笑了笑说:"你要相信我,真的,藏龙之地,御棺于峰,走吧!咱们不能比他们晚。"

他往前面的树林走去,麻豆着急了,她根本听不明白,她说:"他们吗?你这算啥意思呢?咱们还没有吃晚饭呢?"肖曳哪里理会她那么多,快步往林子跑去,麻豆没办法,一边谩骂一边跟着。两人进入林中,林子里面确实留下来一路长长的脚印,肖曳数了数,估计有九人,麻豆却说有十一人,两人一路上谁也不让谁。夜色慢慢降临,两人一前一后走着,肖曳的棉袄烧掉了,他身上的衣服不

第十四章 聚魂棺

233

多，寒风一直肆虐着他，他冻得浑身发紫，而麻豆则喊着肚子饿。跟着一路脚印走，他们又走了一会儿，前面出现了一堆篝火，篝火还在燃烧，人却没有了。肖曳赶紧跑到火堆前温身子，麻豆说再走下去自己就会死掉，她先去弄点吃的。肖曳也没有说什么，麻豆径自钻入林中，兜兜转转许久麻豆才抓到了一只雪地野兔，回到篝火所在地，她却发现肖曳不见了。

她喊了几声才看到肖曳扛着一具尸体从林子里面走出来，到了篝火面前，他把尸体扔下，麻豆问："你不会饿到吃人肉吧！"肖曳说："我没事四周看看，这人不知道为何被杀，前面还有好几具尸体，脑袋都被割掉了。"他说完把尸体表面的棉袄脱下来披在自己的身上然后坐在篝火边上加柴火。

麻豆把打到的野兔扔给肖曳："死了就死了，你抬着他回来做什么？"

肖曳沉默了一会儿，他说："这家伙身上有个标志，他是黑龙会的人。"

听到黑龙会，麻豆看了一眼那具无头的尸体，她说："日本人吗？黑龙会也参与进来，呵呵，这事越来越好玩了。"肖曳一边弄野兔一边说："在'凫臾古墓'里面会遇到日本人，也不知道跟下村三郎有没有关系。"麻豆说："下村三郎找你了吗？"肖曳点点头。麻豆说："看来'龙骨刀'被他们拿走了。填饱肚子之后，咱们今晚没理由休息了。"于是两人将野兔烤熟，吃饱之后继续追着脚印，好在晚上雪下得不大，脚印还算清晰可鉴。

两人跟着脚印穿过了树林来到那座形状如同棺材的高山下，山间有个峡谷，脚印一直延伸进去，至于通往哪里，肖曳两人都不清楚，他们对这一带的地形极为陌生。跟着脚印往峡谷走去，走了一半，麻豆低声跟肖曳说："你有没有发现？"

肖曳不解："发现什么？"麻豆说："咱们被跟踪了。"她这话让肖曳感到背后传来一丝凉意，他回头看了一眼，并没有任何人跟在后面。他觉得麻豆有些疑神疑鬼，峡谷极为空旷，虽然是晚上，他还是看得很清楚，除了他和麻豆之外并没有其他的活物，怎么会有人跟着呢？除非是鬼。他说："喂！你不要吓唬我，这种地方阴森得很，我怕鬼。"

麻豆瞪着肖曳："你不相信吗？"

肖曳摇头苦笑："根本就没有人跟着，不是吗？"

麻豆嘘了一声，她拉着肖曳躲进附近的一条地沟里面，不一会儿，一伙人出现在他们的眼前，这伙人是从峡谷里面走出来的，大概有五六个人，他们摇摇晃晃地往峡谷外面走，嘴巴里面还不干不净地骂着。麻豆低声说："看到了吗？六个人，不止这个数，绝对不止。"

肖曳说："林子里面死了几个，凑上这六个，刚刚好，听口音是日本人，他们到底怎么回事？难道没有拿到'龙骨刀'吗？"他努力地抬起头看，从峡谷里面走出来的六人渐渐靠近，等他们走过眼前，肖曳被吓了一跳，他在西安看到的钱师爷钱不通竟然夹在六人之中。这时候他算是明白为何侯宝轮他们死得不明不白，这家伙分明是日本人安排在侯宝轮府上的间谍。麻豆觉得肖曳面色不对，她问："怎么了？"

肖曳摇摇头，他觉得这事和麻豆说不清楚，正等着钱不通他们离开，谁知道前面却打杀起来了。从峡谷外面不知道什么时候走进来一伙人，他们跟钱不通这伙日本人狭路相逢，两伙人二话不说立马打了起来。麻豆和肖曳两人趴在离他们十几米远的一条地沟里面,他们俩哪里敢作声,静静地看着鹬蚌相争,心想着坐收渔翁之利。从峡谷外面进来的这伙人手里拿着弓箭弯刀,像是猎户,一共十二个,钱不通等人被他们撞见之后,他们将钱不通六人围起来,两帮人话也没有说一句掏出武器便打成一团。

麻豆在肖曳耳边说:"这势头不对,那些猎人从哪里来的呢?他们会不会就是我们在石洞里面遇到的人?"

肖曳觉得有这个可能,他点点头,前面却传来几声枪响,峡谷外面又进来一批人,遥遥看去,正是下村三郎带着他的考古部队。下村三郎看到钱不通六人遭到猎户们的袭击,他叫部下开了枪。没多久,十二名猎户死在了子弹下,钱不通六人剩下三人,看到下村三郎后,他极为愤怒,不停地骂下村三郎。看样子,钱不通的身份比下村三郎还要高一些,下村三郎没有敢吭一声,低着头给钱不通大骂。把下村三郎教训了一通,两伙日本人合成一队往峡谷里走去。等日本人走远了,麻豆和肖曳才从地沟里面爬出来,看着地上的尸体,肖曳跟麻豆说:"这些人一定知道'禁龙地'的所在。"

麻豆说:"猎人们看上去很诡异,不像是普通的猎户,对了,肖曳,你是不是认识那个日本人?"肖曳知道世界上没有不透风的墙,他跟麻豆说清楚,麻豆了解之后,两人一起跟着日本人的脚印往峡谷里面去。在肖曳看来,和下村三郎他们作对的还不止自己这一伙,他感到有些欣慰,再怎么样"龙骨聚魂棺"也不能让日本人拿走。

跟着日本人进入峡谷深处,里面有一座几十米高的石壁,石壁中间开着一条裂缝,可以容纳一人进入。日本人已经全部走了进去,麻豆和肖曳犹豫了一下,也钻进了裂缝。进入里面之后,里面已经摆满了油灯,点满了蜡烛,日本人算是有所准备,他们把整条通道都整明亮起来。肖曳和麻豆凑着光往裂缝里面的通道走去，走了大概一刻钟，前面出现一个篝火，应该是日本人留下的。

通道也渐渐变得宽大起来，一开始容纳一人，渐渐地已经可以跑几辆马车。肖曳手里抓着匕首，麻豆手里也抽出尖刀，这种时候，他们也顾不上要动手杀人了。继续跟踪，前面突然有个声音，肖曳侧耳倾听，是一支骨笛吹奏的曲子，他心里一怔，想："怎么会在这里呢？这是死亡的信号吗？"麻豆绷着脸对肖曳说："肖曳，你过来看。"她把肖曳拉到身前，通道前面倒着三具尸体，从服饰上看正是刚刚他们跟着进来的那伙日本人。

两人走到尸体前面，尸体的脑袋被割掉了，血还在汩汩地流着，肖曳看了一眼麻豆："还有其他人在这里。"麻豆说："手法一样，到底是什么人呢？"两人疑问之际，前面传来一阵笑声，一个深沉的声音说道："你们这些日本人居然想拿走我们的东西，真是笑死人了，你们有什么能耐吗？你们都给我去死吧！"

声音听起来似曾相识，肖曳和麻豆缓缓往前走，前面变得很空旷，在洞壁上面雕满了各种纹样，狩猎图和骑射图最多，壁画上面的人物栩栩如生，除了地上的百姓，还有天上的神仙和隐藏着的妖魔鬼怪，极具神话色彩。当然，他们俩没有心情去研究这些五花八门的壁画，前面似乎已经成为了战场，走了还没有几步，他们又遇到了两具尸体，尸体的脑袋同样被割掉并且被拿走。麻豆看得揪心，她说："日本人到底惹到谁了呢？"

肖曳摇摇头，他也很想知道答案，继续往前走。一声惨叫从里面传来，两人快步上前，只见两具尸体趴在一层台阶上，这两具尸体脑袋没有被割掉，他们是中枪而死，从服饰上看，他们应该是附近的猎户，毕竟腰间还别着弓箭。肖曳捡起一把弓，拿走一袋长

第十四章　聚魂棺

箭,他对麻豆说:"看来不止我们知道下村三郎他们的阴谋。"

麻豆却指着肖曳的身后,她呆呆地说道:"我总感觉后面有人偷偷地跟着我们,可是又看不到他。"

肖曳回头看了一眼,根本没有任何人跟着,麻豆已经是第二次有这种感觉,他看着麻豆,麻豆很诚恳地点点头,她执意坚持有人在跟着,可是根本就没有人。肖曳不知道怎么去安慰她,他说道:"别担心,好吗?咱们继续往前走吧!咱们倒要看看日本人想干吗?"

他拉着麻豆往前走去,这是一个几十米高的台阶,慢慢地迈上去,上面突然传来一阵惨笑,肖曳愣了一下,来到最后几个台阶的时候,他先是抬了一下头查看一下前面的情况,上面是一个洞天,看上去像是一座墓室,因为四周都有砖头砌起来,砖墙上面画满了各种壁画。在墓室前面有一块长方形的大石头,石头上面摆着一具棺材,棺材他看得不是很清楚,因为棺材前面围着一群人。

这群人分成两半,一半是下村三郎带领的日本人,一半是猎户,他们相互对峙着。下村三郎脸上流着血,他和钱不通正努力劝说着对面的猎户。肖曳压低身子,他暂时不想被发现,他看得很清楚,猎户们的首领正是自己的好朋友花面郎。虽然不明白这是为什么,但肖曳知道花面郎他们正在保护这个古墓。

此时,花面郎洪亮的声音传来:"这是我们先人的古物,你们想拿走,死了再说吧!哈哈!虽然不知道你们是怎么找到这里来的,我还是很佩服你们,你们没有错,在你们眼前的这具古棺正是你们朝思暮想的'龙骨聚魂棺',可惜,你们都会死在这里。"他说话底气很足,声音响彻整个墓室。

下村三郎则笑道:"你骗我们去'凫曳古墓'我已经原谅你了,

如今你还执迷不悟，我也不会跟你客气，嘿嘿！这口棺材必然属于我们大日本国。"

花面郎咬牙切齿地骂道："可惜啊！在白骨城没有能把你们一网打尽，不过事到如今，咱们只好来个鱼死网破。"

钱不通走到前面来，他对花面郎说："现在你们只剩下十二个人，我们这边还有二十人，咱们虽然都中了毒，你自己心里也清楚，古墓里的毒气因为年代久远现在基本不能将人杀死，它只会麻痹我们的神经罢了，嘿嘿！再过一段时间等我们都缓过力气来，你们全部都会死在我们的手里，这是何苦呢？不如咱们好好商量，你教我们如何打开这口古棺，我们共谋福利。"

呸！花面郎往钱不通脸上吐了一口口水，骂道："去死吧！做梦都别想我会告诉你们开棺的秘诀。"

钱不通感到很愤怒，但是他四肢无力，想揍花面郎显然是妄想，他缓缓踱步到大石头上面那口棺材面前，他打量着古棺，伸手摸了摸，脸上激动无比。肖曳看到这一幕，他知道，在众人面前那口古棺便是"龙骨聚魂棺"，踏破铁鞋无觅处，得来全不费工夫，总算是见到了这口古棺。远远看去，那口棺材成金黄色，四周绘着各路神仙，棺材的前面雕刻着一条虬龙，腾云驾雾喷薄升天，棺材底下的石头被打磨得极为光滑，在火光的照射下金光灿烂。

他四周看了看，他远远想不到传说中的"禁龙地"会是这么一个地方。正想着事情，身边的麻豆突然奋身跃出台阶，她乐呵呵地说："你们都别争了，'龙骨聚魂棺'是属于我的。"

## 第十四章 聚魂棺

239

## 第十五章　女真玉美人

麻豆的出现让在场的所有人震惊不已，他们回头看着麻豆，麻豆悠然走向他们，她嘴上卷起一丝微笑，肖曳看得出来，这是属于死亡的微笑。

肖曳握紧手里的弓箭，麻豆已经开始进行屠杀，她先是将离自己最近的两个日本人杀掉，然后走到了下村三郎面前，举刀在他面前晃了晃。下村三郎满脸的愤怒，他狠狠地说："如果不是我中毒，我一定杀了你这个臭婊子。"

麻豆嘿嘿笑道："很可惜，你没有这个能力了。"

她对面的花面郎哈哈大笑起来："螳螂捕蝉黄雀在后，这话不知道你们日本人有没有听说过？"麻豆走到花面郎面前，花面郎此时已经遍体鳞伤，他胸口中了两枪，整片胸襟都是血迹，他现在已经在拼了命支撑着。

看到麻豆的出现，他呵呵一笑："'龙骨聚魂棺'就算给同胞拿走我也不会让日本人带走。"他几乎用完自己最后一口气说这句话，他趴倒在地，其余的猎人纷纷围过来，看到花面郎死去，大家都默默抹泪。肖曳看到这一幕，他知道这些猎人乃是花面郎带领的僵尸猎人，这些人暗夜里出没于长白山之中，说是在狩猎僵尸，其实是在保护"禁龙地"不受侵犯。

240

看到花面郎死去，他知道，如果不是麻豆出现，他也不会走那么快，他看到希望了。麻豆流下了一滴泪，她和花面郎之间的关系一直很神秘，肖曳是猜不出来。只看到麻豆挥手给了下村三郎一巴掌，下村三郎因为不能动弹，他只有咬着牙关，怒瞪麻豆，他身后那群黑龙会的日本人一个个低着头，他们中毒很深，进入古墓的时候，他们完全没有注意到墓室里面暗藏毒气。麻豆现在进来，毒气已然散尽，她如今成为了墓室里面的主角，日本人已经完全任由她宰割。她抢过下村三郎的枪，嘭嘭嘭杀死几个日本人，其余的日本人哭爹喊娘——跪下，拼了命地求饶。到这种关头，是个人都害怕死亡，日本人如此下跪，猎人们纷纷叫好。

肖曳带着弓箭走上去，他对麻豆说："这些日本人就交给我吧！你快找出'龙骨刀'。"看到肖曳，下村三郎冷哼一声，说道："要杀要剐请便，我算是认了。"肖曳没有理会下村三郎，他走到钱不通面前，他问钱不通："君傲海是你杀死的吗？"

钱不通没有吱声，反倒是下村三郎叫道："菊田，你别理他，咱们做鬼也不会放过他们。"肖曳觉得好笑，他回头对下村三郎说："只怕你连鬼也做不上，知道啥叫魂飞魄散吗？"钱不通冷哼一声，他说："我认得你。"

肖曳笑了笑说："你老实跟我说，君傲海是不是你害死的？"

看到君傲海尸体的时候，他仔细看了一番，君傲海的死和侯宝轮有着极为相似的地方，这种手段，除了有着日本人身份的钱不通之外没有人做得出来。钱不通撇着嘴，他是不打算招出一切，肖曳还想威逼，钱不通脑袋瓜嘭的一声响，麻豆已经一枪结束了他的性命。麻豆对肖曳说："别问了，这家伙真名叫菊田智，他潜入中国已经多年，一直在转移中国的文物，我早就想杀掉他了。至于君傲海的死，人都死了，也没啥好说的。这种罪该万死的人，我多留他一刻钟的性命都是侮辱我自己。"

看着中枪的钱不通缓缓倒下，肖曳心中绝望无比，他红着眼睛看着麻豆，她怎么知道那么多？她到底什么来头呢？他看向下村三郎的时候，麻豆又是一枪把他给枪杀了，麻豆眼下已经完全成为一个杀人恶魔。

麻豆说："下村三郎是日本在东北黑龙会的几个主要首脑之一，跟菊田智差不多，他十分喜欢中国的文物，暗地里也不停地转移在东北盗获的文物，他也是我最痛恨的几个日本盗墓贼之一。"

她杀了人还一大堆理由，肖曳从来没有见过麻豆会如此的镇定，紧跟着她把剩下的日本人全部枪杀。肖曳心里自然也很泄愤，自己死了那么多兄弟，不管怎么样，这种怨恨也只有撒在日本人身上。把日本人杀光之后，她走到一个僵尸猎人面前，她说："把老八的尸体抬回去吧！这里没有你们事了。"

那个僵尸猎人点点头，他和其他的僵尸猎人一起把花面郎的尸体缓缓移动，到了此刻，他们身上的毒也差不多解开，手臂脚跟都来了力气。看着僵尸猎人们把花面郎的尸体抬走，肖曳回头问麻豆："你是僵尸猎人吗？"麻豆摇摇头。肖曳难以理解，他说："你叫花面郎老八，这是啥事？"麻豆呵呵一笑："大家都称呼他老八。"

肖曳问道："'龙骨刀'位于'凫臾古墓'这事是花面郎告诉你的吗？为什么呢？花面郎一心把下村三郎他们引入'凫臾古墓'，我算什么？同谋吗？下村的同谋者，对吗？"他需要问个清楚，他感觉"凫臾古墓"是个阴谋，他算是误入虎口，然而引导他进入虎口的人正是麻豆。麻豆对于肖曳的质问，没有说话，她走到下村三郎身边，在他尸体上摸索了半天，最后掏出一个盒子，她把盒子递

242

到肖曳面前,肖曳看着她:"这个是你的解释吗?"

他现在也不怕和麻豆撕破脸,接过盒子打开,里面摆着一把骨刀,骨头被磨平,大小如同自己的拇指,刀身成橙黄色,刀刃锋利,形如弯月。这便是传说中的"龙骨刀"吗?"龙骨刀"在下村三郎的手里,这么说,"凫臾古墓"的事并不是假的吗?

麻豆接着解释,她老爹"独角"老杨在一次盗墓活动中发现了"禁龙地",当时同伙里面只有他逃生,后来他把"龙骨刀"藏于"金蛙王"守护的"凫臾古墓"。他不想后人重蹈他的覆辙,"禁龙地"本来就是堪舆学里面所说的"死脉",这是只有死人才可以进出的地方。他当年算是幸运了,他后来一直劝告后人好好守护"禁龙地"。麻豆算是继承了他老爹的遗志,后来她发现僵尸猎人这一族一直在守护"禁龙地",而花面郎他们一直自谓女真后裔,誓死守护"禁龙地"。

知道黑龙会想盗取"龙骨聚魂棺"后,她和花面郎等人联手一心保护"龙骨聚魂棺",后来他们知道肖曳被张作霖派来打探"禁龙地"的所在,一开始她就想杀掉肖曳,后来发现肖曳还有利用价值,所以一直没有动手。她如今良心发现肖曳是个有情有义的人,他也一心想保护"禁龙地",这么一来,她对他也没有了敌意。关于"禁龙地"里面埋藏着"龙眼秘藏"这一个说法其实都是无聊之人编造的谎言,造谣者以为"禁龙地"属于大清龙脉,里面藏着一个大宝藏罢了。至于"龙骨聚魂棺"是不是像传说中的那样,只要在里面睡过,所有的愿望都会实现,这就无从而知了。

听完麻豆的话,肖曳显得很烦躁,他真不敢相信自己一直被蒙在鼓里,死了那么多人几乎等于白费,他感到很无奈。低头看着大石头上的那口棺材,他问麻豆:"这真的是'龙骨聚魂棺'吗?"在他眼里，这口古棺并没有特别之处。

麻豆点点头，说："按道理是这里没有错，菊田智在日本盗墓贼里面知识面非常的广，他对东北地理历史的了解甚至超过我们很多人，他手里一直藏着一份关于'禁龙地'的地图。他把我们引入此地，估计没有错。"

肖曳听出来了，她其实也在利用日本人，菊田智心甘情愿地为盗墓贼侯宝轮做事，原来他一直在寻找"禁龙地"的地图，肖曳早有耳闻侯宝轮曾在一个古墓里面找到一张关于"禁龙地"的地图，这么说来，这事不虚。肖曳把手里的盒子递给麻豆："给你吧！张作霖面前我知道怎么跟他说了，这口棺材我没兴趣了。"

麻豆对肖曳的表现感到有些惊讶，他似乎有些心灰意冷，想想，这个世界上谁不对"龙骨聚魂棺"想入非非呢？麻豆想了一下说："难道你不想知道棺材里面装着什么东西吗？"肖曳莞尔一笑："知道又怎样？不知道又怎样？生老病死谁没有呢？做人何必异想天开呢？"麻豆晃动着手里的"龙骨刀"，这把苦寻多时的秘钥，她不相信肖曳没有任何的兴趣，她说："我现在就打开它。"

肖曳淡淡地说："随便，不过，我想我先走了，毫无意义的东西，毫无意义的人，我真的很蠢。"他转过身子去，麻豆叫住他："你不想知道它的来历吗？"

肖曳站住脚，他说："与我何干呢？"他嘴巴上是这么说，但是他依然定定地站着，他心里还是想知道麻豆还有什么好说的。

麻豆说："这里是一座属于女真族的古墓，至于'龙骨聚魂棺'，你也清楚，它是属于建州女真人的，当年女真族的巫师利用七七四十九天花费了一千具人骨的粉末炼成此棺，棺材造成之日正值六月天，而长白山一带却下了一场大雪，巫师们认为是天谴，他们将此事告诉当时的女真族首领,首领很愤怒,他后来命人把此棺封藏起来,他可是十分害怕这口棺材流入世间祸害百姓。后来,爱新觉罗·努尔哈赤成为了女真人的首领,他知道这口棺材之后,暗地派人找到了封棺之地,也就是现在所在的'禁龙地',他偷偷潜入棺材睡了一觉,出棺之时他的儿子皇太极同时诞生,后来这父子俩风生水起,建立八旗军一举推翻了大明王朝。后人一直以为他们是托了'龙骨聚魂棺'的福气,因而东北的民间出现这么一个传言,谁要是在'龙骨聚魂棺'里面睡上一觉,谁的愿望就会实现。当然,后来的人一直想得到这口棺材,哪知道当年得到'龙骨聚魂棺'好处的努尔哈赤已经把它转移了。"

谈到这里,肖曳不冷不热地说:"那这口棺材岂不是假的?真是好笑。"自己居然愚蠢地为了一口不存在的棺材奔波,他感到特别的无语。麻豆看到他一副漠然的表情,说道:"不,这些都是传言,真实的未必会是如此。我们不试试怎么知道呢?"

她说完拿起手里的"龙骨刀"往石头上的那口金黄色棺材走过去,在棺材四周走了一遭,她继续说:"一切都是为了掩人耳目罢了,肖曳,你最大的愿望是什么呢?"

肖曳顿了一下,他不过是一个盗墓贼而已,能有啥愿望呢?他没有回答。麻豆说:"你知道我的愿望是什么吗?"肖曳摇摇头。她噗嗤一声笑出来,她说:"我的愿望说出来你也不相信,我的愿望就是'龙骨聚魂棺'彻底毁灭永远消失。"

这个确实有点让肖曳感到意外,他笑了笑:"那你还这么热衷于此棺?"

麻豆说:"我老爹如果不是因为它也不会死得那么惨,唉!说来说去,我是恨透了这口棺材。"麻豆的声音很辛酸,她遇到过什么,她的世界里面发生过什么,肖曳是很难去理解的。麻豆这时候找到了古棺的锁眼,正好跟"龙骨刀"一样大小,她感到一阵愉悦,开开心心地把"龙骨刀"塞进锁眼,本以为只要轻轻旋转一下棺材就会被打开,哪里知道她拼了命扭动已经插入锁眼的"龙骨刀",棺材还是纹丝不动。

她傻眼了,拔出"龙骨刀"打量几下,她觉得不是"龙骨刀"的问题。再把"龙骨刀"插入古棺的锁眼,努力了几次,古棺还是没有丝毫的动静。站在一边的肖曳不由得笑道:"哈哈!我看你还是别费心思了,跟我走吧!离开这个是非之地,这口棺材并不属于我们。"

麻豆哪里甘心,她辛辛苦苦才把"龙骨刀"弄到,辛辛苦苦才找到"龙骨聚魂棺",她心里一阵绞痛,拔出"龙骨刀",她有些抓狂了,踢了几脚古棺,愤怒地看着肖曳。肖曳掩口而笑,麻豆骂道:"笑什么?有什么好笑的呢?"肖曳止声,麻豆还想发飙,肖曳突然走到她身边做手势叫她不要说话。麻豆静下来,墓室外面呜呜地响起一阵笛声,她看了肖曳一眼,肖曳轻声说:"又是这个笛声,到底是谁呢?"

骨笛声又来,他心中确实郁闷,本以为这是日本人或者僵尸猎人做的好事,现在明显不是这两帮人,除了日本人和僵尸猎人之外还有人吗?谁呢?他感到一阵头晕,眼前的麻豆此时已经晕倒在地,这一阵笛声跟之前的完全不一样,笛声很急促,像是千军万马,节奏激荡得令人脑袋发疼。他叫了一声麻豆,麻豆晕乎乎的完全没有反应,他想去拉起麻豆,自己身体却使不出一分力气。

笛声越来越响亮,墓室外面传来一阵嗖嗖嗖嗖的奇怪声音,肖曳努力看去,台阶下面突然密密麻麻地爬出来一群蛇蛛。蛇蛛五颜六色聚成一团，最后晃动着尾巴爬行成一条直线，如同运输食物的蝼蚁一样往石头上的古棺爬去，它们纷纷扰扰努力爬到石头底下，只是石头太滑，它们爬上去没有走几步又掉了下去。

看到蛇蛛群如同飞蛾扑火般冲向古棺，肖曳傻眼了，这算什么事呢？看到蛇蛛爬上石头又不断地滑落，肖曳看着看着都忍不住笑出来。

同时骨笛声一直没有停止过，蛇蛛花花绿绿地爬着，不要命地往那块巨大的滑石爬去。他领悟过来，骨笛一直在操控这些大大小小的蛇蛛。他不解的是，操控骨笛的人会是谁？他为何操控这些蛇蛛涌向"龙骨聚魂棺"呢？他脑袋一思考，痛意就会增加，这笛声确实勾人魂要人命，他心里暗骂着，墓室前面的石阶传来橐橐的响声，有人正顺着台阶往墓室走来吗？肖曳眯了眯眼，一个瘦小的身影出现在他的眼帘。身影个子不高，很瘦，看上去像个女孩，头上还扎着两条辫子。等身影渐渐靠近，肖曳险些叫了出来，女孩居然是君含笑的随从小丫头田小花，她两眼无神，表情木讷，看到肖曳也只是看了一眼，最终她面对着那口古棺。肖曳心里一阵窒息，他不敢想象田小花一直跟在他们身后，麻豆察觉的时候他还不相信有人跟着。他突然有些担心君含笑，田小花出现在这里，那么君含笑呢？她会不会有危险？田小花缓缓走到"龙骨聚魂棺"面前，她看着地面那些爬来爬去的蛇蛛脸上露出一股诡异的笑容，随手捡起几根僵尸猎人们留下来的长箭，她将长箭连接起来为蛇蛛们搭建了一座桥梁，一个桥头落在地面，一个桥头搭在"龙骨聚魂棺"的锁眼。有了这座桥之后，蛇蛛们立马顺着长箭的杆子往"龙骨聚魂棺"的锁眼爬进去。也就这样，五彩斑斓的蛇蛛接二连三地爬上"桥"，之后一只接着一只钻进"龙骨聚魂棺"的锁眼。肖曳看到这

第十五章　女真玉美人

一幕，他低声呼唤着田小花的名字，田小花哪里听得到他的声音，她完全无视墓室里面的一切，成功建桥之后她整个人一脸茫然地站着。等蛇蛛们全部钻进"龙骨聚魂棺"，她才走到棺材的锁眼前，从身上拿出一把刀状物体插进了锁眼，扭动着刀状物，只听咔的一声响，"龙骨聚魂棺"的棺盖竟然在缓缓移动。没多久，整个棺盖彻底被移开，田小花往棺材里面看了一眼，她嘴巴里面吭了一声，也不知道怎么回事，人往后一倾便倒在地上晕了过去。

"小花，你怎么了？"肖曳使出一口力气撑起自己的身子踉踉跄跄地走到田小花身边，他蹲着查看田小花，她好像睡过去了，呼吸均匀，脸色变得红润。他感慨了一声，仔细打量田小花的身体，在田小花的胸前隐约藏着一个血红色的印记，他伸手去翻开田小花的胸襟，果然是一个人形血色印记。他做了一个深呼吸，他熟悉这一招，这在禁咒术里面叫"血影子"，用来操控人的。田小花在哪里遇到这种禁咒术呢？他有些不明白，难道是君傲海吗？

他站起来，抬头往"龙骨聚魂棺"里面看去，看过之后，挠了挠耳朵，他本以为"龙骨聚魂棺"是一具空棺材，哪里知道里面竟然躺着一具女尸，女尸晶莹剔透，珠圆玉润，披着一件白色寿衣，脸部还没有腐烂掉，看上去依旧美丽动人。

奇怪的是那些刚刚从古棺锁眼钻进去的蛇蛛全部都消失了，无影无踪。怎么回事呢？肖曳想去将女尸翻开看看，耳边一直响着的骨笛戛然而止，他愣了一下，这时候他才发现，古棺里面的这具女尸的皮肤贴着一层晶莹剔透的玉脂，在女尸的手臂胸口都摆着无数的玉石，玉石不停地生长，已然和女尸的肉躯合而为一。

肖曳仔细分辨了一下，玉石大大小小有上百粒，猫眼、玳瑁、祖母绿、翡翠，等等都有。他感到奇异的时候，石阶那头又传来橐橐的脚步声，肖曳回头看去，一个身形猥琐的老头缓缓走上来，他双手拄着拐杖努力地向"龙骨聚魂棺"走过来。肖曳看着老头，他怒道："你是谁？小花身上的'血影子'是不是你干的？"

老头子哪里理会肖曳，他径自走到了"龙骨聚魂棺"前面，看到棺材里面的"玉美人"，他脸上露出极为欣喜的神色。老头仔细地打量着棺中玉美人，肖曳骂他他不应问他他不答，搞得肖曳火气很大，他伸手想推老头子一把，老头子回头瞪了他一眼，他身子往后一倾摔在了地上。老头子冷冷地说："美人养玉，玉养美人，难得二十年一具女真玉美人，嘿嘿！这已经是第二具了，凑齐三具玉美人，我就可以……嘿嘿……"他并没有说完，把"龙骨聚魂棺"里面的那具玉美人抬出来之后，他回来将昏睡过去的田小花搬起来。

肖曳骂道："你想干吗？你这混蛋，你到底是谁？你放开小花，你放开她。"

可惜任由他怎么喊，身上已经没有力气让他动弹。老头子冷哼一声，他把熟睡的田小花扔进"龙骨聚魂棺"，紧接着把那具玉美人身上的白色寿衣脱下来盖在田小花身上，最后他从身上背着的袋子里面掏出一把玉石撒在田小花的身上。做好之后，他伸手把棺材盖关上，抽出插在古棺锁眼的那把刀状物，他嘴巴里面说道："嘿嘿！二十年后等我回来，到时候你肯定变得比之前两具还漂亮，嘿嘿，嘿嘿。"

他把从"龙骨聚魂棺"里面搬出来的那具玉美人扛在肩膀上拄着拐杖缓缓地往墓室前面走去。肖曳此时已经变成一个泪人，他脑海里面突然想起了什么，对着一瘸一拐的背影喊道："我知道你是谁了，你是'三头六臂'贾神机，你这个混蛋，你对小花做了什么？你给我回来，你快给我回来……"

一瘸一拐的身影渐渐远去，墓穴里面只有肖曳绝望的声音不停地绕着……

（完稿）